No Great Mischief

Alistair MacLeod

布雷顿角的叹息

阿利斯泰尔·麦克劳德　著

文　嘉　译

上海译文出版社

1

我和你说啊,那个时候,安大略省的西南部正是金秋九月的好季节。美妙的秋日阳光照耀丰饶的土地,令人目眩神迷,好像再现了济慈诗中的美景。3号公路的两旁堆满了一篮篮农作物和一筐筐花草。路边的招牌邀请人们来田里"采摘果子"。有几家人正在摘果子,他们的腰弯了又直,直了又弯,有的人踩着梯子,伸手去够苹果和梨,有的人提着装满的篮子,脚步蹒跚。

在几个大农场里,大部分采摘工作由外来工人干。他们也是一家人齐上阵,不过摘下的果子并不属于他们,能拿走的只有应得的那点薪水。这片土地也不是他们的故土,工人们有的来自加勒比地区,有的是墨西哥的门诺派基督教徒,还有新不伦瑞克和魁北克的法裔加拿大人。

收割完的土地变得暗淡无光,农夫开着拖拉机将一片片老庄稼推倒,给新庄稼腾出位置。一大群海鸥满怀希望地跟在后面,粗声粗气地叫嚷,仿佛感激涕零。有一年,我奶奶恰好这时过来做客。当她经过利明顿郊外,见到一堆不合格的烂西红柿被推平碾碎,眼泪一下子涌了出来。她为这"可耻的浪费"哭泣,差一点没跑到地里去,将那些西红柿"救出"犁沟,免遭厄运,只可惜她与自家的储藏箱相隔了一千五百英里。奶奶几十年如一日,在春夏时节为那几株生长在石头地里的宝贝疙瘩施肥,到了秋天,便摘下寥寥几个好不容易存活下来的仍是青绿色的西红柿,将它们摆放在窗台上,盼着斜射进来的微弱阳光能将它们催熟。对她而言,那几颗西红柿就是稀罕的宝贝,十分难得。所以,当她在利明顿的郊外见到那些西红柿被丢弃,着实抑郁了好一阵子。我猜她根本抑制不了这种感情,就像我们在最不恰当的时机总是抑制不住去想烦心事。

这样,我一边回忆往事,一边开车沿金黄富饶的公路驶向目的地多伦多。每逢周六,我便踏上这段旅程,每次都是一大早出发,尽管没有任何必要赶这个早。在春秋两季,我会走一条风光更好的长路,比如2号公路和3号公路,有时也走98号公路和21号公路。这几条路曲折蜿蜒,令人心情畅快,不时还能见到狗儿跑到路边朝过路车的轮胎狂吠,这对于漫长的旅程而言是个极好的安慰。似乎在它们眼里,这些车也算得上一件大事。而在酷热的夏天和严寒的冬天,我一般走401公路。401公路,不少人一听就知道,它起源于美利坚,笔直而忠实地通往魁北克的边界——也许有些人认为那里是另一个国家。这条公路为最大限度地运送人和货物而修建,它是最快捷的选择,也是最平庸、最无趣的选择。在我看来,它是一个标志,就算不是最快最窄的路,也算得上是最直截了当的路,或者说,是"唯一的一条近路"。401公路有特定的入口,若是你要去的地方就在这条路上,它会像运送西红柿的传送带一样,干净利落地把你送到目的地。只要你忠实于它，它便会忠实于你，让你永远、永远都不会迷路。

不提这条公路的入口怎么找，我们先说说多伦多城——它总是奇迹般出现在你眼前。车流越来越多，你需要重新协调神经去适应汽车的停停走走，若想去到目的地还真得费点脑筋。

央街沿线以及往西的繁华地带，反核人士们正手举招牌游行，高喊："一二三四五，反对造核武！六七八九十，远离核辐射！"街对面并行的是另一队同样坚决的人马，令气氛更加剑拔弩张。只见他们举着的告示牌上写着："反战人士，你们是红党的最爱。""不挺加拿大，不要赖在这。""不爱加拿大，统统滚出去。"

行至位于央街和士巴丹拿大道之间的皇后西街，我渐渐放慢速度，观望四周，盼着能在这条街上看见他，盼着他会在这里迎接我，不管我从哪条道过来。然而这次我并没有如愿。我驱车拐进一条小巷，那儿有几个上锁的垃圾桶，偶尔还有条狗拴在旁边。玻璃碴已被压平碾碎，对轮胎不再构成威胁。逃生通道和楼梯横七竖八地插在楼房后面，各种声响从虚掩的门窗里倾泻直下，有来自不同国家的音乐声和歌声，有大到好像吵架的说话声，以及不断传来的玻璃破碎的声音。

秋日的阳光下，我把车停在午后的小巷，沿围墙走上人潮涌动的大街。街上到处是讨价还价的买家，吆喝的老板，捡垃圾的人。店铺肮脏的窗户上挂着手写的招牌，出售的商品简直应有尽有，而且看上去都十分划算。

这些铺子之间，有几扇门是那么普通，总是被人忽视。它们大多漆成棕色，有的门牌上掉了一两个数字，在钉子上摇摇欲坠，有的甚至连门牌都没有。推开这些门，你会见到一排信箱，有的信箱用灰色胶带贴着姓名。门里大多有一段陡峭的木头楼梯，径直通往顶楼。顶楼的走道亮着昏暗的白炽灯光，两边房间都住着人，有的顶楼还不止一层。房间就在那些店铺的楼上。和料想的不同，这里的住户几乎都不是店铺的老板，而是身无长物的穷光蛋。就连屋里的家具大多都不是他们的，所以在搬家时——他们总在搬家——也不用翻黄页找搬家公司帮忙。

住户之中只有几对夫妻，更多的是形单影只的人，大多是已过中年的男人。有时候，一整条走廊的房间住的全是男人。由一两个小单间组成的公寓楼里最常出现这种情况。走廊里只有一个小小的卫生间设在尽头，供整层楼的住户使用。这些卫生间的门永远也锁不上，坐在里面必须用一只脚顶住门。不时能听见内急的人站在关着的门前大声询问"里面有人吗"，像是一大家子人起床后抢着用厕所。卫生间内，厕纸用一团精心缠绕的线挂着，发出昏暗光芒的灯泡也套了一层铁丝网，以免被人偷去装在自己房间。污渍斑斑的水池里，有个龙头永远关不紧，不断滴落的水珠留下一条黄色的污迹。热水几乎用不上，再上一层楼更是见不到它的存在。

那些紧闭的门后依然会传出模糊的声响。最好辨认的是男人咳嗽和吐痰的声音。这儿几乎所有人都是老烟枪，有人只穿条内裤坐在床边，自个卷烟卷儿。还能听见收音机和便携式小型电视机的声响，这些器件就搁在桌上或是空空如也的冰箱上。毕竟这儿吃得丰盛的人着实太少。大多数房间都没有炉灶和可用的烤箱，泡着饼干的西红柿汤得放在热金属板上加温。空气中常年飘着面包的焦煳味,窗台和锈迹斑斑的暖气片上随处放着装速溶咖啡的罐子、装茶包的纸盒,以及袋装的曲奇饼干。这些添加了大量防腐剂的食物像是几个月都不曾有人动过。

我走进一条这样的走廊,把街上的阳光抛在了身后,又爬上了一段这样的楼梯,来到了顶楼的大厅。这已经是他几年来第三次住在这个地方了。兜兜转转,最后又回来和这里的房东签合同——他还为房东打过杂呢。房东一次次答应他回来住的请求,看中的就是他还算可靠,以及他们好几年的交情。房东以前用棕色纸袋装酒卖给租客,他有很多烦恼想找愿意听的人倾诉。他说生意不好做,租客们要不就欠着房租趁黑夜偷偷搬走,要不就把他和老婆买来的家具偷走卖掉,要不就配上好几把钥匙让朋友住进来。他还说世道艰难,晚上在家看电视看得好好的,总会接到警察的电话。有时是租客们又打架了,有时是喝高了的人拿餐刀互捅,有时是有人屎尿横流地死在床上,被堵在喉咙里的呕吐物活活憋死。遇到这种情况,他都不知道该联系谁。他说这些尸体一般都"捐给科学事业"了,又补充道:"这就能显出你的好处。万一他有个闪失,我还知道该联系谁。"房东是个矮胖男人,年幼时从欧洲过来,后来发了些财。他的几个孩子都读了大学,他们在他钱包里的照片上微笑着,露出洁白整齐的牙。他为他们感到骄傲。

我走在楼道里,心里照例有些不平静,总担心出什么事。要是敲门没人应,门又锁着,我会把耳朵贴上钥匙孔,看看能不能听到他急促的呼吸声。要是没听到动静，我就返回街上，到隔壁的小酒馆看看。那儿的啤酒杯下面永远都有一摊不干不净的水渍，一滴一滴往地上淌；那儿的酒客们摇摇摆摆从卫生间走出来时，总是拉不上裤子拉链。

而这次，我一敲门，他的声音就响了起来。"进来吧。"

我推了推门，推不动。"门锁着呢。"

"那你等等，"他答应道，"等一下。"里面传来三声忽快忽慢的脚步声，接着听见砰的一响，就没动静了。

"你没事吧？"我问。

"嗯，没事。"他回答说，"等等，马上就给你开门。"

门锁一转，门开了。我走进去，他站在一旁，两只大手撑在门把上，身体随着门的开合而摇晃。他穿着短袜，棕色工作裤，系一条同色的宽皮带，上身只穿了一件泛黄的白色羊毛内衣。这件衣服他一年到头都穿在身上。

"啊，"他说的英语混杂着盖尔语，"啊，红头发男孩①，你终于来了。"他后退几步，把门往里拉开，手依然撑在门把上。他左边眉骨上有一道伤疤，很可能是刚才绊倒那会儿磕在了床垫角落凸起的铁架上。血顺着他的脸往耳后流淌，流到下巴上，脖子上，最后消失在内衣下面的胸毛中，几乎要滴在地上，但没有，也许全被裤管口接住了。鲜血沿着他脸上的沟壑流淌，如同山涧小溪

---

① 原文为盖尔语。自十八世纪开始，说盖尔语的苏格兰高地居民大量向大西洋对岸的北美大陆移民。许多人在新斯科舍（意为"新苏格兰"）登陆、定居。所以包括布雷顿角岛在内的该地区许多居民是苏格兰人后裔，会说盖尔语。

蜿蜒流入大海。

"你磕伤了吗？"我说着，想找纸巾给他擦掉那条血的小溪。

"没有啊，"他不解地问，"怎么了？"他顺着我的目光，抬起撑在门把上的左手去摸脸，然后惊讶地看着手指上的血迹。"哦，没事，擦伤了而已。"他说。

他放开门把，蹒跚着退后，跌坐在乱七八糟的床上，弹簧发出一声抗议的声响。他的手一放开门把，便开始剧烈地颤抖。坐下来后，两只手垂在身旁，牢牢抓住铁制的床架。他抓得那么牢，布满伤痕的粗大指节都开始发白，不过手终于是不抖了。

"只要我能抓着点什么，"他晃动身体，自我解嘲地说，"就好得很。"

我看看四周，这个熟悉的小房间依旧简单得要命。房间里见不到任何食物，看来他今天还没吃过东西。水池边的垃圾桶里有一个琥珀色的瓶子，是那种甜得发腻的廉价酒的包装。瓶子是空的。

"你想吃点什么吗？"我问他。

"不用，"他回答得很干脆，停顿一下，又补充了一句，"没东西可吃。"他重重说出最后一个字，笑了。他的眼睛和我一样黑，他的头发曾经也是黑的，现在已经变成了一蓬透亮的白色。这头发是他身上仅有的仍然充满生机的东西，从额头上源源不断地冒出，因为没有修剪，已经漫过了耳朵，淹没了颈脖。这种迹象表明这个人吃得太少、喝得太多。酒精是一种奇怪的养料，它让顶端的叶子繁盛丰茂，却令整棵植物麻木枯萎。

他满怀希望地看着我，脸上挂着慈爱的笑容。"我的工钱一般周一才能拿到。"他向我解释。

"好吧，"我说，"我去车里拿点东西，马上回来。"

"行，那你别关门了。"他说。

我回到大厅，走过那排静静关着的门，下了楼梯，来到大街上。太阳依旧耀眼夺目，和昏暗的楼道相比简直是个惊喜。我穿过大楼之间的巷子回到停车的地方，打开后备厢拿出一瓶白兰地。那是我昨晚买的，正是为了对付这种情况。白兰地的酒劲最大。我把瓶子塞进运动外套里，用左胳膊紧紧夹住，顶在肋骨上，又从原路折返。门开着，他仍然坐在床沿，双手抓紧床架，免得抖个不停。

我把白兰地的瓶子拿出来，他立刻说："橱柜里有个酒杯。"我便去橱柜里找酒杯。里面也没啥东西，所以一下就拿到了。这是布雷顿角岛的纪念杯，杯子上画着岛屿的形状，还标了几个地名。这个杯子是我家孩子前年夏天送他的一套酒具中的一件。"卡隆伯伯会喜欢这个的。"不过他们那时还小，并不懂得讽刺和挖苦。

我把白兰地倒进酒杯，走到床前递给他。他松开右手，伸过来抓酒杯，但没抓稳。酒杯掉下来砸中我的大腿，掉在了地上。杯子没碎，暗色的酒液在我的左裤腿留下了一块污渍，我能看见，也能感觉到。他像被烫了一般缩回手，又抓住床沿。

另一个没有把手的马克杯也不行，尽管他也可以用两只手握住，但用不了多久，杯中之物就会洒在他的裤裆上，再从双腿之间流到床上。我第三回走到橱柜前,拿了个塑料碗,是那种妈妈买给坐在婴儿椅上吃饭的小孩子用的碗,摔不碎的。我往碗里倒了些酒,又递给他。他用两只大手捧着碗底举到嘴边,我没有放手,扶着碗离我最近的那一边。他头一仰,嘴里发出"咕咚咕咚"的声音,大口吞下白兰地。也许是碗倾倒得太厉害,酒洒了一些出来,顺着他的脸流到下巴上,与源源不断从伤口涌出的血流汇合到一起。我又倒了一些酒给他。酒很快便见效了。他的手抖得没么厉害了,黑眼睛也明亮起来,像是打了麻药的病人,恐惧和颤抖都平息了。

"嘿,红头发男孩,"他说,"我们俩一起走过很长的路,都还没红过脸呢。你还记得克里斯蒂吗?"

"当然,我记得它。"我回答。

"哎,可怜的克里斯蒂。它可是一直都很斤斤计较呢,"他顿了顿,换了个话题,"我总是想象红头发卡隆去世前那几天。"他有些抱歉地耸耸肩。

"我也时常想呢。"我应和道。

"他是我们的曾曾曾祖父吧,对不对?"

"是的,没错。"

"是啊,就是不知道他长啥样。"他说。

"我也不知道,"我说,"就知道他应该个子很高,当然,也有一头红头发。他应该和我们很像。"

"像你吧。"他说。

"哎呀,你个头像他,还继承了他的名字,卡隆。"

"是的,我得到了他的名字,你得到了他的发色,"他停了几秒,又说,"不知道他的墓还在不在。"

"还在,就是离悬崖越来越近了。那个海角的土地流失得厉害。有的年份一刮风暴更是不得了。"

"是啊,我想也是,"他说,"那儿总是刮大风,他的墓就好像在不停地向大海移动,对不?"

"没错,这样想也没错。或者说大海正在与他会合。那块刻着铭文的大石碑还在,我们重刻了碑文,又上了防水的航海涂料,应该可以维持些日子了。"

"好啊,维持些日子,不过很快就会脱落啦。又得有人来修整,像上次那样,"他想了想,"他就好像随着时间的流逝在石头中留下越来越深的痕迹。"

"没错。"我答道。

"在落入大海之前,他也许已在石头上留下了深深的痕迹。当狂风刮起的时候,大海的波涛会将石板冲刷得发亮,你还记得吗?"

"记得。"

"石板被打湿后,你看上面的字会不会更清晰?"

"没错,会更清晰。"我回答。

"是啊,暴风雨比晴天还要清晰。我现在总在想这个,尽管我已经记不清那时候有没有想过。"

他从床上站起身,从地上捡起没有把手的马克杯。他现在能站稳了,手也不抖了。他拿起白兰地瓶子,"泼剌"一下倒了些酒进去。几分钟前他还抓不稳这个杯子,现在他已经进入了一种更好的状态。这种平稳的状态将会持续一个小时左右,时间长短取决于他喝下去多少酒。接下来就像走下山路一样。下午的晚些时候,直到夜幕降临之前,他也许会咳些血,也许会摸黑在小便池前摇摇晃晃地站着,左手扶墙,右手胡乱拉扯裤裆拉链,但我得离开他了。我还要开着车灯穿过城市,回到高速公路。我们俩都将重复地谱写自己小小的故事。

"上次你过来我有没有和你说起这个?"他向我发问,打断了我的思绪,又将话题拉回到红头发卡隆和他的墓碑。

"没有,"我一开始否认了,想给他一些台阶下,但很快又改口说,"不对,你说过的。"

"啊,是吗?"他说,"红头发男孩,你要来一杯吗?陪我喝一杯吧?"他拿出我的白兰地请我喝。

"不了,"我拒绝了,"不喝了,我不想喝酒。我还要开很长的路呢。我要回去的。"

"是啊,你要回去的。"他站起身,拿着那瓶白兰地走到窗前。窗外是那条小巷子,还有横七竖八的火灾逃生楼梯,一动不动的垃圾桶,以及一地碎玻璃碴。

"外面天气真好,"他说,好像在欣赏异国风光,"一个美妙的九月天。巨头鲸从埋葬红头发卡隆的海角跃起。我能看见那些鲸鱼,它们闪闪发光,黝黑发亮。但不要游得离陆地太近。你还记得那头搁浅的鲸鱼吗?"

"嗯,我记得。"

"那时多希望风暴能将它带回海里,可惜。"

"嗯,它回不去了。"

"是啊,"他转身背对窗户,说,"它回不去了。你还记得我们的双亲吗?"

"不太记得,"我说,"只记得一点儿。我都不能确定哪些回忆是真实存在的,哪些是我听了别人的故事后自己编的。"

"啊,是的,"他说,"你的妹妹卡特里奥娜,她和你一样,也记不清了。"

"是的,和我一样。"我说。

他又喝了一口,这次直接对着酒瓶喝,瓶中的酒顿时少了很多。

"可怜的爷爷奶奶,"他说,"他们对你很好,能有多好就对你多好。"

"是的,"我说,"他们对我很好。"

"奶奶说过,'要照顾好同一条血脉的人'。"他的情绪瞬间变了,突然迸发出愤怒和怀疑,"我猜这就是你到这里来的原因吧。"

我被这突如其来的变故吓了一跳,一下子掉进了内疚和过去的深渊。

"不是的,"我说,"不是的,真的不是,不是,我不是因为这个才来的。"

我看着他,试图揣测他的心情。他脚上穿着袜子,跟跟跄跄地走到我面前。九月的金色阳光斜射着穿过他身后的窗户,光束中飞扬的灰尘映衬出他的身形。他像是午后的演出台上笼罩在聚光灯下的男主角,镇定自若,散发出危险的气息。尽管酗酒多年,他的身体依然紧绷有力。此时，他一会儿踮起脚向前倾，一会儿又跷着脚往后倒，左手轻轻握着那瓶白兰地，好像随时要扔出去。右手五指一会儿张开，一会儿又握紧成拳头，缓慢而有节奏。他笑了笑，情绪好像又过去了。

"啊，没事，"他说，"没事，红头发男孩。我刚才只是在思考。再去拿些酒来吧。你要是愿意就拿瓶白兰地，或者葡萄酒和啤酒也行，我们一起喝他个没日没夜。"

"好吧。"我往门口走去，脚步有些快，好像急着离开这个房间——我开了这么远的路来到这里，又急着离开，多少感到有些愧疚。

"你想喝什么，啤酒还是葡萄酒？"

"哦，"他说，"其实都一样。都一样。"

"好的，我马上回来。"

"不着急，"他说，"你慢慢来。我哪儿也不去，而且我还有这个。"他晃了晃左手琥珀色的白兰地酒瓶，黑色的酒液随之荡漾，"我就坐在这里等你。"

我回到大厅，顺手关上门，暂时松了口气，心沉了下来。这种沉下心的感觉有点像学生关上考场大门的感觉，或是听见牙医说"过两个礼拜再来补牙，今天不补"后离开的感觉，或者是目击证人被层层盘问之后离开那个小房间的感觉。

我站在大厅里，听见他在门后唱起歌来。他的歌声轻柔而坚定，唱的是只有醉鬼或者快要喝醉的人才听得懂的词。

他唱的盖尔语歌叫《献给布雷顿角的挽歌》。这是首合唱歌曲，往往由一大队人合唱，或是由一人主唱，一队人合唱。歌词大意是：

> 我看见，很远的远方
> 我看见，波涛的那边
> 我看见，布雷顿角，我的爱人
> 在海的那边，那么遥远

我在大厅中行走，每走一步，歌声就减弱一分。我走下四十瓦灯泡照映着的那段陡峭阴暗的楼梯，歌声却依旧在耳边响起。我惊讶地发现，这歌声并不是他唱的，而是在我内心深处回响。歌声越来越大，直到我的嘴唇如同条件反射一般吐出歌词：

> 在我心中，有一个梦
> 想要回到故乡
> 但我心中，清楚明白
> 我不应该再回去

他的歌结束，我的歌开始，完美承接。尽管主题不同，主唱和合唱部分却自然而然跳入我脑中，我想，这正如已步入中年的前童子军成员们还牢牢记着《她从山边来》① 和《我亲爱的克莱门

---

① 《她从山边来》，传统民谣，早期在美国中西部山区传唱。

苔》①的旋律一样吧。这些歌偷偷扎根，潜伏于心，然后在最意想不到的时机大放异彩。

我可是生活在二十世纪的人啊，我这样想着，来到了街上。这时，奶奶说过的另一句话又蹦了出来："喜不喜欢由不得我。"现在是九月，我还是个中年男人。二十世纪时日不多了，如果我继续朝着它的尾巴行进，在它结束之时，我将是五十五岁。是已然衰老，还是年轻依旧，取决于自己对于时间和年龄的看法和态度。"我们会活很久，很久，"有着红头发卡隆家血脉的爷爷说过这么一番话，"前提是要有这个机会，也要有这个意愿。"我在九月的阳光下舒展肩膀，像是给一档还未上映的节目中"来自二十世纪的男人"一角试镜。"啊，啊，红头发男孩，"大哥的声音挥之不去，"你终于来了。我们俩一起走过很长的路，都还没红过脸呢。"那个声音停顿了片刻又响起，"我总是想象红头发卡隆去世前那几天。他会长啥样呢？"

"不知道，"我说，"不知道。我只知道别人和我说过的那些话。"

"啊，"那个声音又响起来，"留下来陪我吧，留下来陪我吧。你还是那个红头发男孩。"

---

① 《我亲爱的克莱门苔》，美国传统民谣。

2

还是那个红头发男孩,我打记事起就被人这样叫着。我以前把它当做自己的名字,别人叫我"亚历山大"我都不应。亚历山大是我出生证上的名字。记得上小学的第一天,我坐在双胞胎妹妹的后面,穿着新衣服,干净但却汗津津的手中握着新买的蜡笔。点名的时候叫到我的大名,我却没有任何反应。

"叫你呢。"一个堂哥隔着过道捅捅我。

"叫谁?"我问他。

"叫你啊,在叫你的名字。"他说。

为了控制事态,他干脆举起手指着我,直接对老师说:"是他,红头发男孩,亚历山大。"

看见我对自己的名字没反应,大家都笑了起来。老师很不好意思,因为她不是当地人,那句盖尔话她压根儿听不懂。不过谢天谢地,我们这代人已经不再因为说盖尔语而挨打了。"打你是为了你好,"过去常能听到这样的话,"这样你才能学好英语,成为合格的加拿大公民。"老师没有打堂哥,她只是问我:"你名字是叫亚历山大吗?"

"是的。"我稍稍镇定下来。

"以后再点到你的名字,你要答应哦。"她说。

"好的。"我对自己说,心中暗暗把这个异国的词语用力刻在脑中。

第一次课间休息时,几个大一点的男孩向我走来,其中一个问:"你就是红头发男孩?"

"是的,"我习惯性的第一反应是答应,但记起刚刚的教训,又说,"不,不是,亚历山大,我叫亚历山大。"

可是我的回答已经不重要了,他马上像唱歌一样说道:"红头发卡隆家的头发是红色的,红色的头发烧掉了他们的床。"

受到侮辱的我感觉到下唇在颤动,我好担心自己哭出来。

"放过他吧,"那帮人中的另外一个大男孩发话了,"你自己都有红头发卡隆的血统。"说完他揉揉我的头发,带着那帮人走开了。我跑去找妹妹,她就在不远处等我,我们去山坡上玩,他们说课间休息的时候去那里玩最好。

我之前也提到过,在如今的多伦多,这位常在回忆和谈话中出现的红头发卡隆是我的曾曾曾祖父。他一七七九年从苏格兰的莫伊达特来到新世界。有时候我们好像十分了解他,有时又好像一无所知。人们常说"世事无绝对",从字面意思理解,就是事实和幻想有时会随着我们的观念和兴趣相互转换。

这些事情应该是真的:他在莫伊达特与安妮·麦克弗森结婚,生了六个孩子,三男三女。孩子还小的时候,安妮·麦克弗森生了重病,最后死于"高烧不退",留下他一人带着几个没妈的孩子,我的爷爷奶奶喊他们"小累赘"。不久,他的妻妹凯瑟琳·麦克弗森来为他打理家务,照顾小孩子们,最后嫁给了他。他们又生了六个孩子,又是三男三女。只要懂点儿苏格兰历史,尤其是一七七九年前后的高地史和西部群岛史,就不难理解他们为何要背井离乡。

他们早已有亲戚朋友在北美扎根。不少人在北卡罗来纳的开普菲尔河区域生活,大多是男人,当时在美国独立战争中战斗。一些年纪较大的人站在革命者一边,想通过斗争创造新世界,过上新生活。另一些人则站在英国人一边,仍旧坚定地效忠于大英帝国。夜晚他们坐在山间的草地上,相互吟唱盖尔语的歌谣,而明日这里便是战场。他们对溪谷那边的亲朋们唱起这些歌:"请过来加入我们","你们站错队了","不要犯傻","未来是属于我们的"。

一七七九年,红头发卡隆五十五岁,倒回一七四五年,当人们高唱"起来,追随查理王子"①的口号时,他才二十一岁。同样,也有亲戚朋友以说教或是歌声的形式相劝:"不要犯傻","你站错了边","你的忠诚给错了人","再考虑一下吧"。压力既来自上方,又来自四面八方。

他和妻子以及一家人显然是讨论过离开的事,然后静静地计划,再与移民机构联系。他开着船,在海岸线上一个风平浪静的

---

① 这里说的查理王子是指查尔斯·爱德华·斯图亚特(1720—1788),又被称为"小王位觊觎者"、"英俊王子查理"。他是英格兰国王詹姆斯二世(同时也是苏格兰国王詹姆斯七世)的孙子。1688年英国"光荣革命"后,信奉天主教的詹姆斯二世被英国议会废黜,受法国国王路易十四庇护。他死后,他的儿子詹姆斯·弗朗西斯·爱德华·斯图亚特("大王位觊觎者")和孙子查尔斯·爱德华·斯图亚特继续策划复辟斯图亚特王朝。1745年,查尔斯·爱德华·斯图亚特在苏格兰詹姆斯党人的合作下发动叛乱,最终于1746年4月的卡洛登战役失利,退回法国。

小海湾接上家人和另外几家人之后，与移民机构接上了头。他们的目的地是新斯科舍，那"绿树葱葱的土地"。不过红头发卡隆的目的地是布雷顿角岛，他收到一封用盖尔语写的信，说他去了就能分到土地。

他们八月一日出发，顺风的话，六周便能到达。但在出发前几周，凯瑟琳·麦克弗森却病倒了，他们一筹莫展，最终还是决定出发，卖了牲口，扔下了屋前屋后宝贵的木头桩子，这在当时当地可真不容易。离开一个树少得可怜的地方，去一个树多得数不过来的地方，未免有点讽刺。他们在海岸边等待，等待红头发卡隆和他病弱却满怀希望的妻子，以及他的十二个孩子。他的大女儿已经嫁给了一个叫安格斯·肯尼迪的男人，他来自坎纳岛，他们也在等待。透过想象的迷雾，后人看见他们拖曳着脚步观察地平线，亲朋好友的影子忽隐忽现——"你这是在做傻事"，"你要当傻瓜吗"，"未来会怎样还不知道呢"。

他们就在那儿等着，红头发卡隆拿着小提琴，也许还把脚架在间隔精细的木头航海箱上。他们全都带着干粮，鞋子里还偷偷塞着钱。他并不知道法国大革命即将爆发，拿破仑那时还是个十岁男孩，尚未踏上征服世界的旅程。即便如此，后来有那么多血亲在滑铁卢战役之前和之间死去，他也不感到惊讶，他们口中仍然喊着盖尔语的口号，站在英国人一边去打抵抗的法国人。距离詹姆斯·沃尔夫少将① 去世已经二十年了，他和苏格兰高地的人

---

① 詹姆斯·沃尔夫（1727—1759），英国陆军军官，因为击败法国军队、赢得亚伯拉罕平原战役而广为后世所知。

们在亚伯拉罕平原①上死去——就是他十四年前想消灭的那帮高地人。但红头发卡隆一七四五年的记忆里也许并没有这个人。

在一七七九年的八月，红头发卡隆应该不会想到沃尔夫少将。他离开莫伊达特时，脑中一定充斥着更加现实的担忧。他是麦克唐纳家族②又一个离开莫伊达特的，不过这一次倒不是为了"起来，追随查理王子"，尽管那画面和音乐有可能还一直在他脑中回荡。

他们在岸边等待时，那条为他们工作多年、被留下给邻居照看的母狗似乎觉察到不对劲，突然疯了一样乱跑，在沙子里打滚，狂躁地哀嚎。当人们涉水走上小船，准备划去大船时，狗儿也紧跟在后面游，脑袋在水面划出一个"V"字。它用焦虑的眼神看着离开的那家人，那是它心中的家人。当人们摇着桨，向抛锚的大船划去，狗儿还在水里游，好像根本没听到人们用盖尔语喊出的那些威胁或是劝它回去的话。狗儿游得离陆地越来越远，红头发卡隆终于忍不住了，他不再威胁咒骂，而是一声声为它鼓劲，等狗儿一够着船舷，便把它湿透的冻得发抖的身躯捞上了船。狗儿拖着湿透的身子靠在他胸前，兴奋地舔他的脸，他用盖尔语对它说："小狗儿，你跟了我们这么多年，我们不会抛弃你了，你和我们一起走吧。"

"不知道为啥，关于那条狗的那一段往事总是往我脑袋里蹿。"我记得爷爷这么说过。

---

① 亚伯拉罕平原，北美洲东北部平原，位于加拿大魁北克省南部。
② 麦克唐纳家族又称唐纳家族，是最大的苏格兰高地家族之一，有许多分支。

不过那段旅途真是糟透了。船舱的房间狭窄拥挤，用途显然是运输。或是运送高地军队去新世界打仗，或是定期从非洲运送奴隶去同一个新世界。狭窄拥挤的房间只是醉心于暴利的产物。

天气好的时候，人们可以爬上甲板走动走动，或是洗洗漱漱。但那一年的八月暴风骤雨交加，他们不能走出船舱，只得待在甲板下面又臭又挤的小房间里。三周后，凯瑟琳·麦克弗森去世了。致命的原因又是"发烧"，拥挤的房间、生虫的燕麦、供应不足且带着咸味的水则成了帮凶。她的尸体被装进帆布袋扔下了海，再也见不到满载她许多希望的新世界。她死后一周，安格斯·肯尼迪的妻子生下了一个孩子。女孩取名叫凯瑟琳，后来大家根据她出生时的情境，管她叫"大海的凯瑟琳"。

我说过，这些有关他们的故事似乎是真实的，然而想象的成分也一并存在我脑中。那些盖尔人的歌谣也是一样，我并没有刻意去铭记，也不想记住，但它们就在我脑中，即使我的岁数并不大，它们却似乎存在已久。我还记得，一个早春下午，爷爷和我在木堆里制作柴火，他砍开木柴，我再抱去风干。爷爷给我讲了红头发卡隆的故事。那时我好像才十一岁，雁群正掠过冰层未化的河面和湖面，往北飞去。虽然时候尚早，飞回北方显得不那么明智，但雁们仍然忠实地履行它们既定的路线，朝着既定的目的地飞去。

"他们抵达皮克图①的海岸后，红头发卡隆控制不住大哭起来，哭了整整两天，我猜他们那时都陪在他身边，包括那条狗，

---

① 皮克图，新斯科舍省港口城市。

大家都手足无措。"爷爷说。

"哭？"我觉得不可思议。那时的我受到电影影响，认为人们见到船接近自由女神像的时候，应该纷纷鼓掌庆祝。他们会相互拥抱，跳舞，为踏上新世界的土地而欢欣鼓舞。再说了，一个五十五岁的大男人哭泣的场面让我有些接受不了。"哭？"我问，"究竟为什么要哭呢？"

我还记得那一刻爷爷抓起斧头劈向木柴的样子，他使出一股猛劲，令斧头深深嵌入木柴之中拔不出来。他看着我，眼中冒出突如其来的愤怒，让我以为他会抓住我的外套前襟，用力摇晃我的身体。他的眼神告诉我，他不相信我会提出这么愚蠢的问题，但这眼神一闪而逝。我感觉他像个站在黑板前画出图形、讲解原理、又举例说明的老师，当他发问时却发现没有人听懂，内心冒出一种饱含愤怒的恐惧，感觉时间都白白浪费了。又或者，这只是成年人和小孩说话时常犯的错误，把小孩当成和自己拥有同样阅历和知识的成年人，向他们解释生活的真相，却不知小孩子对这种话题根本提不起劲儿，比起这个，他们更愿意去吃曲奇饼呢。

"他啊，"爷爷恢复了平静，想了一会儿，又说，"他是为过去哭泣。他背井离乡，失去了妻子，还要说别国的语言。他走的时候是丈夫，到达后却变成了鳏夫和爷爷，他还要为身边聚集的这一大帮人负责。他啊，"爷爷抬头看看蓝天，"他就像组成'V'字形的雁群中飞在最前面的头雁，但那时他动摇了，失去了勇气。"

"不过呢，"爷爷又说，"他们在那里又等了两周，想找条轻舟载他们去布雷顿角。那时，我猜想，他终于好了起来，也下定了决心，如老话所说的那样，他坚持了下来。对我们来说，这实在是一件好事。"

"什么是轻舟？"我的好奇心战胜了对于无知的害羞。

这个问题总算没惹恼他，他笑了，开始从劈开的木柴中拔出斧头。

"其实我也没见过，"他回答我，"他们经常说到这个词，'轻舟'，应该是一种没篷的小船。可以划桨，也可以扬帆。有点像那种平底的渔船。我想这应该是个法语词。"

正当我收集他斧下劈出的柴火时，又一队排成"V"字的大雁往北飞去。这一次飞得没那么高，似乎能听见它们强有力的翅膀展开时发出巨大且有规律的"嗖嗖"声。

想象中，我仿佛见到那一小队人坐在一艘或几艘轻舟上，划桨或是扬帆，穿过波涛汹涌的大海。那时的他们并不知道，沿着布雷顿角的海岸望去的景色，在日后将变成民谣《我看见你》的主题。他们也许也不知道，他们登陆之后，将"永远"留在那片土地上。船上的人在之后的岁月中再也没有回到故土。你会见到他们带着一条"被救起"的狗，也许它就坐在船头，用聪慧的黑眼睛望着郁郁葱葱的海岸线，由着风儿抚平它脑袋上的毛发。当船停靠在碎石遍布的海滩，用盖尔语写信来的兄弟们和在"绿树成荫的土地"上生活的密克马克族[①]人帮助他们登上陆地，并帮助他度过了第一个漫长的冬天。

---

① 密克马克族，加拿大大西洋省份、加斯佩半岛、魁北克地区原住民。

当时，由于不稳定的政治因素和殖民疑虑，布雷顿角并不接纳官方移民，但在一七八四年，布雷顿角通过立法成为英国的一个省之后，那些已是"住民"并已在此工作多年的人于是纷纷申请正式身份。红头发卡隆也长途跋涉去了趟悉尼①，拿回一张"证明"，划分了他在"布雷顿角殖民地"拥有的土地。那年他已逾六十。三十六年后，也就是一八二〇年，布雷顿角重新归属于新斯科舍省，又要去拿新省发放的证明。不过那时候当地已经设立了行政机构，不用再跑那么远了。等到几省合并之时，他已是九十六岁高龄，在新世界生活了四十一年。之后他又活了十四年，如此一来，他的一生达到一种奇异的平衡。他活了一百一十岁，五十五年生活在苏格兰，五十五年生活在"海的那边"。在第二个五十五年，他有五年是个劲头十足的非法居留者，有三十六年是"布雷顿角住民"，有十四年是新斯科舍省居民。他去世的那年是一八三四年，距加拿大联邦成立正好三十三年。

他在新的居住地没有再婚。这也许是他的墓地看上去加倍孤独的原因。他葬在直指大海的海角最顶端，成天有各种变化莫测的风刮过。他的子孙大多葬在早期的"官方"墓地，躺在妻子或是丈夫的身边，有的葬在更大的墓地里，被子子孙孙围绕着。生前是一家人，死后还是一家人。然而，只有红头发卡隆孤独一人葬在他梦想的地方，墓碑是块刻着字的大圆石，上面写着他的名字和生卒日期，还有一行简单的盖尔语：愿他的灵魂安息。

---

① 这里的悉尼是布雷顿角岛上的城市，曾是布雷顿角殖民地的首府。

3

之后的岁月里，红头发卡隆家族的后代有一部分在祖先留下的土地上繁衍生息，有一些人沿着海岸搬去了更远的地方，还有一些人往内陆发展。几乎所有的嫡系子孙都拥有人数众多的家族，令整个家族的血缘和宗族关系越发复杂。而红头发卡隆的名字永远高高在上。我还记得高中的时候我曾作为运动员去一个离得挺远的社区打冰球比赛，有时候在赛场里打，更多时间在海边结了冰、刮着风的池塘上。比赛结束后，我们经常被邀请去东道主家中做客，每一次都会被他们家中的父母或是爷爷奶奶问各种问题："你叫什么名字？""你爸爸叫什么名字？""你爷爷叫什么名字？"只要问到我和我的堂兄弟们，他们脸上毫无例外会浮现出恍然大悟的神情，并会回答说："啊，你就是红头发卡隆家的。"就好像这句话可以解释一切问题。他们会用盖尔语说出"家族"一词，那个音听上去就像"哐"的一声。我们会点头接受这个论断，看着消融的冰雪从发光的球板上流下，在油毡地板上汇聚成小溪。当我们走出屋子之后，心中的自我形象会变得更加高大，我们会笑着模仿那些人以及他们对我们的评判。"你爸爸的爸爸的爸爸的爸爸叫什么名字？"我们会互相提问，再用球棍将名字的首字母写在雪地上，回答自己提出的问题。"啊，那我知道了，你就是红头发卡隆家的。"我们说着，大笑，用球棍将雪挑到对方身上。

红头发卡隆家族有几处外貌特征是世代相传的，有时候甚至还得到了强化。我们家常生双胞胎，大多是相似的异卵双胞胎，而非一模一样的同卵双胞胎。还有一个特征是"颜色"。大部分人皮肤很白，同一个家族里，有的人是一头亮红色的头发，而兄弟姐妹却是一头乌黑发亮的头发。我的双胞胎妹妹十七岁时出于爱美之心，决定将浓黑的头发从头到尾染成浅金色。但很快她就厌倦了这种发色，想把头发染回黑色，却找不到一种染料能染回之前那种黑色。直到现在，我还常常回忆起她当年坐在镜前的小凳上，沮丧地咬着嘴唇，眼泪几乎都要掉下来，就像苏格兰歌谣中的女主角那样，有着"牛奶一样白的皮肤和乌鸦羽毛一样黑的秀发"，却想要成为另一个人。但奶奶一点也不同情她的窘境，还尖锐刻薄地说："你这样糟蹋上帝赐给你的头发，这对你来说已经很仁慈了。"

过了好几个月，她的头发才回到起初的乌黑。但有些讽刺的是，几乎是同时，她的头上开始冒出几缕初生的白色。确实，黑发的人更容易早生华发。

很多红头发的人有着比棕色更深、几乎称得上熠熠生辉的黑眼睛。在某些人看来，这样的颜色搭配也许陌生得令人吃惊，但是对某些人而言却是出奇地熟悉。我的一个儿子在安大略省西南部出生的时候，医院工作人员就说过这样的话："要不他的头发将来会变成黑的，要不他的眼睛会变成蓝的。红发配碧眼见得多了，没见过长成这样的。"鉴于我自己就是这副模样，对此我几乎无言以对。

我妹妹和她在艾伯塔大学相遇的石油工程师结婚数年后，在一个阳光明媚的夏日下午，她十一岁的儿子推着自行车走上卡尔加里萨西路的斜坡。他见到一辆坐满人的汽车，车上挂了条横幅。车经过他身边，突然在路边的碎石粒上停下，咆哮着倒退冲他过来。他站在原地，双手紧握车把，吓得动弹不得。"你叫什么名字？"一个人摇下车窗冲他发问。"潘科维奇。"他答道。一个坐在后座、腿上放着啤酒的人往前倾了倾身体，又问："那你妈妈姓什么？"他回答说："麦克唐纳。""看吧，我就说嘛。"这个人对车上的伙伴说。另一个人伸手从口袋掏出一张五十加币的钞票递给他。"这是干什么？"我这个叫潘科维奇的外甥问道。给钱的人说："就因为你长成这样，告诉你妈妈，这是红头发卡隆家的人给你的。"

之后，车开回了夏日的高速公路，朝着连绵起伏的山路和远处闪烁的山峦驶去。

我外甥一回到家就问我妹妹："妈，红头发卡隆家是什么？"

妹妹吃了一惊："怎么了，你从哪儿听到这个词的？"他说出了这件事，于是她也和他说了一些她娘家的事情。

我妹妹后来对我说："我记得非常清楚，我当时正在弄头发，因为那晚要去参加晚宴。这一切来得太突然了，我哭了出来，问他那辆车的车牌是多少，他说他没注意。我本想弄清楚他们到底是谁，想着要感谢他们，当然不是因为钱，也不是为了孩子，而是为了自己。"她把双手伸到身体前面，朝两边摊开，像是摊开一块挂在空中的想象中的桌布。

4

我和双胞胎妹妹都由爷爷奶奶养大,他们俩都是红头发卡隆家族的人,也就是说,他俩其实是同族兄妹。我外公也是,虽然我们并不怎么了解他,也没和他待过太长时间,可正是这种陌生感激发了我们的好奇心。他被称作"意外诞生的孩子",即私生子。他的父亲是红头发卡隆家的人,那个男人后来去了缅因州班戈附近的林场工作,就再也没有回来。外公的父母本打算在次年春天结婚,未婚夫会带一笔钱回来,好好过他们的小日子,所以未婚妻在秋天便以身相许,好比年轻的女孩将自己许给即将走向战场的年轻士兵,盼着他们早日回来,但心里还是害怕又没底的。她应该是在十月底或十一月初怀上的外公,因为他出生于八月三日。到现在,这个故事都能让人产生一种深深的同情——女孩在寒冬腊月发现自己怀孕了,而孩子的爸爸却回不来了。那个男人丧生在原木滑道上,被一堆木材压在下面,也许他并不知道自己已种下一颗生命的种子,而那颗种子将带来一系列生命,包括我。

外公的父亲应是在一月丧生的,但过了很久消息才传到,也许是因为相隔太远,当时又是冬天,没有电话,邮递服务也时有时无，而且与他有关的人大多只会说盖尔语。于是，在那个冬日，他被安葬在缅因州的树林中。到了春天，一个表亲带回他的一双靴子和一捆属于他的物品。他没干多久，钱也没挣得多少，为婚礼存的钱最后都在葬礼上花掉了。我说过，人们对他们怀有深深的同情，为他，也为她，那个女孩，她在隆冬苦苦等候，盼着他回来，为她抹去未婚先孕的耻辱，却不知对方已不在人世；生产前那个炎热的夏天，她挣扎在贫穷、绝望、耻辱之中，不知心中对即将出生的没爹的孩子怀着如何的期许。

也许是因为出生时的这种境况，我的外公后来成为一个细致得不能再细致的人。他是个很棒的木匠，这门手艺对于精准的要求令他获得了极大的满足感。木工这行当，如果花上足够多的时间去计量，就能完美呈现出想要的结果。他直到中年才结婚，那时他早已在城里设计建造了自己的房子，一栋紧凑完美的房子。婚后，他有了一个完美的孩子，那就是我妈妈。他的妻子因为难产而离世，他一个人生活了很长一段时间。他每天早上六点准时起床，梳理他整洁的红色八字胡。屋子一尘不染，屋里任何东西的位置随时都在他掌握之中。屋后收藏工具的小房子也是一样，每件工具都闪闪发光。他就是一个这样的人，你可以去找他提这样的要求："你有刚好 11/8 英寸长的螺钉吗？"他马上会找到那个正确的小瓶子，没错，你要的螺钉就在里面。

睡前，外公会准备好第二天早上要用的盘盘碟碟，非常精确地把盘子底朝下，杯子倒置在杯托上，杯把永远对着同一个方向，刀叉和调羹也都各自放在适当的位置，好像置身于豪华酒店。

外公的鞋子总是擦得闪亮，在整洁的床下摆成一排，鞋尖朝外，闪闪发光。他的茶壶总是放在光亮剔透的炉子上的同一个位置。"他这样爱干净真叫我紧张。"我爷爷说。他虽然很喜欢我外公，却是和外公截然不同的人。

外公起床和睡前都会喝点威士忌，与很多同龄人相比，他喝得并不多。尽管他有时也会被人引诱进酒馆，但绝不在里面长待，也不喜欢那儿。我爷爷抱怨说："他总是起身拿布擦桌子，像这样，离桌子远远坐着。"爷爷一边说，一边模仿那种坐姿，看似离得很近，实际却很远，"因为他怕别人把啤酒洒在他的裤子上，也受不了卫生间的地板上有尿迹。"

外公既不喜欢听下流歌曲，也不喜欢讲黄色故事，不管是英语还是盖尔语都一样。一提到性他就脸红。我猜这是他苦痛的过去所带来的一种心理缺失。男人骗女孩上床后跑掉的故事对他来说毫无趣味可言。

当我和妹妹还是小孩的时候，我们去看望外公更多是出于责任，而非出于爱，因为他不喜欢沾满泥土的靴子踩在他擦洗得干干净净的地板上，也不喜欢我们把他的斧子到处乱放，或者是把他的锯子扔在外面淋雨生锈。他不在家时，我们在门上留下潦草的字条，他会用木工铅笔把所有的错别字圈出来，等我们下次过去，他便要求我们把错别字正确地拼写出来，因为他要求一切都"准确无误"。

外公对家庭作业的要求很严格，但严格之中又带点自己的幽默。我记得有个晚上，我和他待在一起。我在努力背诵几个历史时期:"联邦政府,一八六七年成立。"正大声念着,外公突然眨眨眼睛说:"想来我一八七七年出生,只比加拿大年轻十岁,所以我也不算太老。"听到他这么说,我第一反应是吃惊,因为他确实挺老的,加拿大也不年轻了。好在我那时还分不清年轻和年老的界限。

尽管外公比爷爷奶奶年纪更大,性格也和他们不同,但他们很喜欢他,也很尊重他。我想不仅是因为他的独女嫁给了他们的儿子,成为共同分担苦难的一家人,还有一部分原因在于他是他们的表亲,是红头发卡隆家族的一分子。尽管他们谁都不记得那个在上个世纪孕育了他的年轻男人,那个死在冬日缅因州白雪皑皑的原木滑道上的男人。

奶奶说:"他一直站在我们这边,他总是忠于他的血脉,是他给了我们这个机会。""这个机会"指的是爷爷奶奶从乡下进城的事。他们婚后早年住在红头发卡隆家族的土地上,和父母一同住了一段时间才开始建造自己的房子,但房子并没有建完。他们一直缺钱,未来也不清晰,他们甚至考虑搬去旧金山,因为奶奶的姐姐嫁给爷爷的哥哥后搬去了那儿,而且似乎过得挺不错。但最后还是没去成,其实是他们自己不怎么想去,但总说是"老人家不让去"。这个想法一直像梦想一样存在着,尤其是爷爷,他喝酒时总是一边端着酒杯,一边摇摇晃晃从椅子上站起来说:"我呀,本来可以去旧金山生活的。"

过了几年,他们有了孩子,一家人在那个时代过着飘摇不定的"小日子"。奶奶在溪边的石头上拍洗衣服,浇灌贫瘠土地上生长的宝贝植物；爷爷在夏天会去埋葬红头发卡隆的海角钓鱼，冬天则养些动物，偶尔去树林里干些活。

当几英里开外的镇上开始建造新医院的时候，外公过去做木工活，逐渐拿到了工地上的一些小合同。当医院像一座病人的纪念碑一样从平地上竖起之后，谁都不如外公了解这栋建筑。他意识到医院竣工后需要有人维护，便决定培养爷爷来干这份工。奶奶说："他会在晚上过来，带着干净精确的图纸，我把桌子擦得干干净净，让他把图纸铺在桌上，然后点上煤油灯，一起在灯下研究图纸。他向我们指明所有的管道和电缆如何连接，展示所有新式的开关和门闩如何使用，像老师一样发问，提出各种问题让我们来解决。有时候他用盖尔语解释，偶尔还会喝杯威士忌，再拉一曲小提琴。他拉小提琴倒有些奇怪，你怎么也想不到他会拉小提琴。然后他就走了，从不过夜。我曾经以为是因为我们家没有室内卫生间，而他又那么爱干净。我曾听人说他'过分讲究'。不过，就这样，我了解了医院内部的所有建筑原理。"

就这样，当政府发现新医院需要人维护时，爷爷已如他所说的那样"胸有成竹"。那时候，由于爷爷不同的政治立场，气氛有些紧张，但他在面试时的惊艳表现压倒了所有反对的声音，获得了这份工作。"现在我的生活终于稳定了，"他一边说，一边轻拍着新工作服里的新烟管，"去他妈的旧金山。"

这就是爷爷奶奶所说的"机会"，从乡下人变成城里人的机会。其实住在乡下和住在城里相比距离并不远，心理上更是没有区别。他们住在城镇的外围，有一个将近两英亩的院子，把乡下的鸡啊猪啊都带来了,如影随形的狗儿也带来了,有段时间还养了头奶牛。亲戚们也经常过来串门。由于镇子就在海边,海岸线相互交错,他们可以一路看到海岸,还可以远眺老家的一小片土地。在晴朗的夜晚,路灯像地上的星星一样闪闪发光,远处黑色的夜幕弯弯曲曲,蜿蜒延伸至海面。

爷爷和奶奶都是异常开朗的人,他们十分感激这个"机会",从未想过更加长远的事。外公却更加深思熟虑,他这样评价爷爷:"他其实很聪明,要是想得再远一些就好了。"

然而,也正是外公为爷爷策划安排了这份工作,并像专业的师傅一样引导他,一边调整工作,一边教导学生,计划着并希望二者可以相互契合。

爷爷对于自己的工作是这样看的:"我只掌握了一件事情,就是如何管理这家医院,对我来说这就足够了。"

刚结婚那阵就能看出来,爷爷是个顾家的人,赚的钱全都交给奶奶,只留下一些零钱买烟和啤酒。奶奶则包揽了赚钱以外的大小事情,这可不是件容易事。要知道,他们在结婚前十二年中生了九个孩子。在"那个机会"出现之前,他们的收入很不稳定,奶奶经常觉得手头紧,"机会"出现以后,她跟丈夫一样,感觉"生活终于稳定了"。对比之前的窘迫,现在她觉得生活算得上优越"富足",已经超出了之前的一切预期。但她仍然勤俭能干,认为"这是我应该做的"。她在补丁上再打补丁,几乎从不扔东西。她虔诚地相信着老话,比如"勤俭节约,衣食无忧",以及"要照顾好同一条血脉的人"。

她经常这样形容爷爷："他是你能找到的最好的人,我当然知道,因为我和他睡在一张床上四十五年了。"然后她会极其认真地警告说:"有些人啊,在人前扮得亲切可爱,回到自己家里,却对一起生活的人吝啬刻薄。除了那些不得不与之共处一室的人,没人知道他们的真面目。但是我老公从来不会这样。"说到这里,她开始容光焕发。"他总是很开心,很快乐,比有些人想象的更有内涵。"

5

我经常思念爷爷奶奶,如同回忆那些记忆中的盖尔语歌谣那么自然。但我从不刻意去想他们,从不会一早醒来,双脚一落地,就说:"今天我必须想想爷爷奶奶,要拿出整整十分钟来想他们。"就像告诉自己要做运动,强迫自己在床边做完多少个俯卧撑那样。我从不这样。当我安静地坐在装修精良的办公室里,对他们的思念便流进了脑海,没有任何痛苦,只有一种满含希望的美;思念会流进我静谧的家中,充盈于沉降式的客厅和质朴的好家具之间;思念也跟随我们去了大开曼岛、蒙特哥湾、萨拉索塔、特内里费岛,去到我们去过的任何地方,令我们感觉到,冬天是真的不存在的。思念流进心里,像美丽的雪花飘入兄弟们曾经住过的红头发卡隆家的老房子。那些雪花在看不见却连绵不断的风儿吹拂下,绕着窗户飞舞,或落在窗棂上,或落在门口。贴上密封条或是用旧布头塞着都不管用,雪花不断飘落,静静地,汇成一条条白线,预备着给人们带来惊喜。

到现在,我眼前仍不时浮现出爷爷奶奶的音容笑貌和某些场景。我看见爷爷站在梯子上,帮奶奶进行春季大扫除,他讨厌打扫卫生,但仍然会去做;奶奶在身后碰着了他的腿,爷爷一吃惊,膝盖猛地一弹,反应过来后,转过头从梯子上看下来,手里拿着窗帘杆和抹布冲奶奶直笑。

上了年纪之后,爷爷有点耳背了,他俩便基本上全用盖尔语交流,尤其是独处的时候。晚上从房间里传出来的就是盖尔语。爷爷说话声音有点大,耳朵不好的人都这样,他们听不见自己的声音。爷爷奶奶谈恋爱时就说盖尔语,虽然后来熟练掌握了英语,尤其是在得到外公提供的"机会"之后,但还是说盖尔语更加轻松自然。清早经过他们的卧室,有时候卧室门微敞着,就能看到他们一成不变的睡姿——爷爷仰卧在床的外侧,嘴唇微张,右手伸出来搂着奶奶的肩膀。奶奶的头枕在爷爷的胸前,被子底下隐约能看见她右手的轮廓亲密地搭在爷爷腿上。他俩非常支持彼此,从不反驳对方。他们非常清楚应该怎样过日子。

爷爷步入晚年后,有时会在酒馆待上很久,把钱花光后,便派个"跑腿的"去找奶奶要钱,好让他延长社交的时间。而奶奶总会给钱,还说:"这种事也不常有,想想他为家里挣的钱,这点钱算什么。"一次,一个邻居私下对奶奶说:"这要是我男人,我一个子儿也不给他。"奶奶生气了,反驳道:"没错,但他不是你男人。你管你家男人,我管我的。"

一个圣诞前夜,我们等爷爷回来,从下午等到夜幕降临都不见人。他赶去买礼物,但"应该是在路上耽误了",这是奶奶说的,她说他"可能花了太多钱在礼物上"。奶奶还说:"无论如何,他肯定会在六点半回来的,他知道有事要做,晚点还要去教堂,而且圣诞前夜酒馆六点就会关门。"

果然，爷爷六点半准时回来了，是和几个摇摇晃晃的朋友一起打车回来的。他们帮他打开门，把几包宝贝东西扛进来，然后唱着走调的圣诞歌钻进出租车一溜烟走了。

"你们好啊，"爷爷说着，摇摇晃晃穿过厨房，"你们好吗？大家圣诞快乐！你们都开心吗？"

他蹒跚地走到餐桌的那头，坐在自己的椅子上，身体不停地晃，好像正坐在一艘即将起航、不停颠簸的船上。"大家都好吗？"他睡眼蒙眬地向我们挥手，手掌在面前来回晃动，好像在擦拭想象中的挡风玻璃。"活着真好。"他又说了一句话，便身体一缩，从椅子上摔了下来。这一幕发生得惊人的快，就像电影里一栋布满炸药的大楼眨眼间悄无声息从眼前消失，只震了震，摇了摇，就塌了。

"上帝啊，涨潮之前得把船弄好。"这是他躺在地板上说的第一句话，第二句是："确保所有的阀门都关上了。"这两句让人摸不着头脑的话，一句可能是来源于他得到"机会"之前的生活，另一句应该是在说医院的工作。然后他就睡着了。奶奶低头看见他半张着嘴，双手摊开，安详地睡着了，大吃了一惊。

"我们该怎么办呢？"奶奶沉思了一会，灵机一动说，"有了。"她走到装着剩下的圣诞树饰品的盒子前面，拿出各种饰品，几缕金箔，还有一颗失去光泽的星星。她把星星放在爷爷头上，将金箔灵巧地绕在他四肢上，在他摊开的手脚上挑了几个重点部位放上小球和小星星，再在他胸前挂了几条圣诞小棍，令它们看起来有点像磨旧的战争勋章，最后往他身上撒上些假雪。爷爷鼻子一皱,好像要打喷嚏,但皱皱鼻子又继续睡了。装饰完爷爷后,奶奶为他拍了照片。爷爷晚些时候醒过来了,起初他有点蒙,这情景有点像格列佛在小人国,发现自己身上满是一缕缕金箔,一时半会都想不起来自己到底在哪,到底发生了什么事。他不敢动弹,用眼睛扫视房间,最后看到了奶奶,她静静坐在离他脚边不远的椅子上。爷爷缓缓抬起右手,假雪和小棍掉了下来,中指上还拴着个小绿球。

"我们觉得,今年圣诞的保留节目是给你打扮打扮。"奶奶一边说,一边看着我和我妹妹,笑了起来。爷爷像在解除一个即将爆炸的炸弹一样,慢慢坐起来,小心翼翼地移动身体,尽量不碰到身上的金箔和彩条纸。他站起身,看着自己刚刚躺过的地方,几乎还能看到他的轮廓,有点像倒过来的雪天使,假雪和装饰物勾勒出他四肢的形状。那天晚些时候,爷爷在教堂里转动脑袋的时候,还能见到头发里的假雪反射出金黄色柔和的灯光。

照片洗出来后,爷爷一直把它放在钱包里,等它开始起皱破裂,他便让奶奶翻出老底片,再洗一张出来。

当时,我只把这张照片看作是高中同学录里面那种"搞笑"照片。哪知多年之后,它的意义比我们当时想到的要大得多。

6

我和双胞胎妹妹是家中最小的孩子,那年的三月二十八日,父母决定让我俩在爷爷奶奶家过上一夜,那时我们才三岁。

爸爸从海军服役回来后申请了岛上的灯塔看守员一职。那个岛看上去好像漂浮在海峡之中,离镇上大约一英里半远。整个镇子面朝大海。爸爸很早就熟悉了船只的使用和海洋知识,通过考试后,他很快就收到一封通知他去上班的官方邮件。爸爸妈妈都非常开心,因为这意味着他们可以留在这里。工作还意味着安定,而这正是战争爆发之后他们一直想要的东西。老一辈人也都很高兴。"那个岛会存在很长时间的,"爷爷满心欢喜地说,可随后又表现出明显的不屑,"是个傻子都能看守灯塔,这又不像是负责整个医院。"

三月二十八日的早晨揭开了周末的序幕,爸爸妈妈和六个孩子以及一条狗踏着冰上了岸。哥哥们的年纪分别是十六、十五和十四岁,他们轮流把我和妹妹放在肩上,不断停下来,摘下手套摩擦我们的脸蛋,让我们的小脸不至于不知不觉冻僵。爸爸和十一岁的哥哥科林走在前面,不时用一根长杆测试冰层是否结实,尽管这么做好像没太大必要,因为他早在两个月前就已做好标记,把云杉插在冰雪里,为冬天的行路人提供路标。

冬天最冷的那几天,即所谓的"三九严寒之日",冰层变得异常坚固,这是北极圈东部地区的流冰和当地海峡冻结的"陈冰"共同作用的结果。在异常寒冷的冬天,如果冰足够滑,便可以在岛和陆地之间自由来回。人们在冰上或是走路,或是滑行,或是坐着冰橇在刺骨的冰面上以近乎危险的速度滑行和转向,还可以开着汽车和卡车在冰上冒险。有一两个周末,为了让大伙高兴,还会举办赛马比赛。蹄下钉着尖铁的马拉着轻雪橇或是夏天的双轮马车,绕着用云杉临时标记的轨道快速飞奔。比赛结束时,马的主人们会赶紧拿毯子给它们盖上,因为表皮排出的汗开始结冰了。若是盯着那些马儿看,你会看到它们好像突然未老先衰一般,黑色或棕色的皮毛一下子变成脆弱的白色。在冰天雪地里,变成白色的马儿仿佛突然间被冻住了一般。

我父母喜欢冬天的冰,有了冰,便可以做很多在夏天做不了的事。他们可以在冰上搬运物资,不用先拖运到码头,想尽办法装上摇摇晃晃的船运到岛上,再用起重机将货物从船上吊上码头,沿着悬崖运到灯塔所在的海角。在冬天,他们可以从冰上拖运煤和木材,在冰上赶运和交易牲口,用缰绳牵着它们走过临时搭建的颤巍巍的小桥。

此外,冬天对于他们的交际也有好处,总会有意想不到的客人穿过冰层来看他们,带来甜酒、啤酒、小提琴和手风琴。他们一整夜唱歌、跳舞、玩纸牌、讲故事。门外的冰上传来海豹的呻吟和嚎叫,还有冰层发出的轰隆声、断裂声以及咯吱咯吱声——

那是看不见的浪潮和水流在寒冷的白色冰层之下持续施压所产生的声响。每当有人外出撒尿，回来便有人问："你听到什么声音了吗？"回来的人会回答说："没什么，是冰的声音。"

三月二十八日那天，我们家有很多事情要做。哥哥们要去乡下看望堂兄弟们，他们还住在红头发卡隆的老屋。爷爷奶奶来城里之前就住在隔壁。如果他们能搭到车，就在那过周末。要是搭不到车，便打算走路过去，他们说走一英里半的冰路远远冷过走十英里陆路。爸爸妈妈打算去把爸爸赚的支票兑现，他们希望爷爷奶奶已经帮忙去邮局将支票取了回来。哥哥科林在等他的派克大衣，那是他从圣诞节前就开始期待的，可精打细算的妈妈直到现在才从伊顿的折扣商品目录中订购。春天来临后，厚重的冬装就会打折。我和妹妹都盼着去爷爷奶奶家，他们总是大张旗鼓地欢迎我们，还会夸我们真棒，走这么远路过来。我家狗也知道要上哪去，它小心翼翼走在冰上，不时停下来啃掉坚硬的爪子上的小肉垫间夹住的一团团冰雪。

我们走啊走，阳光普照，一切顺利，走完那片冰就踩上了大地。

接近黄昏的时候，太阳依然照耀，没有风，但空气开始变冷。那种寒冷具有欺骗性，会让人以为冬日的阳光等同于温暖。来爷爷奶奶家做客的亲戚们说，我的哥哥们已经到了，也许要住一晚才会回来。

爸爸妈妈把买的东西装进背囊，那些背囊一直放在爷爷奶奶家，用来背运干粮。他们有很多东西要背，哥哥们又不在，所以他们决定让我和妹妹在爷爷奶奶家过夜，等哥哥们回来就能一起把我们送回岛上。大家让科林也留下来，但他坚持要走，急着想试试他期待已久的派克大衣有多暖和。他们离开时太阳已经开始下山，但还有阳光。他们带了两盏防风灯，妈妈和科林各拿一盏，后半段路可以用来照明、标识和发信号，爸爸还拿了根长杆子，他们便出发了。先要沿海岸走大约一英里，到达某个地点再走冰路，沿着爸爸之前用云杉标记的路走回去。

三个黑色的身影和狗儿小小的轮廓在一片白色之中是那么明显。他们走到一半时，夜幕降临了，于是他们在冰上点亮了灯，灯光从岸上都能看到。他们继续前进，突然灯光摇曳起来，近乎疯狂地跳动，在黑暗中划出一道弧线后定住不动了。爷爷盯着看了一分钟，想弄清楚出了什么事，突然冲奶奶大喊："冰上出事了，只剩下一盏灯，灯不动了。"

奶奶赶紧来到窗前。"可能他们停下来了，"她说，"可能是在休息，也可能是在调整一下肩上的袋子，没准他们就是想休息一下呢。"

"但是只剩一盏灯了，"爷爷说，"而且不动了。"

奶奶怀着希望说："可能是另外一盏灯灭了，他们正在点灯。"

我和妹妹在厨房的地板上摆玩奶奶的刀具，玩"开商店"的游戏，轮流用奶奶放在壁橱下层瓶子里应急的钱从对方那里买勺子和刀叉。

"灯不动了，"爷爷说着，开始急匆匆穿上冬衣和靴子，这会儿电话也响起来，"灯不动了，灯不动了，他们在冰上遇到危险了。"

只听见几个声音轮流说"带条绳子","带几根杆子","带条毯子当担架","带上白兰地","我们在转角处碰面,一定要等我们一起出发"。

"我买下了他所有的勺子和刀叉,"妹妹在厨房地板上自豪地说,"还剩了这么多钱。"

"做得好,"奶奶说,"能省一分是一分。"

他们沿海岸走到半路的时候,灯光在黑暗中照见了狗的眼睛,爷爷用盖尔语叫它,它跑向爷爷,扑到他胸前,钻进他张开的手臂。爷爷摘下手套,抚摸它背上的皮毛,它亲昵地舔他的脸。

"它是来找我们的,"爷爷说,"他们落水了。"

"没有沉下去,"有人说道,"可能只是掉下去了,没有沉下去。"

"应该已经沉下去了,"爷爷说,"它也沉下去了,它的脊背都湿了。它很聪明,而且会游泳。它的皮毛很厚重,如果只是掉下去的话,能很快跳起来,可一旦身上浸湿就跳不起来了。它肯定是沉下去了,为了不被冰下的水流卷走,它拼了命游回洞口,努力爬上来。"

他们排成一列走在冰上,形成一串移动的灯光,看上去有点像圣诞节的装饰,每盏灯移动的节奏和持灯人行走的节奏一致。他们沿着冰上的路,朝冰上亮着的那盏灯走去。走近后,他们发现灯并没有被人拿在手上,而是孤零零立在冰上。冰路带着他们一直来到一片开阔的水面,前面没有路了。

多年以后,我和妹妹上了十一年级,老师给学生们讲华兹华斯时，引用了一首题为《露西·格雷》的诗作为例子。老师读到那几句诗时，我和妹妹同时看向彼此，那种感觉熟悉而又陌生，我们都想起了那个熟悉的场景：

> 他们沿着白雪皑皑的岸边，
> 跟着那些脚印走，一个接一个，
> 一直走到木板的中央，
> 再往前，就没有了。

"再往前，就没有了！"三月二十八日那天，我们游戏玩累了，就把刀具收好，奶奶一边招呼我们上床睡觉，一边焦急地朝窗外张望。

在外边的冰面上，人们接近那个冰窟窿时，狗开始呜咽起来。第一批救援人员趴在冰面上，每个人抓住前面人的脚，形成一条人链，与站立相比，这样能令冰面受力更加均匀。但是并没有效果，灯光照射到的地方什么都看不见，冰层似乎很结实，黑洞的边缘传来空荡荡的流水声。

大家都满肚子疑问，但束手无策。在坑口，云杉树一字纵向排开，一直延伸到中断的地方。也许只有一棵树沉了下去。漂走的那块冰并不大，然而就如外公说的："对于我们来说，它已经太大了。"

他们在退潮时消失了，只留下了一盏灯——也许是谁在下沉时把它扔在了冰上，它奇迹般直立在那里，继续发光；也许，是一只手去抓住另一只手之前,猛地将它挥出一条弧线,又小心放在冰上。男人们在冰上像守夜一样守着,用杆子撑着不让洞封住,等待潮汐的到来。清晨,潮水来了,我的哥哥科林浮了上来,虽然这种可能性极小,懂海的人都不抱太大希望。他那件派克大衣上的白色毛皮帽子钩破了,快要冻僵的男人们像因纽特人一样耐心蹲在洞口,他们大喊大叫起来,用杆子把他拨过来。他们认为他并没有沉得太深,也许是衣服被冰钩住了,也许是因为没背行李,负担不重,又或许那件派克大衣的新材质具备漂浮的性能,把他送上了水面。他的眼睛还睁着,帽子的系带好好地系在脖子上,是妈妈惯常的那种系法。

那天没找到爸爸妈妈,第二天也没有。往后的日子里再也没能找到他们。

7

第二天早晨,我和妹妹还不知道发生了什么事。我们喝着粥,在粥的表面划出"小河",引牛奶流进去,再随手撒上红糖粒。奶奶把妹妹紧紧搂进怀里,爷爷揉了揉我的头发说:"可怜的红头发男孩,一切都不会再像以前一样了,不会了。"

科林哥哥的守灵式在爷爷奶奶家进行了两天两夜,葬礼在第三天举行。红头发卡隆族人从远远近近的地方赶了过来,屋子都快被挤破了。女人们带来了大堆食物,有焦香的烤肉,堆得满满的蔬菜,配上一盆盆肉汁;有成堆的饼干和自制的面包;还有一碟碟堆得老高的糕点。在冰雪覆盖的墓地里,挖墓的人手非常充裕,锄镐在人们手中传递,冻土之中泥星飞溅。

来悼念的人一进屋,先去棺材边祈祷,再转过来劝主人节哀。他们中大多数人第一反应是找寻我的父母,因为当孩子去世时,应该先安慰为人父母的人。当他们想起我的父母也遇难时,便去寻找其他近亲。他们走向爷爷奶奶、叔叔婶婶或是伤心的哥哥们,和女性拥抱,和男性握手,对他们说"节哀,节哀"。在整段守灵的时间,不少人一直盯着门看,仿佛期望见到我的父母走进来,走进家中,因为家中有人过世而被召唤回来,但他们并没有回来。

在守灵的那些日夜，红头发卡隆家族的人有的睡在椅子上，有的睡在过道里，有的睡在卧室地板上，因为床上早已睡满了人。大多数人轮流整夜守着科林哥哥的小身体，这样他就不会感到孤独了。他静静躺在那儿，如此完美安静，好像在等妈妈来检查他的领带是不是打整齐了，指甲是不是洗干净了。就好像妈妈会对他说："你是全场的焦点，大家都在看着你呢。"

在守灵的那些日夜，大家不停地谈论这一切是怎么发生的，为什么会这样。他们都认为爸爸是个"冰上好手"，而那天早上他们确实安全走过了那段路。然而，无法预测的洋流和潮汐不知不觉融掉了冰层底部的太多冰块。毕竟已是三月末，太阳虽然热度不高，但也普照着大地。虽然有这些猜测，事情的真相，终究是不得而知的。

人们都说这是"老天干的"，就像保险公司经常说的那样，尽管红头发卡隆家族的人更倾向于认为这是"上帝的旨意"，并相信"上天有怜悯之心"，但有些读过《约伯记》或者对其一知半解的人却说这是神的审判和惩罚，并以此为据来寻找原因：是不是我父母去岛上工作之后去教堂的次数少了？是不是他们在婚前偷吃了禁果？谁知道呢？谁找得到原因？

又有人提到了先知，说他们在多年前就见过冰上发出"光芒"，发光的地方"正是出事地点"，现在看来这些预言还真是应验了。

守灵的那几天，外公只露过一两次面，他不喜欢参加这种人头攒动的哀悼会。后来他自愿穿过冰层去"看守小岛"，直到有人可以长期接替这个岗位。他带着他的小提琴去了那里,有那么几次,在寂静的夜晚,当风儿吹过大地,隐约能听见他为自己弹奏的哀悼之曲。他拉得远比人们想象中要好,对于那些听得懂这些曲目的人来说,更觉得难以将息。他演奏的曲子有《科布的挽歌》《格伦科》,以及帕特里克·麦克里蒙的《给孩子们的悼曲》。

"我们遭受了巨大的损失,但我们还有其他的孩子,我们还拥有彼此,"奶奶说,"而那个男人的悲哀有多深,没有人会懂。"

守夜结束后,红头发卡隆家族的长辈们经常会来爷爷奶奶的厨房里坐坐,有时他们会塞给我和妹妹几把硬币,因为实在想不出还能为我们做些什么。他们有时说我们是"幸运"的孩子,有时又说我们"太不幸了"。他们会说:"我可爱的小女孩,我可怜的红头发男孩,你们还有很长的路要走呢。"

据说,冰层之下和水面之间会有一层空气。如果掉到冰下,第一件事应该是翻转身体,背部朝下,让嘴巴和鼻孔尽可能贴近冰层,这样至少还能继续呼吸。还必须张开眼睛,找到掉下来的洞,尽力往洞口移动。如果在刺骨的咸水中闭上眼睛,很可能会迷失方向,万劫不复,因为时间实在太有限了。如果水流太湍急,眨眼就会把人卷到很远的地方,就算反应再快也来不及了。

我经常想象父母在冰下翻转身体的样子。就像叶子下面爬着的马铃薯甲虫。他们的手和膝盖向上推,摆出可怖的胎儿姿势,努力把嘴巴贴近封住他们的冰层,为了一线生机尽力呼吸着。

在他们失踪的几周后,阳光越发明媚,水流越发湍急,白色冰层之下已开始微微泛黑,就像隐藏的癌症终于浮现。几天时间,曾经广袤无垠的白色化作一块块不停晃动、不停旋转的块状物，在阳光下，在蓝灰色的海水中，打着旋儿，闪闪发光。

化冰之前，我们家的狗曾两次从爷爷奶奶家跑出来，跑去小岛上找它的家人，两次都是叔叔们过去把它带回来。第二次，爷爷用链条把它拴在门口，但是它呜呜地叫着。他们说，它是在呜咽啊，那么悲伤，简直不能自已。第二天一早，爷爷便放开了它。"它叫得我心都碎了。"他说。

一获得自由，狗儿便立刻冲到海边，要往岛上跑。它俯下身子冲上冰块，毫不犹豫地跃入水中，朝最近的冰块游去，又从这一块冰跳到下一块。爷爷拿望远镜看它，说："它真行。"然后又扭过头去。"这可怜的小狗儿。"

狗儿一直守在岛上，等待消失的家人从海里归来。当新的灯塔看守员，一个"来自皮克图的男人"把船头推上礁石林立的小岛码头时，它立即飞身冲下石块，怒气冲冲地朝他龇牙、咆哮，坚定地守护着属于自己的东西。那人从船头拿出一把二十二口径的步枪，将四发子弹射入它那颗忠诚等待的心，然后抓起它的后腿将它抛入了海中。

"它是红头发卡隆家那只狗的后代啊，"爷爷听说了这件事后，给自己倒了满满一杯威士忌，一口喝了下去，"就是当年他们离开苏格兰时，跟在小船后面游泳的那只狗的后代。这种狗儿太在乎人，太拼命了。"

五月十五日的清晨，外公和往常一样在海边散步时，捡到了女儿的钱包。钱包仍然紧扣着，里面没什么值钱或是让人感兴趣的东西，只有一张十美元的纸币被紧紧包在手帕里，还有科林的派克大衣的销售单和质保单，也许是想着万一衣服不合适还可以拿去退换。

有人觉得，不应该说是外公找到了钱包，而应该说是钱包来到他身边。但奶奶说，外公之所以能找到那个钱包，是因为他每天涨潮后都去海边散步，而且还到处张望，所以这件事是理所应当，根本没那么神秘。我也觉得，没有什么所谓的"来到"，也没有什么所谓的"找到"。总之，外公把钱包珍藏了很多年，直到我妹妹婚礼的前一周，才把这遗物交给了她。

这就是我和妹妹的故事，这就是为什么三岁的我们本来只打算在爷爷奶奶家"过上一夜"，结果却一直住到十六岁那年去上大学。这也是一个命运在一夜之间天翻地覆的故事。当然，故事中的许多细节并非来自我的记忆——其实我并不记得自己亲身经历过这些事。我说过，爸妈掉进水里的时候，我和妹妹正在玩过家家。同样，在很久以前的祖辈们的时代，红头发卡隆那条忠诚的狗跳进海里，跟在家人后面游水的情景，我们也没亲眼见过。我们更没有见过我们的曾曾曾祖母凯瑟琳·麦克弗森被装进帆布袋里扔进同一片海中的情景。然而，不管我讲得准不准确，这些故事都为家族中的每一个人所知，因为我们是最为亲密的一家人，十分了解彼此。就像奶奶常说的："你怎么能够不知道这些事呢？"

奶奶还说过："我不知道的事情太多了，但我有几个坚定的信念。我相信，要照顾好同一条血脉的人。如果我不信这个"——她补充道——"你们两个会变成啥样？"

8

回到此刻,在多伦多九月末的阳光下,我在皇后西街驻足犹豫。在奢华的餐厅和群立的高楼之间,保护和破坏的战斗仍在继续。一些告示上写着"出售",一些告示上写着"出租"。几台起重机悬吊着用来破坏的大球沉默地准备着,四周成堆的瓦砾便是它们的杰作。

街上往来的人流熙熙攘攘,说着各式各样的中国方言、希腊语、葡萄牙语、意大利和英语。橱窗里的商品贴着"进口"的标志。鸽子胆大又谨慎地扇动蓝灰色的翅膀,不时飞落下来,像傲慢的商人一样大摇大摆走在人流交织的人行道上。远处,抗议者和反示威者在混乱中行进。"和平主义者,共产党人爱你。""如果你认为这个国家不值得捍卫,就请滚出去。"

一次,在达拉斯的一场牙齿矫正医生大会上,一个男人注意到我的名牌,突兀地对我说:"那些在加拿大挺有名气的所谓乌克兰人究竟是从哪来的?"

"乌克兰啊,"我说,"他们是从乌克兰来的呀。"

"不对,"他却说,"没有这个国家。他们是俄国人,我在地图上查过。"

"不，他们不是俄国人，你的地图该换了。"

"我看地图的时候，"他说，"相信上面画的线，就像相信X射线一样。"

"但是X射线可不只是几条看得到的线条，"我随口回答，"它展示的其实是线条背后的含义。"

"听着，"他说，"线条就是线条，对吧？它们就在那里。不存在什么乌克兰人，他们就是俄国人。"

"事情没这么简单。"我继续无心地回答。

"我听说共产党接管了加拿大的医疗系统，"他说，"所以我才这么问。"

"不，"我说，"这件事也没这么简单。"

"你一直在说事情没这么简单，"他恼了，"对我来说只有正确的方式和错误的方式，还有就是医学是自由的行业。我敢说我赚的钱要比你多三倍。"

"也许是吧，"我说，"但我觉得赚得够了。"

"你应该来得克萨斯，"他说，"干我们这行得去有钱的地方，得克萨斯就很有钱。这里到处是有钱人，人们愿意花钱变漂亮。"

他又看了眼我的名牌，说："你的名字太像爱尔兰人了，应该改名叫弗林。我就改过名字，其实是我爷爷或者某位长辈改的。为了更像美国人，更好融入这里嘛。"

"那你之前叫什么？"我看着他的名牌，上面写着："你好！我是比尔·米勒。"

"我也不知道，"他大笑，"谁在乎呢？那都是过去的事了。对了，你们这些人会先说自己是加拿大人还是北美人?"

"这……"我语塞。

"没事，"他又笑了，还在我肩上轻轻捶了一拳，"你又要说事情没那么简单吧。祝你开心。"然后他一头钻进了人群之中。

此刻，我在犹豫该买点什么。每次遇到类似的谈话场合，我总是不知道要买什么。也许应该买伏特加，因为它质地更纯；也许应该买英伦三岛那种糖浆一样的棕色啤酒，因为它们更有"营养"，而且喝完之后能让人兴奋很久。爷爷说过："红头发卡隆家族会永世存在。只要他们有这个机会，并且愿意这样。"

一个穿黑色T恤的年轻女人朝我走来，她的T恤上写着："活在过去就无法点亮未来。"

9

在父母亲离世之后,我的三个哥哥搬回了爷爷奶奶家。就是他们获得成为"城里人"的"机会"之前,住过的那间红头发卡隆老屋。屋子长年无人居住,只有在夏天,日子不那么难熬的时候,才有人过来小住。人们认为我的哥哥们太年轻,干不了灯塔看守员那些维护的活儿,我前面也说过,那份工作很快就由那个"来自皮克图"的男人接手了。他和我爸爸一样是退伍老兵,显然也一直在等待着这样一份公务员职位。

我的哥哥们在父母离世之后便不再回学校,也没人让他们回去,更没人逼他们回去。自从搬到小岛上,他们虽然有时会去镇上的学校上学,但大部分时间都是爸妈在家里教。现如今,这件事似乎也"结束"了,和其他事情一样成为了过去。他们回到老屋,回到海边的土地上,带着父母的遗物,又慢慢添置了一些新的物件。

爷爷奶奶成了"城里人"之后,把用不上的各种物品都给了亲戚朋友,比如渔网、锯子、套链、几套马具、一匹小雄马,还有一头小牛。诸如此类的物品如今跨了一代人,又回到我的哥哥们手中,而且都比以前好了许多。小母马克里斯蒂就是亲戚们给的，还有三头小牛、一艘小渔船——虽然是旧的，但新过爷爷当年那艘。冰块消融时，哥哥们已经做好了几件捕虾的工具，也做好准备跟亲戚们一起捕鱼。他们还试着种了几株土豆和一两亩燕麦。我在这里讲述他们的生活，就好像我很了解一样，好像曾经亲耳听到最小的哥哥在半夜抽泣。其实，在那个春天，我和妹妹对土拨鼠更感兴趣。我们刚听说了土拨鼠的典故，它成为了我们最为重要的事情。"你认为土拨鼠今年能看到它的雕像吗？"我们总是问妈妈这个问题。"不是雕像，是影子，"她总是这样回答，还会补充一句，"我希望它看不到。我认为我们不可能再熬六个礼拜那么长的冬天。"①

如果只看人们过去的生活片段，是很难发现他们生命中的闪光点的。我们无法知晓那些留下阴影的确切时间，因为人们从来不会去记住那些日子；我们也无法弄清楚错综复杂的往事，因为没有亲身经历，只能从遥远的时空回顾。坐在装饰成浅棕色的办公室里，我时常会想起这一切。在这里，大家从不高声说话，轻柔的音乐声能舒缓情绪、消除恐惧。生活无忧的人们来到这里，带着信任和耐心，双手交叠坐着，希望我能让他们变得更好看。就像奶奶曾经揶揄的那样："为上帝的杰作画蛇添足。"

"不会痛的。"我柔声说，并向他们展示各种图表、X光片，以及"矫正前"和期待的"矫正后"的对比图，在图片中描绘出

---

① 在北美传统中，每年的2月2日被称为"土拨鼠日"。相传在这一天土拨鼠会根据自己的影子预测未来的天气：假如它能在地上看到影子，说明严冬还将持续六个星期；假如看不到影子，则说明春天即将来临。

下巴的美妙曲线，讨论牙齿的啮合和凸起，对比现在探讨未来的各种"可能性"。

我总在想，我对三个哥哥了解得太少。那年春天，我和妹妹三岁，哥哥们分别是十四、十五和十六岁，而科林哥哥已经不在了。他永远尘封在妈妈亲手系好的伊顿买来的派克大衣里，藏在那条牢牢系着的小领带后面，而妈妈也没能为他最后一次整理衣冠。

到后来，我去看望哥哥们，才会想到他们的生活。红头发男孩在夏冬两季偶尔会去看看他们。一开始，坐着他们的马儿拉的雪橇或马车过去，再后来，就坐他们买的、卖的或是工作用的二手车，车总是旧的。他们的生活对我来说很新奇，与我和妹妹的生活是那么不同。记不清是八岁、十岁、十二岁，还是这前后的哪年，我有了这些记忆；也搞不清这些记忆为何如此清晰，似乎早就植根在脑中一般。

哥哥们在老房子里住了很久，那里既没有水暖又没有电，全靠燃烧两个炉子里满满的木材取暖，这些木材都是马儿从海边拖回来的，有些是浮木，饱含盐分，燃烧时在炉子里发出嘶嘶声，噼里啪啦地爆炸，喷溅出火花；有些是海边没什么用处的黑云杉，用木锯和横锯锯下来。海边的树长时间被海风吹拂，沙砾似乎都已嵌入树干之中。在秋日的黄昏和冬日的夜晚，当锯子划过树干时，会迸射出蓝色和橙色的条纹状火花，就好像一场转瞬即逝的灯光秀，在树木内心深处绽放。纵使百般难寻，那颗被沙砾包裹的木心始终像钢铁一般坚硬。"其实在白天也有，"哥哥们说的是那些火花,"只是白天看不到。锯子一用就钝。"

冬日的夜晚,哥哥们围坐在餐桌边,煤油灯橘色的灯光洒下来,将他们的影子投射到墙壁上。他们的姿态在墙上映出了夸张的影子,就像墙饰,又像原始人的洞穴壁画。有时候,他们会打开那台像箱子一样的大收音机听广播,有时候打打牌,玩"四十五分"或是"拍卖";有时是兄弟几个玩玩,有时和亲戚朋友打——大多数是红头发卡隆家族的人,过来一起打发漫长的冬夜。他们经常说盖尔语,这一代人只在厨房和乡下说盖尔语,在城里或是在客厅谈事的时候就不怎么说了。所以,哥哥们回到老房子和老地方之后,便越来越频繁地说盖尔语了,就像是重回故地就要重操旧时的语言。盖尔语也是他们工作的语言。

哥哥们有时会取下厨房里火炉的盖子,让厨房变得更光亮一些。火焰跳跃着,不断变化成橙色、红色、黑色,炉中的颜色和光影不断变化,投射在周围的墙壁和昏暗的天花板上。有时候,大家只是看着这些火苗和影子,也有时候,这景象会触动他们讲各种或真或幻、年代久远或是当下发生的故事。如果家族里年长的歌者或是说故事的老人碰巧在场,便会"记起"那些他们从未亲眼见过的苏格兰旧事,还能在火焰闪烁的光影中预见我们的未来。

哥哥们在冬天睡觉时很少脱衣服,反而常常会添一件旧大衣当做临时的被子,有时还要盖上用来遮盖雪橇和马匹的长袍和毯子。清晨,未完工的卧室墙上露出的钉子结满白霜,如果想要看到外面冰冷寂静的世界,得用指甲刮去窗户玻璃上的霜冻,或是哈出温暖的热气融化厚厚的冰霜。装水的两个桶放在桌上，里边的水是从外面被冰层覆盖的井中汲取的。到早晨，这些水又结成了冰。哥哥们便用锤子将冰层敲破，取水煮茶。火生起来后，把水桶放在火炉边，或是直接放在炉上，一会儿工夫，水桶底层和边缘的冰就会融化，这时就能把水桶内侧的一圈冰拿出来放到盘子上。圆形的冰块晶莹透亮，像是从模具里取出来的完美产品，带着水桶内凹槽的轮廓和形状，里面冻着少量的青草和树叶，有时还有晶莹透亮的小浆果。渐渐地，厨房暖和起来，冰块慢慢融化，树叶和小浆果漂浮在微温的水中，哥哥们端起热腾腾的茶，用勺子或刀尖挑起它们。屋子里好像很难保存一个完好无损的杯子，也许他们从没想过要这么做。他们从来都是用没有把手的杯子、果酱罐或者直接对着热水瓶瓶口喝茶。

现在回想起这一切，我的惊叹依旧不减当年，惊叹他们的生活跟我和妹妹的如此不同。这样的生活本该成为我们的一部分，正如我和妹妹本该是他们的一部分。但更多的时候，他们更像远房的叔叔，而不像我们的亲哥哥。他们从不过有规律的生活，从不读《加拿大食品指南》之类的书，也从不在饭前饭后刷牙，从不在睡前换干净睡衣。他们的浴室就是一个大木桶。

当年，爷爷奶奶无法再照顾自己的孩子，便把关心都给了我和妹妹。奶奶给妹妹买的衣服充满了小女人情怀，这种情怀还体现在她精心设计的桌布、阿富汗毛毯和亲手钩编、针织、绗缝的卧室床单上。她很感激"那个机会"，让她不用在石头上用棒槌拍打衣服；也感谢时间的宽宏大量，因为她当年根本没有这么多时间来照顾自己的孩子。她常说:"我们有太多值得感谢的东西,尽管有得到也有失去。"

我和妹妹在成长的岁月里,一直处在"幸运"与"不幸"的模棱两可之中。我们把爷爷奶奶当成了双亲,因为他们最为接近这一角色,但我们仍然深深怀念沉入深海不再归来的亲生父母。

几周前,我在正畸牙医候诊室里的杂志里读到一篇文章。文章标题是"现代育儿",其中有一节便是关于"祖父母"。文章警告说,现代的父母要时刻注意孩子的祖父母,因为祖父母有溺爱孩子的倾向,甚至会做些不负责任的事。文中说:"他们这样做是因为知道孩子最终会回到自己家,他们不用对孩子的行为负责。"

文章还指出,和自己的孩子相比,祖父母更加溺爱孙辈,"因为现代心理学理论认为他们对孙辈的爱其实并不深"。

"你们能一直在这里生活真是你们的运气。"红头发堂哥亚历山大·麦克唐纳生气地说,他住在离我们十五英里远的乡下,那天下午来家里做客,"因为你们没有爸妈。"

那时候我们都还很小,差不多七八岁的样子。我和妹妹嘲笑他把茶倒入碟子里透凉,再从碟子里喝茶。后来,他在我的房间里一拳打在我鼻子上,我也还手打了他,我们在房间里扭作一团。他说:"他们也是我的爷爷奶奶,你知不知道。"他比我厉害,到现在我还记得他手上的茧子摩擦我脸和脖子的感觉。"就不是你的,就不是。"我喘着粗气,这么说也许是因为我感觉打不过他,也许是在使什么心理战术。很快,爷爷走进了房间。"喂,喂,"他说,"出什么事了?"说着一把抓住我们的胳膊,把我俩拎起来。在他强有力的手中，我们的双腿愤怒而又徒劳地在空气中乱踢，手臂和肩膀都快麻木了。

"他说你是他爷爷，不是我爷爷。"红头发的亚历山大·麦克唐纳哭着说。

"我当然是你爷爷。"爷爷说着，把我们两个都放了下来，就像拳击比赛中的裁判那样示意我们回到自己的角落。"我当然是你爷爷。"他说，走到红头发的亚历山大·麦克唐纳站立的角落。我和妹妹都有一丝被背叛的感觉。爷爷转过身用他那巨大的食指指着我说："永远不许再讲那样的话。永远。"

"他们真幸运，"亚历山大·麦克唐纳感觉自己得到了裁判的支持，又说，"他们的爸妈死了，真幸运。"

"你也一样，"爷爷突然调转手指的方向，几乎要戳中亚历山大·麦克唐纳颤抖的鼻子，"永远都不许再讲那样的话。永远。"

后来，大家回到平静祥和的厨房，亚历山大·麦克唐纳坐在他的爸爸旁边，他爸爸一边拍打他的膝盖，一边朝我微笑。爷爷把啤酒瓶滑向他，他继续用英语混杂着盖尔语跟爷爷交谈。这么一个大男人竟然是亚历山大·麦克唐纳的爸爸，同时又是爷爷的儿子，或者说"孩子"，这太奇怪了。但这是毋庸置疑的，特别是从他起身离开时爷爷拍打他肩膀的方式就能看出来。

"保重，"爷爷说，"一切都会好起来的。"

"没错，"奶奶说，"再见，祝你好运。"

"我会尽快还回来的。"他站在门口，即将走入突然降临的夜色之中。

"没事的,"奶奶说,"不着急。"

"是啊,"爷爷也应和说,"不着急,照顾好自己。"然后又拍拍他的肩。

多年之后回想起来,那时他应该是来借钱的。可能那年气候不好,也可能是遇到了什么事。但是那时,我出于孩子的自私,觉得亚历山大·麦克唐纳有这么高大、强壮的父亲,还有爷爷,这是多么的不公平。同样不公平的还有,这样一个高大的男人还有父亲来拍他的肩,告诉他"保重"和"一切都会好起来的",而我和妹妹还那么小,却享受不到同等的待遇了。

"我再也不会演这种戏了。"门关上后,奶奶用冰冷的声音说。我和妹妹这才发现奶奶一直在跟爷爷说话。

"居然说你们是我们唯一的孙辈。这世上事情这么多,还要和自己的血亲吵架。"

"哦,他们不会再那样做了,"爷爷说,"我们都会时不时发点脾气嘛。我还要喝点啤酒。我们在这住得不长,但过得开心就好。"

10

　　此刻,在天空中,高高的地平线之上,海鸥在九月耀眼的阳光下飞翔。海鸥的下面,尽管目不能及,但我知道那是白色的多伦多港。我从遥远的南方乡下来到这里,也将要回到那里。周末来摘果子的人腰直了又弯,很是辛苦。他们挥洒着汗水,衣服斑斑点点,都湿透了。孩子们开始发脾气,一屁股坐下来不干了,任凭父母一个劲想说服他们,告诉他们辛勤劳作能存下多少钱,以及这些水果蔬菜制成的罐头到了冬天会有多么美味,但都无济于事。有的父母会严厉地批评孩子的懒惰,或是以"我小时候"这样的开头对他们说教,孩子们便盯着手看,好像对嵌进指甲的泥土很感兴趣,又有点害怕地看着手上的倒刺和划痕。他们会说:"我的手指好像扎了根刺。""现在几点了?""这些还不够吗?""如果我保证冬天不吃就可以不摘了吗?""我的大拇指在流血,我看到了自己的血。""我想喝点东西。"

　　在其他几块田里,异乡来的采摘工人们以平稳的速度采摘着果实。有时他们看看太阳来确定时间,有时会站直身子,把手背过去一会儿。他们的眼睛扫视着一排排的果树,还有那或满或空的篮子。他们一直在计算,做着最原始的算术题。他们不怎么流汗，他们的孩子也从不抱怨。太阳下山后，在周六晚上，农场主会从当地啤酒店给他们买几箱啤酒，也有一些男人会去酒馆。那些自律的宗教徒和胆子小的人是不会去的。酒馆里的人坐在一起，用他们自己的语言交谈，计算着现有的和即将获得的香烟一共会有多少包。他们有些焦虑地撕下酒瓶上的标签，用粗糙焦黄的手指敲打狭窄不平的桌面，一口一口喝下啤酒，不少人都想象自己回到了家乡。

我不知道该给哥哥买什么，给自己买什么。该如何给什么都不缺的人和一无所有的人买东西呢。

"这根本没什么区别，"他说，"根本没什么区别。"选你想选的吧。

11

我和妹妹步入青春期的那段时间,哥哥们发生了很多事。我猜想,这些事情对我们所有的人都产生了影响。变化悄悄到来,一些人长出新发,一些人的头发日渐稀少或灰白。变化悄无声息,却无从躲避。尽管这些变化有时无形而沉默,却是那样举足轻重。变化静静地发生,如同在体内繁殖的癌细胞,如同在不完美的颌内缝隙中挣扎生长的牙齿。变化安静得如同障眼的白色之下消融腐朽的冰块,或是如同奔着子宫而去的精子,在高潮的尖叫声之后悄无声息地到达终点,静静孕育。

我和妹妹小时候去哥哥们家里玩,总是带着当年去乡下祖父母家做客的那股兴奋劲儿。只要能搭上便车,或是可以说服奶奶我们会小心不打扰到哥哥们,我们就能去他们家玩。我们并不只是去过感恩节或圣诞节,而是在探索他们的生活,尽管我们自己并不这么想。我们对彼此生活中的各种不同很是着迷——那些围在屋子周围,一有机会就钻进来的动物;那些趁门没关上便跑进厨房的羊羔、小牛和母鸡;那些把鼻子贴在窗户上打探屋内情况的马儿;那些穿过缝隙、窗纸上的洞或敞开的大门飞进来的苍蝇、蜜蜂和大黄蜂;那些蜷缩在楼上卧室里待产的猫儿;还有那些无处不在的红头发卡隆家族的狗儿,它们像毯子一样躺在桌下,或是跟在任何它们感兴趣的人身后。

要是赶上秋天刮海风的日子,我们便跑去埋葬红头发卡隆的那处海角,比赛谁能在大风中站得最久。当我们面朝大海,风会将我们的气息原路吹回去,水花在岩石上飞溅,在我们身上和红头发卡隆的墓碑上洒下白花花的水珠。我们不得不将头偏向一边喘息,或是趴下,紧靠着打蔫的草地、蔓越莓树藤,或是潮湿苔藓向四周延伸的卷须用嘴呼吸。如果风刮向大海,我们便不能这样跑出去玩了,一阵突发的狂风有可能将我们卷起,从高处摔到光滑的卵石上,或是甩进那永远狂躁不安的惊涛浊浪之中。

狂风暴雨过后,悬崖的景象会变得不大一样。不过这些变化永远都是细微的。有几块岩石在海浪的重击下掉落,页岩接缝之中的一些泥土也被冲进了大海。只有海角上最坚硬的石块似乎永恒不变,但细看还是可以看出它们的变化,比如一小片海水洗涮过后的光滑区域,或是岩石表面新出现的凸块。悬崖正缓慢而坚定地朝陆地移动,而红头发卡隆的墓似乎正朝着悬崖的边缘移动。

渐渐地,妹妹去哥哥家的次数少了。当时我们只是孩子,很难注意到这些变化,或许正如谁也不会注意到暴风雨后大海令悬崖产生的变化一样。现在回想起来,似乎变化应归因于他们对她的看法,还有她自身在其他因素作用下发生的变化。那阳刚气十足的小世界并不利于她作为女性的成长。在我们长大的过程中,哥哥们的生活也在不断变化。对他们来说,这种生活和环境已经够好了,但对她来说却远远不够。

令大家尴尬的情况有很多种,比如哥哥们把水桶当成厕所,甚至有时连水桶都不用;他们在炎炎夏夜畅饮啤酒后,拉起楼上的窗户,顺着屋子外面的护墙板撒尿,黑暗中液体的热气直冲他们脸上扑来。尴尬的事儿还有哥哥们睡觉时,上好膛的步枪就放在床下;在月光皎洁的夜晚,他们在敞开的窗户边或跪或伏,向外探出脑袋,寻找穿过寂静田地向围着栏杆的花园移动的鹿角。他们探出窗外,紧张地看着反射着月光的蓝灰色枪管,在"穷人的灯"照耀下瞄准鹿角之下的头。"穷人的灯"是盖尔语中比喻月亮的一种说法。

一旦打中,哥哥们便一边穿裤子一边飞奔下楼,一把抓起厨房桌子上早已磨利的刀子。在野地上就着"穷人的灯"用刀割开鹿儿仍在猛烈抽搐的喉咙,动作迅速而精准。他们取出内脏,剥去鹿皮,把鹿的残骸切碎。刀在鹿的胸腔中飞快进出,割开肠子间的灰色纽带,掏出仍在颤抖的红色心脏,然后将鹿肉装进水桶,放进水井里保鲜,要吃肉的时候就用湿漉漉的绳子把水桶拉上来,他们也很清楚这样保存不了很久。

尴尬事儿还有很多,比如银灰色的公鸡当着妹妹的面精力充沛地与母鸡们交配,不顾它们愿不愿意,硬把它们的喙往土里按;还有院子里的公牛流着口水骑在主动献身的母牛身上呻吟。

吃饭的时候也时不时发生些尴尬事儿。哥哥们用的杯子都没有把手,有时候他们站着吃饭,从炉子上冒着热泡的罐子里挑起半熟的土豆,有时还用割鹿喉咙或是割钓鱼绳的刀给土豆削皮。四处飞舞的苍蝇和堆积在洗碗槽里的脏盘子也令他们尴尬。

一天中午,妹妹问:"你们这里没有桌布吗?"又问:"你们没有餐巾吗?"我清楚地记得年纪最小的哥哥因为妹妹的提问而变得黯淡的眼神,他似乎在自言自语:"如果妈妈在,她就知道该怎么办。"也许他发现自己并不清楚女孩的心思,也许他以不同于我和妹妹的方式来怀念妈妈。他记得她喜欢整洁和干净。那个早晨,妈妈在开始冰上旅程之前检查大家的耳朵,他还抱怨说:"就你喜欢这样,我没见过谁到处看别人耳朵。"结果呢,从那之后,她再也没机会检查别人的耳朵了。

哥哥们钓鱼的海岸没有码头,捕鱼结束后,他们得把船拖进高出水位线的岩石间,出海时再把船推进海里。有时候,他们的膝盖,甚至腰,都得浸在海水里,才能把船拖到可以自由漂浮的地方,船头也才不会撞上水底林立的礁石。完成最后一推后,他们便从船头或船身爬上船,等船开始调头,再用船桨和竹竿将船划出足够远,直到可以安全地启动发动机。后来,哥哥们用木馏油处理过的木料造了一条原始的横木滑道。他们在滑道上涂满油脂,发动和停泊船只便相对轻松了些。他们在靠滑道的海岸上放了一个马颈圈,一套马具,一根挽绳棍和一条铁链。每天早晨出海时,他们还会带上一罐密封严实的麦片放在船头。

当一天的出海结束,返回海岸时,我的大哥卡隆总是站在船头,将右手的两根手指放进嘴里,吹出两声刺耳的口哨。这时,和马儿一起待在一英里开外的草地上的母马克里斯蒂总会抬起头,甩动着鬃毛向海岸飞奔而来,在它奔驰的马蹄前不断扬起细小的石子和沙砾。

发动机关闭后,船只静静滑向陆地,海浪在船后留下一个不断变宽的"V"字。克里斯蒂嘶鸣着，晃动脑袋等待，在冲上岸的浪花中不耐烦地抬起前蹄。"啊，克里斯蒂，我的宝贝。"他会说，同时跃过船头走向它。他把麦片举在手里，如同古时的商人向等候在岸的人展示商品一般。当它把鼻子埋进麦片里，他会轻拍它的脖子，对着它的鬃毛轻声唱起盖尔语和英语混合的歌曲，像是在对深爱的人儿说着甜言蜜语，然后把项圈套在它脖子上，给它披上马具，再将铁链穿过钻入船头的钢环里。它再一次向前跳跃，回应他的口哨，在一片飞起的石粒中，将船拖上涂满油脂的滑道，拖向水位之上的安全地点。之后，他卸下马具，又轻拍它几下。马儿不停地在他胸口来回蹭动脑袋。最后它走回同伴身边，而他和兄弟们向家里走去。

还记得有一天，我与他们一起去海边。那次情况似乎很糟糕，天冷飕飕的，还下着雨。发动机发出奇怪的噼啪声，汽油里混进了水，需要检查化油器。输气管道被吹开了，船随着海浪上下颠簸。浮标泡在水里，绳子又脏又乱，自顾自地扭成一团。卡隆那颗折磨了他几天的发炎断齿令他左脸肿了起来，痛得抽搐着。那天是周六，我在周五晚上搭车到他们家，哀求他们第二天带我去船上。他们并没预料到我会来。因为天气的缘故，他们不想带我出海，但又不敢留我一人在家，最后还是让我跟着去。我负责带上给克里斯蒂的麦片。当船终于要靠岸时，我才发现忘了带麦片。那个早晨大家都忙成一团，糟糕的天气让每个人手忙脚乱，没有人想起麦片的事情，我也没说出来。那一天已经够糟了，我特别想回到爷爷奶奶温馨的家里，想我的显微镜、邮票、收音机，想和妹妹下棋。我犯了好几个错误，但我什么都没说。

当船靠近海岸时，一整天麻烦不断的发动机被关掉了。卡隆跑去船头，吹出两声尖锐的口哨。我们没有看见马群，猜想它们应该和平时一样在树下躲雨。他又吹了声口哨，它出现了。在雨中，它的身影高出红头发卡隆的墓碑很多。它飞奔着向我们跑来，后蹄在雨水浸湿的地上滑了一下，在湿漉漉的草地上划出一道棕色的痕迹，但又立刻缓了过来，快速向我们奔来。

"该死的麦片在哪里？"他走向船边迎接它的同时大喊。这下我的过失终于暴露了。

"老天哪！今天还不够糟糕吗，现在又出了这档事。"他说着，一把抓住我的夹克衫领子，将我拎了起来。我的脚在船边晃荡着。我看着他因暴怒而肿胀的脸，感觉他要把我扔下船去。

"放他下来，"其他的哥哥听到我的话后齐声说，"没事，它会来的。"

"谁说没事的，"他咆哮着猛烈摇晃我，令我的牙齿咯咯作响，"它会来就因为这是交易的一部分。它在等我们做该做的事。"他手一松，我掉回了船里。我分辨不出这是原谅还是放弃。

"上帝啊，"他一边说，一边把手伸进嘴里，"这该死的臼齿！"他走向工具箱。今天一天为修理发动机没少用这个工具箱。他右手拿起满是油污和汽油味的钳子，把它塞进嘴里，拧动着向外拉扯。我们听到一阵尖锐的声音，比指甲刮在黑板上的声音更加刺耳。也许那是钢铁摩擦牙齿的声音，但听着更像是牙齿从根部碎裂了。他又将钳子在嘴里转了转，猛一转头，顿时鲜血和脓汁从嘴里涌出，顺着脖子向下流淌，一直流到胸前的毛发中。然而，尽管他使出吃奶的劲，那颗已经松动、鲜血直流的牙齿却依然顽固地停留在他的口中。

这时，倾斜的船向礁石林立的海岸漂过去。克里斯蒂已经等得不耐烦了，不停地在雨中晃动脑袋，嘶鸣着催促我们上岸。我们像刚从催眠中苏醒似的，摇摇晃晃拿起船桨，重新调整船头向岸边靠近。卡隆走向船边，虽然手上没有麦片，克里斯蒂依然跑来迎接他，紧紧贴住他空空如也的掌心。他像往常一样轻拍它的脖子，哼着曲子，若无其事地在它水光粼粼的鬃毛上擦拭满是鲜血的双手，然后像往常一样给它套上马具。但这次他没有将铁链套进船上的铁环，而是向我们要了一段绳子，固定住绳子的一端，绳子的另一端绑上一段拉伸线，再爬回船里，将线绕在牙齿上。

"抱住我。"他对兄弟们说。克里斯蒂听到口哨后一耸肩，像往常一样向前跳跃。只是它并不知道这次身后绑住的是一个人，而不是一条船。它一奔跑，他的头和上半身便跟跄着向前，但兄弟们稳稳站着，用肩膀顶住他。他那颗发炎的黄牙顿时从口中飞落船头，像黄白相间的贝壳一样，在绳子末端晃荡。此时那颗牙与它带来的痛苦相比是那么微不足道。克里斯蒂停下脚步回过头来，大概是以为船那边的绳索没有在铁环上系牢，或是它这边的绳索系得不对或是断了，它一定奇怪为何感觉不到任何重量。

"谢天谢地。"卡隆说着，从船的一侧掬起一捧盐水漱去口中的血沫，又是冲，又是吐，又是咳。"我并不是生你的气，红头发男孩，"他转向我说，"是这颗牙让我不爽。"绳索绷紧的那一刻，他的下唇被切出个口子，他满嘴都流淌着明亮鲜红的血。

12

每周一早上,我的诊所总是人满为患,就像周五一样,来的都是些爱美的人。有些是由父母代为预约的小孩子,还有一些是基础牙科的朋友和同事介绍来的。一些人甚至千里迢迢慕名而来,期待我可以做出他们需要且满意的效果。

有些人想改变下颌轮廓,让自己看上去更像当红明星。有时他们会带着照片来找我,希望我能把他们变成照片上的样子。他们从钱包或价格不菲的上衣的口袋里掏出照片时总是一脸害羞的表情。

"你不需要这个,"我会对其中一些人说,"你得看远一些。如果我给你做成这样,你没准会后悔。"我仔细端详他们,就像医生劝年轻的小伙子不要做输精管切除术一样。我们平静地讨论最后的效果和期望。

有些时候,我们讨论的主要是儿童的阻生智齿、楔形牙和多生牙。我通常会给他们看一些标题为《拔掉阻生智齿后会怎样》或是《口腔外科建议》的小册子,内容包括痛苦、吞咽、发炎以及用药建议:

为减轻痛苦，你必须按处方用药，谨遵医嘱。不要等到疼痛难忍时才去吃药，否则病情会更难控制。如果疼痛过于剧烈，请立即知会本诊所。

或者是：

术后次日早晨才可漱口，漱口时动作务必轻柔。过早漱口或漱口过于频繁会阻碍伤口愈合，影响治疗效果。请用温热的盐水漱口（一杯温水加半匙盐），有助于冲出手术区域的残留食物。如有疑问请立即致电本诊所。

"并发症"宣传册是这样写的：

白齿拔除之后，创面会留下一个洞，骨头和新的组织会逐渐将其填满。伤口愈合时，可能会有细小尖锐的碎片嵌入牙周组织，造成额外的不适和疼痛，但都会逐渐自行消失。如有疑问请立即致电本诊所。

九月的烈日下，我极不情愿地去给大哥买酒，他也许需要这酒，也许不需要。突然刮起一阵风，几张报纸飞到我脚下。展开的报纸像宝塔的尖顶一样在风中飞舞，用不同的语言阐释自身的起源。人们你推我搡，匆匆奔赴各自的目的地。鸽群一边散步一边扑打翅膀，偶尔飞到半空中，与飞舞的报纸融为一体。它们睁着明亮的眼睛四处张望，一点也不怕人。一只鸽子飞到我面前，在落地的一瞬又拐进旁边的小巷。我注意到它的右脚是粉色的，缩成一团，活像一个门把手，一瘸一拐地踱进了小巷。但飞到空中之后，它的缺陷便没那么明显了，飞翔的姿态跟其他鸽子没什么两样。它掠过灰色的楼宇，绕了一圈，又返回这里。

13

我的哥哥们年纪渐长,离家的次数也渐渐多了。他们一刻也闲不住,或许年轻人都是这样。我们从别处听说他们夜间在蜿蜒的路上长途跋涉时经常跟人打架,他们跳舞,打冰球,有时跑出三四十英里只为"看看那里出了什么事"。有时,红头发卡隆家族的人会在黑漆漆的夜里及时赶来,救下冲动的卡隆和哥哥们;有时,他们也会去帮别的堂兄弟收拾局面。他们开着那辆修过无数次的破车,常常因为没开大灯、没开尾灯、没有消音器、驾照不符、车牌过期、酒驾等原因被加拿大皇家巡警拦下。

一些老人将这些三手或是四手消息告诉爷爷奶奶,他们多是来我家厨房喝茶的,有时爷爷还会无限量地提供免费啤酒。

"真希望他们没出什么事,"奶奶望着窗外那片曾吞噬这些年轻人父母的大海,说道,"要是他们能跟我们一起生活该多好。他们已经不是小孩子了,但也还没长大成人呢。"

"他们就是太年轻了,"爷爷乐观地从餐桌旁的椅子里站起身说,"我也年轻着呢,"他朝奶奶眨了眨眼,"你还记得吧。"

"当然,"奶奶说,"我们都年轻过。但这是两回事。"

有的晚上,在我听完外公谈论苏格兰高地历史或是让他教完我下棋之后,从他家里出来时总能看到哥哥们开着破旧不堪、锈迹斑斑的改装车从街心呼啸而过。在我的记忆中,这一幕似乎永远发生在冬天,但我知道事实并非如此。那时候,街上积了厚厚的一层雪,车辆匀速行驶着,光秃秃的轮胎轧过雪辙,缤纷的雪花在黄色的车灯下飞舞。

有时他们会停下车,摇下车窗和我说话,但不熄火。纷飞的雪花在发烫的车前盖上融化,雨刮器以优美的弧线来回摇摆,把挡风玻璃擦得干干净净。用铁丝捆在一起的排气管隆隆作响,所经之处,车底的雪纷纷融化,先变成炭黑色,再氤氲成一个不规则的圆,最后消失不见。有时,他们会从座椅底下拿出几瓶啤酒,用牙齿咬开瓶盖,扭头从车窗吐到车旁的雪地里。他们会问起家里的情况和妹妹的情况,因为她也是他们的妹妹。有时他们还会给我钱,尽管也知道我用不着。然后他们便离开,去开始新的冒险旅程,他们的旅程看上去跟我的有天壤之别。那时候我刚刚加入曲棍球队,对集邮、收音机中的"流行音乐"以及外公送给我作为圣诞礼物的棋盘和显微镜产生了极大兴趣。

哥哥们借着"穷人的灯"猎捕到鹿之后,会把鹿肉挂在门廊上。盛夏的清晨,爷爷有时会在敞开的房门上找到一块鹿肉,偶尔还有几罐清亮的月光酒。奶奶总是不太相信那酒,她说:"你都不知道那是什么。"但爷爷总是坚持说:"要是有问题,他们就不会拿回来了。"

"我希望那不是他们自己酿的,"外公说,"他们从没拿来过什么好东西。"看到爷爷喝光了杯中之物,外公耸了耸肩又说:"你怎么喝得下那种东西？我年轻时有一次去乡村中学参加周六舞会，我们走到教学楼后面撒尿，有人从瓶子里倒了杯酒给我。当时天色很黑，喝下第二口的时候，我觉得有什么东西从喉咙落下去，我的嘴唇和牙齿碰到了什么东西的腿。那是只死掉的六月鳃角金龟，就是那种在夏天撞纱门的虫子。我吐出了一只，但另一只已经吞下去了，于是我开始狂呕。我记得我的两腿分得很开，像一匹撒尿的马，这样就不会吐到新鞋子和新裤子上，那条裤子我可是熨了半个晚上啊。从那么亮的地方走到黑暗的地方，无论是谁都会看不清楚，也不知道虫子掉进去了吗。那次可真把我整惨了。"

"算啦，"爷爷说，"你吃到那些虫子的时候，它们没准已经在酒里泡透了，别太担心啦。"

此刻，在午后的多伦多，我想起了性格迥异的爷爷和外公，也想起了许多关于他们的往事。如果是爷爷的话，他会带着孩子气的热情去完成我如今所面临的任务。他会抱着一堆啤酒和白酒满载而归；他会踏上脏兮兮的楼梯，穿过亮着四十瓦灯泡的走廊，经过一扇扇传出阵阵呻吟声的紧闭大门，走过散发出阵阵恶臭的呕吐物和便溺，装作视若无睹；他进门后会唱起盖尔语的歌曲，讲几个笑话和老掉牙的故事，双手用力拍打膝盖，用他自己的独特疗法为别人医病。如果外公也去了，他的脚步或许会比我还慢；他会瘪瘪嘴，踌躇不前，想其他办法；他会皱起眉头，像帮爷爷填所得税退税单时那样，试着辨认潦草的字迹，读懂那些揉成一团的收据和纸条。

有一年春天，外公填完爷爷的退税单，认真签上名，用钢笔仔细画掉错字，盖好墨水瓶盖，准备好回答爷爷的问题，因为爷爷总会问他："我能拿到多少钱？"外公会和我一起填表，他说只要把信息填对了，其实很容易。但爷爷一回到家就不想干这个，他更愿意在威士忌中寻求安慰，而把填表当做一件不值得浪费时间的小事，只在提问的时候才打起精神。当外公告诉他能拿到多少钱时，尽管不多，他也会拍拍外公的肩膀说："我就指望你了，麦克唐纳家的人。"或许，在一三一四年的班诺克本战役①中，苏格兰国王罗伯特一世也曾对麦克唐纳家族的人说过同样的话。

外公仿佛一下回到了三个半世纪之前，思绪万千。"当麦克唐纳家族从基利克兰基战役②归来时，已是一六八九年的秋天，他们在五月离开家，那时候，有的家里生了孩子，有的家里父母去世了。大麦和燕麦都已成熟，他们错过了收割的季节。"

"但是他们打了胜仗。"爷爷兴奋地接上话茬。或许是那笔即将到手的钱勾起了他的兴奋劲，他坐在餐桌边，又给自己倒了一杯威士忌。

"没错，他们是打赢了，"外公说，"他们赢得了传统意义上的胜利，却失去了更多东西。他们失去了一个热血青年，这个青年曾是他们的领袖，给予他们极大鼓舞，为他们的事业注入了信念。他们从战场上带回他的尸体，用血染的格子披风裹着，安葬在教

---

① 班诺克本战役，苏格兰第一次独立战争中的决定性战役，战役中苏格兰军队以少胜多，大败英格兰军队。
② 基利克兰基战役，在1689年苏格兰詹姆斯党人叛乱期间，由詹姆斯党人军队于7月27日发动的一场与政府军的战斗。由约翰·格雷厄姆·邓迪率领的詹姆斯党人军队在基利克兰基山口伏击政府军，大获全胜，但年轻的邓迪伤重身亡。

堂墓地。或许那便是结束的开始,因为在那之后一切都变了样。虽然他们留了下来,为他们并不在意的人战斗,但起初跟随他们的人早已回去了。"

"忠诚是魔鬼啊。"爷爷不无感慨地发表评论。

"是啊,他们效忠的不过是一份江河日下的事业,最终却付出了高昂的代价,"外公若有所思地说,"他们坚守阵地,很多人为此送了命,"他的神色变得凝重,"基利克兰基一役死了很多人,邓凯尔德战役①中死的人更多。"

"他们像魔鬼一样勇敢。"爷爷也激动起来。

"是的,"外公说,"但我认为他们也会害怕。"

"从来不会,"爷爷摇摇晃晃地从椅子里欠了欠身,仿佛要维护世界上所有麦克唐纳家族的荣誉,"麦克唐纳家的人没一个害怕的。"

"我有时会看见他们,"外公盯着桌面,目光似乎从装有退税单的信封上抬了起来,"我有时看到他们沐浴着灿烂的秋日暖阳,穿过广袤的兰诺赫高地。我想象他们骑着马,扯着标语,高傲地把格子披风搭在肩上的样子。他们腰间别着弯刀,一手拿着砍刀,一手持着镶有青铜饰品的水牛皮盾牌;他们齐声唱出振奋人心的歌,他们的武器和那一头头黑发、红发在阳光下闪耀光芒。"

"棒极了!"爷爷拍着大腿说道,仿佛在欣赏一出精彩的电视剧,又像坐在电影院里观看电影。

---

① 邓凯尔德战役,基利克兰基战役后,詹姆斯党人军队与苏格兰政府军的又一场激战,发生于1689年8月21日,詹姆斯党人伤亡惨重,大败。

外公略带歉意地笑了，担心接下来的话会破坏爷爷眼前的画面。"但有时候，我也会想象他们思念那些死去的人，思念基利克兰基战役中失去的成百上千条生命，哪怕那是场胜利的战役；思念那些倒在邓凯尔德街头的人，那些躲在屋子里却被活活烧死的人。他们把受伤的人带了回来，伤员们有的趴在马背上，有的躺在担架上。说是担架，其实不过是他们用关节发白的拳头扯紧的一块格子布而已。失去了一条腿的人把胳膊搭在同志的肩膀上，在春日里跳着走过漫长的旅程。他们想要回到格伦加里、回到格伦科、回到莫伊达特，或是任何一处故乡。一个男人失去了双手，伤口还在流血；还有人双腿间流着血——那玩意儿废了。"外公望着爷爷平静地说，"这些人一旦回到故乡，就永远不会离开了。还有些人回不来了，尽管他们挨过了战争，却没走完那段崎岖不平的回家路，最终被葬在乱石冢或沼泽地里，死在哪，就葬在哪，再也没能看一眼家乡和等待他们归来的亲人。"

"就像你父亲一样。"爷爷同情地说，想跟外公沟通一下感情。

外公停顿了片刻，继续说道："每当我回忆他们的时候，总会从不同的角度去揣测他们的想法。他们踏着四十年前自己或是父辈来时的路回去。回溯一六四五年，他们和父辈一起翻山越岭，开始为保王派或者为个人自由浴血奋战。蒙特罗斯和诗人伊恩·洛姆带领人们在一月底二月初的时候翻山越岭[①]。他们舔着

[①] 这里说的是苏格兰内战期间，由苏格兰保王派贵族蒙特罗斯侯爵一世詹姆斯·格雷厄姆率军在因弗洛希与英国议会支持的苏格兰誓约派军队激战。伊恩·洛姆本名约翰·麦克唐纳，是苏格兰盖尔语诗人。

指缝间的燕麦,饮干冬天捕猎到的麋鹿的血,生吞鹿肉,以防火光暴露了自己。他们光着腿冒着风雪,或黑或红的头发上满是雪花和冰碴,他们说:'不管怎样,我们受的苦最好是值得的。'四十年之后,他们又回到了这里,有关基利克兰基的回忆已渐渐模糊。"

外公平静地说着,略带些难为情,因为他很少滔滔不绝说这么久。"秋季的兰诺赫高地没有阳光,总是在下雨。他们穿着粗革皮鞋走在泥塘边上,脚下直打滑,他们又累又饿。雨水在他们头顶汇成一条小溪,顺着脖子流下来,落在睫毛和鼻子上。他们诅咒着这九死一生的徒步,当那些大型武器逐渐变成负累,便被他们扔进了灌木丛。"

"我们得走了,"爷爷从椅子里站起身,话题的转变似乎令他突然清醒过来,"我再倒一杯在路上喝。"

"随你的便,"外公笑着说,"注意安全。再见。"

回家路上,我跟爷爷并肩穿过黑漆漆的春日大街,他的身子不断朝我这边歪。到了一处隐蔽的地方,他停下来小便时,转头对我说:"我最喜欢第一个场景,你呢?麦克唐纳家在阳光下凯旋的画面。"我不知该如何回答他,只好不置可否地哼了一声,好把他小便的嘶嘶声掩盖过去。海边的池塘里,无数只青蛙铆足了劲儿呱呱叫,唱出一首首求爱歌曲;远处的海岛上,我父母曾经守护的灯塔依然伫立在那里;顺着海岸线一直往前,可以看到红头发卡隆家的老房子里透出星星点点的灯光,其中就有哥哥们的家。

到家之后,爷爷宣布:"不管怎么样,我都要把钱拿回来。"

仿佛又恢复了往日的活力,向大家宣布这个消息,就好像表格是他自己填的似的。

"上帝保佑,"奶奶说,"他为我们搞定了所有的事。"

"我跟他说了,"爷爷说,"我说'我就指望你了,麦克唐纳家的人'。"

"是啊,"奶奶说,"他性格不错,就是孤零零的,没了爸爸也没了老婆,就连唯一的女儿也走得早,只剩下这几个孙辈了。"她望着我和正在桌子旁边写作业的妹妹说道,"我希望他们能跟他更亲近一些。"

"他们够亲的了,"爷爷说,"他们还年轻,而他太讲究,人不可能都一个性子。但这当然不只是年龄的问题。他只比你我年长一点,但跟我们都不太一样。"他眨了眨眼睛继续说道,"我敢说,跟他相比,你更愿意嫁给我吧?"

"我当然愿意嫁给你,"奶奶说,就好像已说过千万次,"我从没想过要嫁给别人。你懂我的意思。我们家里总是很有人气,你有朋友,有啤酒,还有喜欢的歌儿,尽管你跟他一样体贴善良,但你比他活得开心。"

"有时我想到他,"爷爷仿佛在为那个夜晚做总结,"会觉得他跟罗伯特·斯坦菲尔德[①]一个样。他不是那种你会想要邀请到宴会上为大家唱歌、跳舞和搞模仿秀的人,但他无疑是个好人。我还想再喝上一罐啤酒,"他说,"为了庆祝我的退税。"

---

① 罗伯特·斯坦菲尔德(1914—2003),第十七任新斯科舍省省长。

14

两年前的一个阳光灿烂的下午,我坐在妹妹旁边听她说话。她的家坐落在活力四射的卡尔加里新城一处挺有名的山上,整栋房子装潢十分现代。我们坐在她那低调奢华的客厅里,各自端起一只装着琥珀色烈酒的厚玻璃杯,小心翼翼地把它们放在皮质托盘上。卫生间里的马桶设在一处夹角之间,冲水时不会发出一点声音,水流也相当平静。

她说,自己跟着丈夫、石油工程师潘科维奇搬到了苏格兰石油城阿伯丁①。有一天,他出差去了北海②,她租了辆车,穿过看似宽广实则狭窄的苏格兰,开下凯恩戈姆山脉,又穿过基利克兰基关口。尽管她的目的地在北方,但路却一直带着她向南走;她绕道兰诺赫高地,告诉我经过那里时想起 T.S. 艾略特关于兰诺赫高地的一首诗,开篇便是"这里的乌鸦饿着肚子"。接着她进入平静的格伦科③。一六九二年二月十三日的早上,麦克唐纳族人在床上睡觉时,遭到他们收留了两周的士兵的杀戮。那是凌晨五点,

---

① 阿伯丁,苏格兰地区的主要城市之一,是开发英国北海油田的最大基地。
② 北海,大西洋海域的一部分,位于不列颠群岛、丹麦、挪威、德国、荷兰等国之间。
③ 格伦科,苏格兰西部村庄,T.S.艾略特有一首诗《兰诺赫,格伦科旁边》。

暴风雪下得正紧,外面传来一阵敲门声,麦克唐纳家族人高马大的族长伊恩大哥从床上爬起来去应门。他友好地给他们倒了一杯威士忌,但当他转身穿裤子的时候,一颗子弹打中了他的后脑,他猛地向前扑倒,压住了尚未从温热的床上起身的妻子。他原本长着一头红发,随着年龄的增长,红色变浅;现在,鲜血将这头红发染得更加鲜艳。这群大兵又杀了他的妻子,还用牙咬下了她手上的戒指①。

"再也找不回任何往日的痕迹,"妹妹感叹,"除了那些河流、山川、石堆和它们的记忆。"

她去了一个名叫威廉堡②的地方,那里本来是为控制苏格兰人所建的,约翰逊博士③称他们是"落后的家族和流浪的野蛮人",尽管他毫不愧疚地接受过这些人的热情款待。接着,她又向西走了几公里,来到圣西里尔教堂墓园。她说,她站在刻着"伊恩·洛姆,吟游诗人"字样的凯尔特十字架边,微风拂过她的发丝。这位情感热烈的诗人书写高地上的山谷和冬日冰雪中漫长的旅程。

"十字架就对着他热爱的群山,"她说,"他希望这样,也想被葬在这里。"

她继续说:"我觉得他从未有过片刻犹疑。你知道吗,对于忠诚,对于他所爱和所憎之人,他从未怀疑自己写的文章的价值,也从未怀疑自己写的诗歌的价值,更从未怀疑手上所沾染的鲜血

---

① 1692年2月13日,格伦科麦克唐纳家族三十多人因未向新任英国君主威廉三世宣誓效忠而遭政府军屠杀。
② 威廉堡,苏格兰高地城镇,位于里尼湖(Loch Linnhe)东岸。
③ 约翰逊博士即《英语大词典》的主编塞缪尔·约翰逊。他以厌恶苏格兰人著称。

的价值。面对自己热爱的事业，他从未动摇半分。"

"不对，"我说，"我觉得不是这样，这只是传说而已。"

"你还记得吗？"她又问我，"爷爷经常一边喝威士忌，一边哭着说起那条穿越冰面回到陆地的狗。说他那次放它走是因为它令他伤心。还说那个男人什么都不知道就把它打死了。"

"我记得，"我说，"那个男人打死它后，拎起它的腿，把它扔进了大海。"

"这件事无数次出现在我脑中，它似乎拥有教堂宣扬的那种'无上信仰'，你懂的。它一直等着他们，坚信他们会回来，即便其他人早已放弃了希望，它依然坚信他们一定会回来，它会一直等下去。"

"我就指望你了，麦克唐纳家的人。"说完我就后悔了。

"噢，别开这种玩笑。"她说。

"我没有开玩笑，"我说，"我只是想起了另外一件事。"

"好吧，我在想那时的它，它那么在乎那个小岛，那么在乎它的亲人，最后也为他们而死。它一直守护着他们的家，等着他们归来。它认为小岛是属于他们的。属于我们的父母，也属于它。"

"是的，"我也走进了自己的记忆中，"爷爷总是叫它'可怜的狗儿'。它是从苏格兰跟来的那条狗的后代，一七〇〇年，那条狗跟在他们的船后一直游到了这里。要不是他们对它的顾惜，它可能早就淹死了。它也为此付出了一切。"

"是啊，"妹妹感叹说，"这种狗儿太在乎人，也太拼命了。唉！"说着，她抬起手摸了摸头发，"我都是个成熟的成年人了，居然还花这么多时间去想一只狗的决定。"

"不是的,"我把胳膊伸到桌子另一头抓住她的手,就像我们小时候那样,"你所做的事远不止如此,你知道的,你所做的事远不止如此。"

在这栋坐落于卡尔加里的现代化别墅里,我们像小时候一样隔着桌子牵着手。我们常在周日午后牵着手,用手指去触摸去世多年的父母的脸:他们仰起脸,在桌子上的相框里望着我们。

"你知道吗?"过了一会儿,她开口说道,"格伦科有一层含义是'狗儿的山谷',这名字源于传说中曾在这片土地上奔跑的猎狗。"

"是的,这么一想还真说得通,"我说,"虽然我并不了解那个传说。但我记得格伦科的意思是哭泣的山谷。"

"是麦考利,"她说,"那个历史学家,他根据那件事情取的这个名字。人们在找到哭泣的理由之前,早已给这个地方取了另外一个名字。"

"是那个写了《桥上的霍雷肖》的麦考利吗?"我拼命回忆遥远的高中时代学过的几首诗。

"是的,"她说,"就是他。他们这种学者喜欢从历史中寻找素材,再加以润饰,"她顿了一下又说,"不过,从现在的角度来看,只能说不同的诠释之间只有正确和精确之分。"

艾伯塔的阳光穿过窗户,在琥珀色的烈酒和厚重的水晶杯里投下阳光的微粒。我们把酒杯端在手里,顺时针转着圈。门开了,她的孩子放学回家,纷纷走进来了。

"有吃的吗?"他们问,"我们饿死了。"阳光在他们那红黑相间的发丝上闪闪发光。

15

我在多伦多的街道上穿行,抗议者的声音不绝于耳,他们呐喊、高歌,举着宣扬信仰的标语,反对者的声音也同样震耳。他们高喊"军舰滚出去","国防要强大","拒绝核战","为……战斗"。金黄的烈日高高照耀,仿佛凌驾于万物之上。

我曾在这样一个金秋九月的午后去看望我的哥哥,现在回想起来仿佛已经十分久远。那是一个周末,炎热的午后十分安静,没有一丝风,海面波澜不惊,看上去仿佛一幅油画。大家刚吃过午饭,都围坐在厨房里。这时,大哥走到窗边,兴奋地大叫:"看哪!黑鲸,是巨头鲸。"

鲸群跃出了宁静蔚蓝的大海,以优雅的姿态翻腾。一头接一头的巨头鲸挺着黑色的弓形脊背,打破了海面的平静,在头顶喷出白色喷泉一样的水柱,随即跃入海中,将玻璃似的海面打碎,那一片平静的蔚蓝登时变成一个小小的白色喷水池,仿佛处于另外一个世界。巨头鲸的数量约有二十头,它们忽隐忽现,时而出现在这里,时而出现在那里,在埋葬红头发卡隆的那处海角不远处的水域畅游着。大家都放下了手头的事情,狂奔了四分之三英里,跑到海边去看这些黑鲸。我们站在海角的最边缘,冲鲸群大声呼喊，在它们喷水、跳跃、转身、翻腾的时候献上掌声，沉浸在鲸群闪闪发光的幸福之中，那么远，又这么近。

我的哥哥们说，这些黑色的巨头鲸有时会跟着他们的小船，它们喜欢掌声，也喜欢歌声。如果它们消失在水面以下，大家就会像在体育比赛中那样有节奏地拍手，很快它们就会再次跃出水面；有那么几次，被歌声吸引而来的鲸群为了向他们示好，在小船附近跃起，差点把小船掀翻。它们一跃而起，弓起脊背，又再次消失在蓝色的海域，尽管大家知道它们不会走远，但它们看上去就像是玩躲猫猫的小朋友，想要突然出现在你身后，吓上你一跳。有时，当鲸群从大家的视野中消失的时候，大家就会用英语或是盖尔语唱起歌儿来，还会打赌究竟哪一首歌能让它们"嗖"的一声跃出海面，以优美的姿态绕着摇摆的小船翻腾。

这个周末我们没有乘船出海，因此只能远远地站在海角，大声呼喊歌唱。整整两个小时，我们一直喊啊，唱啊，挥舞着手臂为鲸群壮丽的表演鼓掌。有时，它们靠岸边非常近，仿佛想听清我们在说什么，或是想更好地展示自己。鲸群不停地跃出海面，溅起一团一团的水花，我们一直喊着唱着；太阳开始西斜，鲸群仍没有半点倦意，我们却已开始疲惫，于是我们开始往回走，不时回过头去对鲸群挥舞手臂大声喊叫，向它们告别。

傍晚时分，我跑到海边，想把家里的奶牛牵回来，却发现一头黑鲸搁浅在礁石上，就在哥哥们停泊小船的附近。我走向那块礁石，成群的乌鸦和食肉的鸟儿从岸边飞来，直到走近我才发现，海洋为这些鸟带来了多么丰厚的馈赠。

海水已经退潮，体型巨大的黑鲸躺在礁石上，辽阔的大海曾是它展示的舞台，如今却静静地与它相隔甚远。禽鸟已经啄出了它的眼睛，开始向它的肛门和生殖系统发起进攻。它的身上有一道长约五英尺的锯齿状伤口，从喉咙经过胃部一直延伸到腹腔，部分内脏流到了岩石上。烈日的余温开始发威，很快腐臭味便弥漫开来。离开了蔚蓝的大海，它的皮肤不再是闪亮的黝黑，而在死亡气息的笼罩下变成了黯淡的棕黄色。

我回到家里，把这件事告诉了哥哥们，大家随后跑到海边来看它。我们认为这头黑鲸没有发现大海正在退潮，借着午后的兴奋劲，它游得离海岸太近了，一次跳跃之后，它发现迎接自己的不是深邃的大海，而是一块尖利的暗礁；这块暗礁划开它柔软的肚子，剖开它的胸膛，令它再也不能跃起。我们感到自己就像专门迷惑水手的雄性塞壬①，诱使这头黑鲸走向了死亡，虽然我们当时并没有这么说。面对死亡，大家想到了一个现实问题，担心这头黑鲸的尸体和腐臭会影响到小船作业。我们可以用爪钩钩住它的身体，用开足马力的小船把它拖离礁石，但也很难把它拖回海里，因为它的体型实在过于巨大。于是，那个夏日午后以我们始料未及的方式结束了。

当天晚上，海上下起了暴风雨。我们躺在床上听到外面狂风呼啸，密集的雨点噼里啪啦砸在窗户上；我们被雨声搅得心烦意乱，只好起了身，担心泊在海湾的那艘小船被浪头卷走。所有人

---

① 塞壬，希腊神话中人首鸟身的怪物，又被称为"海妖"，用自己的歌喉使得过往的水手倾听失神，从而导致航船触礁沉没。

都摸黑跑到海边，手里拿着防风灯和手电筒，还叫上了忠心耿耿的克里斯蒂。海浪卷起老高，轰隆作响，我们几乎无法在闪着白光的湿滑圆石上站稳；而在我们头顶更是没有一丝光线。克里斯蒂也被吓得够呛，高高的海浪哗啦一声涌到它的膝盖，四只蹄子在没入水里的暗礁上直打滑。卡隆用双手紧紧拉住缰绳，在它的一侧大声唱起一支盖尔语歌曲，好让它镇定下来。以前在他受惊的时候，母亲总会唱这首歌给他听。浑厚的声音盖过了海浪的咆哮，它紧紧贴在他身边，其他人也一样，任凭海浪在我们的膝头打着漩涡。我们用钩链钩住船舷，稳住了小船，又把克里斯蒂带回地面，往红头发卡隆海角的更高处转移。它一跃而起，跳上高处，这时一个大浪打在小船尾部，强大的力量将它抛向空中。如果船还拴在锚上，或许早就被打翻了；这会儿巨浪虽然堆得老高，但在高处似乎还算安全。大家全都精疲力竭，躺倒在潮湿的青苔和蔓越莓藤上。小船已被转移到高处，整个晚上都不会再受到海浪侵袭。在黑暗之中，大家都兴奋得很，把那头黑鲸抛到了脑后。

第二天一早，暴风雨呈现出颓势，尽管大海依旧波涛汹涌，但狂暴的海浪似乎已然止息。我们赶到海边时，小船十分安全，一点也没被打湿，经过整晚的暴风雨侵袭依然完好如初。那头黑鲸不见了踪影，大家全都松了一口气，估摸着是海浪将它带回了大海。但是很快我们就发现，黑鲸的内脏只是被不远处的一堆圆石所阻挡，海浪冲刷着圆石，内脏也随波漂浮。灰白色的肠子绞在一起，上下漂浮，肝脏、胃和巨大的心脏全都历历可见。

在几百码远的陆地上，我们终于找到了黑鲸的尸体。棕色的海草、碎石和浮木碎片绞缠在一起,堆得像小山那么高,将黑鲸的尸体盖在下面。大海没有带走黑鲸,反而把它冲上了岸;那具尸体在那里待了一年多,最后只剩下了一具骨架。

哥哥坐在房间里等待,仿佛透过想象中的窗户,望着远处那头在九月的艳阳下翻腾跳跃的黑鲸。"别着急,"他说,"我哪儿也不去。"

16

在安大略省的南部，采摘工人们弯着腰，顶着炎炎烈日，默默计算一天的薪水和当季的收成。周末到了，工人都准备回家，而我的孩子们正在安大略省最南端，在凉爽的游戏室里玩电脑游戏。到了周一，病人们将挤满整个候诊室，但此刻他们正在享受周末的时光。孩子们尽力不去想星期一的到来，但实际上心里却担心得不得了。追求美的成年人们准备好为自己的期望买单。奶奶一定会说我的工作是在"篡改上帝的作品"，而在北美这片丰饶的土地上，我和求诊者们都在做自己该做的事。

我在哈利法克斯①读的大学，刚开始学习牙科时，我的教授有一天晚上突然邀请我跟他喝上一杯。我们去了一家大酒店旗下的小酒吧，他对我说："干这一行能赚不少钱，但是在滨海诸省就不行。那儿的人不像这里那么爱护牙齿。超过百分之六十的人从没看过牙医，除非是到了无可救药的地步；大多数男人不到二十就装上了假牙。他们喜欢把牙齿拔掉，却不愿意进行修补，就好像故意要这样。只有魁北克人和土著人能跟他们相媲美。"他又补充道：

---

① 哈利法克斯，新斯科舍省省会。

"还有纽芬兰人。我永远都搞不清楚纽芬兰是否属于滨海诸省。"

他不是大西洋周边城市的原住民,不过他在哈利法克斯生活过一段时间。他喜欢这所大学,也喜欢这座城市和这里的人。

当时我还太年轻,听着这些预言从一个戴着牙套的大人物口中说出,竟不知该如何回应。在他面前我没什么自信,而且我的钱也不够买酒。其实,我压根儿就不想喝酒,怕会犯迷糊,耽误考试复习。我知道自己有机会赢得各种荣誉、奖学金和奖牌,这些奖励会帮助我踏上他指明的那条路。

我换了杯可乐,他居然并不介意。我摇晃着杯子,令冰块打转,直到它们在我热乎乎、汗津津的手掌中融化。我以前从未遇到过他这样的人,实在猜不透他的想法,生怕说错一个字,破坏我们之间本来并不深厚的师生情谊。我连喝了几杯可乐,他也喝了不少啤酒,我变得有些不安;我觉得血管中满是咖啡因,眼前的人在我的想象中放大了数倍。他说的话也越发含混不清,有时候,他会松开握杯的手,摊放在杯边,时而敲敲杯子,让酒溅洒在桌上。我们起身离开时,都装出一副什么也没有发生过的样子。喝酒这件事逐渐加大了我们之间的距离,就好像一个人待在岸边,另一个却跳上了驶向大海的轮船。怀着不同的心境,我们的谈话渐渐变成了鸡同鸭讲。

然而,他似乎十分热爱自己的职业,而我作为行内一员也得到了他的垂青;而且,在这条路上,他似乎很孤独。

"你说你从哪来的?"他使劲向前探身子,鼻子几乎要碰到桌上的玻璃杯,活像一只对着精品店橱窗猛啄的愤怒小鸟。

"噢,"我被这个简单又复杂的问题吓了一跳,"布雷顿角。"

"没去过,"他说,"值得去吗?"

"什么?"我问。

"该去吗?"他说,"值不值得去?"

"我不知道。"我迅速在脑中搜寻合适的答案。

"你们家是牙医世家吗?你父亲是牙医吗?"他开始有规律地前后晃动身体。

"不是,我家没人干牙医,我父亲也不是牙医。"

"噢,"他说,"干这行的人大多来自牙医世家。但我认为你已经小有成就了。看吧。"说着,他又向前探了探身子,用那双湿乎乎的手牢牢抓住我的肩膀,"你已经学会了让牙齿更好看,而不仅仅是把坏牙拔掉。"

那年春天,我光荣地毕业了。阳光灿烂,绿树茵茵,繁花似锦,我们排着队走上礼台,领取毕业证书和奖金。红头发的亚历山大·麦克唐纳的父亲借给我一辆车,好让大家都来参加我的毕业典礼。我提前两天回了趟家,把爷爷奶奶、外公,还有红头发的亚历山大·麦克唐纳的父母都接来了。

毕业典礼前的那个下午,大家都安顿下来。外公说:"领我去图书馆看看,我想找点东西。"爷爷说:"附近有没有像样的酒馆?"奶奶和其他人去为那些离别了几个小时的亲戚朋友们买手信。妹妹的毕业典礼也在同一时间举行,但她的学校远在艾伯塔,尽管我们给家人发了一模一样的电报,但那里实在太远,大家都没办法参加。那些跟着我哥哥们去干活的红头发卡隆家族的成员,其中也有红头发的亚历山大·麦克唐纳,他们在安大略省的埃利奥特湖附近待了将近一个月,为伦科开发公司打井挖巷道——近年铀矿价格随着市场水涨船高,公司要重新开发十年前发现的铀矿。他们发来了电报,用英语和盖尔语两种语言书写,还附上了一张五百美元的支票。

去埃利奥特湖之前,他们刚从秘鲁这个没有明确边界线的国家回来,顺道在家待了几天。在回安大略省的路上,他们抽出一个下午的时间取道哈利法克斯来看我。他们告诉我,那里的空气实在太稀薄了,害得他们差点患上了"索罗疾",也就是高山病。后来,他们渐渐适应了那里的纬度。他们说,秘鲁的景色十分迷人,但那里的人很穷,热衷于政治斗争。在秘鲁发生军事政变的前一年,他们收到警告,要远离政治纷争,独善其身,踏实务工。此外,他们还被告知,如果在蜿蜒的山路或村镇的小道上——黎明的山坳里漆黑一片,走小路可以更快赶到工地——碾到动物甚至是人,千万不要停车,否则极有可能被人砍死;应该迅速赶到下一个村镇,通知当地警方或者塞罗德帕斯科①的人。那时候的秘鲁是一片"不毛之地",生活在那儿的大部分是被流放的外国人。听哥哥们说,秘鲁的国歌叫《我们是自由的,我们永远自由》。

我之前说过,毕业那天阳光明媚,每一个毕业的日子莫不如此。"对你来说是好事啊。"爷爷对我说。我头戴学士帽,身穿学士服,手里拿着毕业证书、奖状以及夏季研究员职位的聘书,奶

---

① 塞罗德帕斯科,秘鲁西部城市。

奶给我拍了很多照片。"对你来说是好事，红头发男孩，也就是说你不用再干活了。"爷爷的意思是我不用再去拉木锯，或是在齐腰深的冰水里把小船推离红头发卡隆海角了。"老天哪，"他接着说，"三十二颗牙。你可是要对整个医院负责的哟。"

那个炎热的下午，以及傍晚回家的途中，我们一直沉浸在生命中的变故和那些或远或近的过往之中。

"那件事是真的，"走了一个小时之后，外公突然说，"我在哈利法克斯的图书馆里找到了。"

"哪件事？"爷爷问。

"沃尔夫少将与高地人的事呀，就是在魁北克的亚伯拉罕平原那时候。他利用高地人和法国打仗，却又不相信他们。如果法国人把他们全杀光，没准他会更高兴呢。他只是在利用他们实现自己的目的，直到把他们榨干。"

"但是，"爷爷说，"你不是跟我说过，是一个会讲法语的名叫麦克唐纳的家伙把他们送过岗哨的吗？他不是和其他高地人一起抓着弯曲的树根率先爬上悬崖吗？你不是这样说的吗？"

"是的，"外公说，"他先爬上了悬崖。沃尔夫少将还留在下面的小船上。你想想看。"

"他们先爬上去是因为他们优秀，"爷爷以不容置疑的口气说，"我认为是他们为我们赢得了加拿大，他们从卡洛登战役[①]中吸取

---

① 卡洛登战役，1746年4月16日发生于苏格兰东部的卡洛登原野，对阵双方是英格兰王国政府军和起义的詹姆斯党，最终前者获胜。该战役是英国本土最后一次激战，从此詹姆斯党人日渐式微。

了教训。"

"在卡洛登战役中,他们却是站在另外一边的,"外公快恼羞成怒了,"麦克唐纳和沃尔夫打过仗,后来他去了巴黎,在那里学会了法语,得到了赦免之后才开始为英军卖命。他在卡洛登战役中站在沃尔夫的对头,后来又在魁北克为他效力。在那样的环境下,沃尔夫如此多疑也就情有可原了,他的遭遇跟其他人没什么两样。麦克唐纳最后为英军战死,而不是被英军打死。在虚伪浅薄的年代,人们无法想象别人能够奉献自己的一切,甚至是生命。"

"没人知道他们真实的想法。"爷爷颇具深意地说。

"不是的,"外公反驳说,"有些人还是会留下思想的痕迹。沃尔夫称高地人为秘密军队,曾在写给朋友里克森将军的信中提到招募他们入伍一事,还冷嘲热讽了一番:'就算他们倒下了,也没什么大不了。'"

"说到战争,"一直沉默不语的奶奶突然发话,"今早出发的时候,我收到了住在洛杉矶的姐姐的信,但是我一时高兴,就把这事儿给忘了。"

她从手包中掏出一封信,读了起来:

亲爱的凯瑟琳、亚历山大:

很高兴收到你们的来信。听到你们身体不错,真令人开心,并祝你们参加亚历山大(或者按你们的叫法是红头发男孩)毕业典礼的哈利法克斯之行顺利。我很高兴他的妹妹凯瑟琳也从艾伯塔毕业了,可惜你们不能去参加她的毕业典礼,但人毕竟不能同时去两个地方。这些孩子一定最令你们满意了。

我敢肯定,你们也会很高兴看到其他孩子从秘鲁安全返回的。可惜他们没能在旧金山停留,过来看看我们,但我们也知道机票和签证手续实在太繁琐。将来还会有机会的。希望他们在安大略省一切顺利。说到安大略省,我们唯一的孙子亚历山大收到了征兵通知,他们希望他去越南战场,但他不想去,我们也舍不得。我们支持做派温和的肯尼迪总统领导的这场战争,但是现在一切都变了。卡隆说他不相信林登·约翰逊①的眼睛,我们这些留在后方的人得到的消息都不是事实,那里(越南)的人只想夺回自己的家园。不管怎么说,现在我们这儿对战争产生了很多非议,你们可能在报纸和电视上都看到了,许多人加入反对者的阵营,很多年轻人都去了加拿大。

要是能告知你们家的孙辈们在安大略省的地址,并给他们写信说说,或许他们能帮帮他。老话说得好,"血浓于水",你知道我们也会这么对待你们的。

尽管我俩都上了年纪,但身体还算不错。我得停笔泡上一杯茶了。真遗憾你们不能来旧金山看我们。卡隆说,如果你们来了,我们就能喝点比茶更带劲的东西。他说退休后想在地下室酿啤酒。我想他这个老毛病怕是改不掉了。

爱你们,再见!

诚挚的姐姐、姐夫:卡隆与萨拉

---

① 林登·约翰逊(1908—1973),第三十六任美国总统,肯尼迪总统遇刺后就职。

"写信和他们说'好的',"爷爷毫不犹豫地说,"我的孩子们会帮忙的,他们会在安大略省为他提供帮助,红头发男孩也会和他们这样说的。"他拍了拍我的肩膀说道,"我们竭尽全力为你创造优质的生活,从你三岁来我们家过夜开始,直到现在都是这样。"

"没错,"奶奶说,"我一回到家就给他们回信。你也给安大略省的兄弟们写信吧。他们也是我们的孙子,但你是我们唯一的红头发男孩。"

太阳依旧高悬,炙烤着脚下的大地,我们穿过皮克图城,驶向家的方向。快到皮克图城界的时候,叔叔拍拍我的肩膀,指了指窗外。

"那是巴尼河,"他说,"一九三八年,你父亲和我一起来这儿的林场打工。同在营地打工的还有来自红头发卡隆家族的其他人,他们捎话回来说这儿有活干,只要我们像营地里的其他人一样,带上斧子来就行,锋不锋利都无所谓。当时正值十二月份,我们在巴尼河车站下车的时候已接近午夜,大雪下得非常紧,到现在我都记得那时有多冷。"

"营地离这儿大概十二英里远,"他边说边指着那片轮廓模糊、长着阔叶林的山,"我们开始步行,心中暗暗祈祷千万别走错路。那天晚上天气异常地冷,能听见霜冻把树枝压断的声音,就像打枪子儿一样。但我们还是能看清脚下的路,因为雪地很亮,当天又是满月,那是'穷人的灯'。有时候我们会唱上两句给自己做伴,合着拍子有节奏地踏步,好像参加游行一样。后来,我们翻过一座山，营地就在山脚下。我记得院子里有好多头驼鹿，它们绕着马圈的门搜寻星星点点的草料。我们走下来的时候，它们只是抬头看着我们，一点也没有要动的意思。恐怕它们的肚子比我们料想的还要空。我们打开了马圈大门，扔给它们几捆草料，再扔些草料到雪上，然后就躺在马圈的干草堆上睡着了。马匹喷出一股股热气，马圈里面非常暖和，我们能听到马儿走动的声音，它们时而顿脚，时而转身，时而在马槽边蹭脖子，我们睡着的时候也这样。

"第二天一早我们就开始干活，一直在那干到三月底一年一度的捕鱼季来临。每天早上，我们伴星而出；到了晚上又踏月而归。一天到晚砍树，每天能挣一美元。"

他顿了一下，笑了笑。"拿到薪水之后，我们在回布雷顿角之前搭乘火车去了一趟特鲁罗镇。街上的积雪还没化。当时的特鲁罗也没有公共酒馆，我们就自己带了点酒过去，但完全不知道该去哪儿喝，只好拐进一条小巷。那儿有栋房子，带着一条直通二楼的室外楼梯。我们躲到楼梯下面，准备在那喝酒。大家的嘴唇刚挨到瓶口，一个住在楼上的女人正好走了出来。她低头看到脚下的我们，大喊道：'滚出去，否则我叫警察了！'

"你父亲用盖尔语骂了句"禽"，以为她听不懂盖尔话。

"没想到她说：'哦，原来是自己人，进来一起吃晚饭吧。'原来她也是红头发卡隆家族的，听到有人在特鲁罗说盖尔话，既意外又高兴，也顾不上对方说的是啥了。后来她丈夫回来了，他也是个好人，我们在那里吃了晚饭，还留宿了一晚。在伐木工地待了整整三个月的我们,觉着那晚的床单特别整洁干净。后来,我们每年圣诞节都给他们寄明信片,直到有一年明信片被退了回来。我估摸着他们也许是搬走了。你爸爸说过这样的话:'当你叫别人亲你的屁股,他却用丰盛的晚餐和干净的床单回报你,这样的事儿可真是不多见。'"

"还记得有一次,"他又说,"我们住在一个到处是老鼠的伐木营地。上床睡觉之前,大家习惯扔两三块面包在地上,这样老鼠就不会跑上床来咬我们了。"

"但你要知道,"他突然打住话头,把手放在我肩上,当时我正在开车,"我很想念你爸爸,到现在也是。我跟他在一起的时间比他陪你的时间还长,爷爷奶奶眼中的他又是另外一番样子。或许,"他稍微停顿了一下,又说,"大家都有自己的伤心处。"

"行啦,"奶奶开口了,"我们应该对自己拥有的一切怀有感激之心。有些人从没见过自己的父母,还有的人甚至不知道自己有孩子呢。"

"我永远都无法释怀,"外公语气平静地说,"不知道我父亲是否知道自己应该对我,或是像我这样的孩子负责。如果他知道的话,结果可能就会不一样呢。"

"那时的他还能怎么办呢?"爷爷说,"他当时还年轻,遭遇不幸也不是他的错。事发突然,他一点准备都没有。他都不知道你的存在,同样也无法预知自己的死亡——除非他目睹了死亡的降临,但当时一切都来得太快了。"

"我小的时候,"外公说,"经常被别的孩子嘲笑,有一次我跑去问妈妈一个问题,我甚至不记得当时问了些什么,或许那时也不知道该问什么,总之是一些难以启齿的事,关于我的处境以及我为何与别人不同。没想到她狠狠掴了我几巴掌,我几乎跌出半个屋子远。'永远不准再问这种问题!'她说,'你没看见我带着你已经够烦了吗?'对话到此为止,如果那还算得上是对话。我的母亲,她终于变成一个尖刻的女人,听不得半点批评的话,也始终未能过上安逸的生活。"

"不,她不是那样的人,"奶奶说,"在那种境况下,她或许已经尽了最大的努力。"

"也许吧。我一直很遗憾,连张他的照片都没有,"外公说,"他的样子藏在我心里。虽然我现在上了年纪,也做了外公,但是我一直在寻找他。每天早上我刮脸的时候,即便是今早在哈利法克斯,我都会对镜凝望,试图在我的脸上、眉头、下巴或是颧骨上找到他的影子——不过咱们都有相似的地方。有一次喝醉酒之后,我在镜中见到了他。我走到脸盆边洗了把脸,抬起头,从镜中看到他就站在我身后。他的头发是红的,胡子也是红的,看上去比当时的我还要年轻。看到父亲比自己还要年轻,那种感觉实在奇怪。我迅速转过身,却在湿滑的地面上摔了一跤,磕到了头。起身之后,我感到头昏眼花,他早已不见了踪影。我吓坏了,从此以后再不敢喝到烂醉如泥,但从那以后,我就一直留着这撮胡子。"他顿了顿,用右手摸了摸自己的胡子。

"还有一次,我妻子过世后的第一晚,他趁我睡觉的时候来看我,不过那也许只是个梦。他站在我的床边,穿着一条羊毛长裤,就像冬天伐木营的工人穿的那种斯坦菲尔德牌服装。他俯下身，用手按住我的肩膀。'照顾好那个小女孩儿，'他说，'这样你们就都不会孤单了。'"

阳光照进飞速行驶的汽车中，一天中最热的时候已经过去了。有那么一阵子，大家都没有说话，高速公路在我们脚下飞快地滑过。接着我们开始爬布谢港山，路牌显示我们即将到达布雷顿角。爬上山顶，还没看到路牌，就看见蓝绿相间的布雷顿角出现在我们面前和左手边的水域对面。

"别再提伤心事儿啦，"爷爷说，"咱们唱歌吧。"

于是大家便开始唱起来：

> 我看见，很远的远方
> 我看见，波涛的那边
> 我看见，布雷顿角，我的爱人
> 在海的那边，那么遥远

目之所及，许多村镇沿着海岸线一字排开，我们依次喊出这些地名，想把一首原本是挽歌的歌变成欢乐之歌。

每当我们有些跑调，或是记不清如何开头的时候，便向外公求助。他毫不迟疑，声音洪亮地为大家领唱。就像他的小提琴演奏一样，再次让大家大吃一惊。没人想到他会唱歌，但是他却唱得那么好。

"你从没出过错。"曲终之后奶奶对他说。

"我尽量不出错,"他说,"尽力而为吧。"

我们穿过坎索堤道。汽车前轮刚一碾过布雷顿角的土地,爷爷便说:"感谢上帝,总算回到家了。咱们不会遇上倒霉事啦。"

其实还有一个小时的车程,沿着海岸线走可能耗时还更久,但爷爷显然已经觉得自己身在"天堂",或者说"自家地盘"。他把手伸到内衣口袋里,掏出了那瓶在哈利法克斯购买的威士忌,将车窗摇下一半,像个棒球投手一样兴奋地把软木塞使劲扔出去,丢进公路旁边随风飘动的草丛中。

"咱们一定得把这瓶酒喝个精光。"说着,他把瓶子高高举过头顶。"我年轻的时候,"他打起精神,满心欢喜地继续说,"那时候我们在林场干活,春天才能回家,每次双脚一踏上布雷顿角,我的小弟弟就会勃起。真的,先生们,我的裤子前面立刻会支起小帐篷,没法让它软下去。当时我们的裤子前面都缝着扣子,"他又补充了一句,"之后人们才开始用拉链。"

"闭嘴吧。"奶奶用胳膊肘捅了捅他的肋骨,她也觉得爷爷扯得太远了。

"那好,"他说,"咱们再唱几首歌吧。有人想喝上几口吗?"

"还是唱歌吧,"外公说,"干啥都比喝酒强。"

我开着叔叔的车,沿着弯弯曲曲的海边小径向落日驶去。大家一路唱着歌。我们唱了《和你去旅行》《我的黑头发女孩儿》《穹顶之上》《黑头发的阿尔坦》《欢乐前行》《在你身边》。把那些老歌唱了个遍,那是过去人们常在劳作的时候唱的歌,可以让繁重的工作变得轻松些。

当我们开车来到"自家地盘",经过那些老房子时,爷爷认出了那些亲戚,还喊出了他们的名字。他们有的站在门前,有的在院子里散步,还有人趁着傍晚干各种各样的活计。

"那是红头发奥格斯,"他说,"那是玛丽,那是吉勒斯·布伊格,那是红头发多姆纳尔……摁喇叭呀。"

我按照他的吩咐摁了喇叭,大家纷纷向我们挥手致意;当我们沿着海岸一路前行的时候,大家都认出了这辆车,还有车里的人。有时候我摁完喇叭,爷爷会把手伸出窗外挥舞着威士忌瓶子,好让大家知道他这一趟玩得不错。

"别干这么蠢的事,"外公说,表情就好像希望自己不在场似的,"否则我们大家都得进局子。"

我们一边开着车,一边挥着手,一边唱着歌,落日的余晖在叔叔的车上反射出金色的光,大家的脑袋变得五颜六色。平静的海边波光粼粼,整片大陆的轮廓清晰可见;多年以前,我的父母和哥哥就是在这里溺水而亡的。

17

到家后,我们先把外公送了回去。"进来待一会儿吧,"他说,"我有点东西要给你。"说完,他打开壁橱,拿出了两份精心包装的礼物。

"打开吧。"他说。

其中一份是一副手工雕刻的象棋,肯定花了他不少时间;每颗棋子的边缘和线条都刻得细致精巧,应是取自一块泛着亮光的木头。另一份礼物是一块手工雕刻的牌子,上面刻着麦克唐纳家族的族徽和族训。"你是我最大的希望。"上面精心雕刻着这么几个字。

"我给你妹妹也准备了一份,"他有些不好意思,"两个星期之前寄去了艾伯塔,希望邮局能及时送到。"

"谢谢您,"我说,"非常感谢。"

可以想象,外公为这两件礼物付出了多少心血。一凿一刻全出自他的心、他的双手和破旧的工具;而这些工具,在我和妹妹小时候曾把它们全都扔在雨里。

"谢谢您,"我又说了一遍,"非常感谢。"

回家路上,我们再次向街上的人挥手致意,但他们只是稍微抬了抬胳膊，目不转睛地望着我们。车子驶进院子时，一群人早已聚在门阶前，烟囱里升起袅袅炊烟。熟悉这里的人早就打开后窗爬了进去，生了堆火，还打开了前门。

大家告诉我们，红头发的亚历山大·麦克唐纳当天下午遇难了。正在井底的他被矿斗砸中，当场毙命。哥哥们打了电话回来，他们正带着尸体往回赶。

事发太突然，令我们猝不及防，无处可躲，连个可以抓扶的东西都没有。事情似乎十分复杂——当我向着满是光洁牙齿的完美世界迈进时，死亡的意外却在埃利奥特湖附近的一个矿井中等着他。当我们唱着歌，开着他父母的车时，他却在加拿大地盾区的边缘地带踏上了不归路。我还记得，小时候我们打架打得多么厉害，他用茶托喝茶的时候，我是怎样嘲笑了他。我还记得，在爷爷把我们分开之前，他那双瘦小但有力的手已经掐住了我的脖子。我还记得，我们曾经多么自以为是，以为自己知道谁才是幸运儿。

"今天发生了太多事。"奶奶抱住红头发的亚历山大·麦克唐纳的妈妈说。那是我第一次发现奶奶已经上了年纪，一整天的劳顿旅途和炎热的天气使她脸色憔悴。

"今天发生了太多事，"她说，"但我们必须勇敢面对。我们得坚强起来，不能像溶解在水中的糖一样散掉。"

"我在哈利法克斯给他买了件衬衫，"我的婶婶平静地说，"一件麦克唐纳格子衬衫。本来是打算今晚给他包起来的。"

"该死的，"听到噩耗后，爷爷很快清醒了过来，"该死的，"他说道，"真他妈该死。"

18

大家把红头发的亚历山大·麦克唐纳的遗体从萨德伯里①运到了悉尼机场,尸体装在一个塑料袋子里,就是那种航空公司专用的运尸袋。红头发卡隆家族的人陪着他走完了回家的最后一程,他的父亲请求我前往悉尼接机。我只身一人前往,这样就能在车里给即将到达的人腾出更大空间。

这是一趟奇怪而又孤独的旅程,不过短短百十公里,车子沿着蜿蜒的公路,爬上山顶,再爬下斜坡;就在这辆车子里,大家曾挤坐在一起,前往哈利法克斯参加我的毕业典礼,又乘坐这辆车回到家里;爷爷的威士忌酒洒出了一些在车里,车内至今仍弥漫着那股酒味。汽车时而爬向山顶,时而驶下山谷,间或有嶙峋的乱石横出路面,电台信号时强时弱,车内广播也断断续续。电台播了天气预报,放了几首苏格兰小提琴精选曲,还发布了红头发的亚历山大·麦克唐纳的讣告和葬礼安排。时间刚过正午。

大哥带着红头发卡隆族人在悉尼下了飞机,大多数人因为酗酒而衰颓了许多。他们满脸怒气,话语中混杂着英语和盖尔语。

---

① 萨德伯里,加拿大安大略省城市。

伦科开发公司的工作安排十分紧张,许多想来参加葬礼的兄弟请假都被拒。

"只是一个人而已嘛,"经理说,"其他人还是可以继续工作,进度可不能停。"

但是工程进度一点也没有向前推进,因为所有人都辞职不干了。他们离开了宿舍,从巷道和井底爬了出来,还有人把作业工具扔到了井架附近的树丛里,挂在矿工们皮带上的扳手叮叮当当磕在坚硬的加拿大地盾区的岩石上。有些人在离开之前就结清了薪水,也有人没拿他们的钱。

他们在行李传送带附近转悠时,向我透露出零星的信息。"那是个意外。"有人这么说,但其他人不这么想。吊车司机看错了信号,本来应该把矿斗拉起来,结果却丢下了井底。红头发的亚历山大·麦克唐纳以为矿斗被拉了上去,便走到矿脉底坑去做清理工作,结果却死在那里。他可能都没看到矿斗掉下来。但没人能够确定,每个人都各执一词。最为肯定的是,红头发的亚历山大·麦克唐纳的脑袋跟身体永远分开了,并将永远身首异处,除非他能活过来。不知为什么,我突然想起了格伦科的麦克唐纳家族族长伊恩大哥,他在一六九二年二月十三日被人从身后击中后脑,向前倒在床上,猩红的鲜血把那头红发染得更加鲜艳。

行李滚落到传送带上,旋转着来到主人面前。人们此刻正前倾身体,伸出手臂等待着。

我只有一部车,来的人又太多,红头发卡隆族人只好又租了一辆车。大家心情沉重、筋疲力尽地护送尸体启程,仍旧是最年长的哥哥卡隆领头。他也许是太累了,也许是悲伤过度,也许是因失去亲人感到无比愤怒,也许是醉得太厉害,也许是太想家了,总之种种因素掺杂在一起,令他把车开得飞快。他开着租来的车,一瞬间扬尘而去,当我们刚刚看到海狮岛大桥和布拉多尔湖的时候,他的车早已爬上湖对岸的凯利山,消失在我们的视野之中。

到了山顶之后,只见一条荒无人烟的公路上,一辆加拿大皇家警用巡逻车闪着警灯出现在我们前方。警车停靠在路边,我们与它并排的时候,发现车门敞开着,车里似乎没有警察。车又走了十到十五公里后,转上了直路,这才看见哥哥的车,已经把我们甩开很远了。

我们又开了大约十公里,在一座高山的山顶见到了更多闪烁的警灯,前方几公里远的路面上似乎匆忙拉起了一道警戒线。哥哥的车正沿着蜿蜒的公路下坡,在太阳下反射着耀眼的光,不一会儿便消失在山谷之中。我们注视着那辆车驶出谷底,开始向警灯闪烁的地方爬升,之后又完全消失不见了。我们来到谷底,仍然找不到它的一丝踪迹,但在一处隐秘的平地上赫然出现了一条左转的土路,路的尽头消失在山谷的树林中。在我们先前的位置是看不到这条土路的,那些等在警戒线附近和公路拐弯处的警车也看不到。我们经过土路的时候,空气中尘土飞扬,随处可见被刚刚驶过的车轮碾过的碎石。我们继续沿着盘山路行驶,警察冲我们挥手,示意我们快速通过。

我们到达爷爷奶奶家时,外面的大路上已经停满了车,大多是红头发卡隆族人的车。他们专门过来表示哀悼,并迎接运送尸体的孩子们回家。大约半个小时之后,那辆失踪不见的租来的车便驶进了院子,山路和小溪令车身满是灰尘和泥浆。坐在驾驶室里的是二哥,大哥卡隆在副驾驶的位子上睡着了,右手攥成拳头,紫青色的关节肿胀不堪。

料想他们的车曾在路边停下,哥哥下车走向警用巡逻车。一位警察恰好也下了车,他们俩就在这辆租车后面和警用巡逻车前面的路边相遇。谁也没有听到这次谈话的内容,只听到有人怒气冲冲提高了嗓门,接着我哥哥转过身走向自己的车时,那个警察照着他后背来了一下——或许是用警棍,或许是用手电筒。他猛地向前倒去,但很快恢复了平衡,回手打在警察的嘴巴上,把他打倒在斜坡上,又滚到路边的水沟里。

卡隆还在副驾驶位子上睡着,大家担心他的伤势比我们料想的更重。黑紫色的血块在他的头发里凝固,脖子上厚厚的血痕早已干涸。我们想叫醒他,半拖半拽地把他弄到奶奶的厨房里。奶奶推开爷爷的威士忌,给他灌下几杯热茶。他下嘴唇那道细细的疤痕逐渐发白发紫。

当天下午,加拿大皇家警用巡逻车闪着警灯来到了爷爷奶奶家的院子。他们或许是认出了那辆汽车的牌照,又或许是从租车公司或其他警察分局那儿获知了信息。要找到我们显然并不难。

这时哥哥已经缓过神来,他一把拉过身后的椅子,眼中闪着愤怒的光芒。

"你,"爷爷说,"立刻上楼去睡觉。"语气中带着并不常见的严肃,这让我想起他把我和红头发的亚历山大·麦克唐纳分开那次，他牢牢抓住我们，把我们拉开有一条手臂那么远，我们愤怒的小脚还在空中乱踢。卡隆惊愕地看着他，我意识到已经有好些年没有人命令过他了，这让我感到震惊。也许自从父母过世，他就再也没有听取和接受其他人的命令。爷爷的命令或许让他心存怨恨，但怨恨中也未必不混杂着一丝宽慰和复杂的感恩之情。他的脚步声在我们头顶的楼梯上响起，接着哗的一声，我们知道他躺在了床上。

"其他人，"爷爷说，"咱们出去。"

爷爷家门外的草坪上大约站了三四十号人，大家全都看着那三辆闪着顶灯的警车，还有六个紧张不安地站在它们前面的警官。红头发卡隆家的狗竖起耳朵，摇摆着走进人群，仿佛预感将有大事发生。

"我们是来找麦克唐纳的。"为首的警官说。人群中爆发出一阵笑声，很多人高喊"我在这儿"，"他在那儿"。这些警官都是外地人，或许还没意识到这儿的所有人都姓麦克唐纳。没有人走开，大家全都缓慢地移动着脚步。红色的警灯在午后的阳光下闪动，就连狗也暂时安静下来。

接着大门突然开了，奶奶用围裙擦着手走了出来。

"这真是太可笑了。"她一边说，一边穿过人群。大家为她让出一条道，就像被船头划开的水面一样。

"我们家刚死了人，"她对警官说，"如果你们肯在服丧期间别来打搅我们，我们将感激不尽。"

在她说话的时候，那位警官摘掉帽子，向后退了几步，把他的手下召集到身边。简短的商议之后，他对奶奶点点头，接着他们全都上警车走了，临走时还关掉了闪烁的警灯。大家呆呆站了几秒钟，全都松了口气。狗又开始活蹦乱跳，大家动了起来。

第二天中午，我们开始为红头发的亚历山大·麦克唐纳守灵。殡仪馆的工作人员将他从塑料袋中转移到橡木棺材里。棺材放在搁架上，棺盖紧闭着，那些曾经与他相识并爱着他的人再也无法辨认出他的样子。棺盖上放着他高中毕业时拍的照片，那头红发精心梳理过，下翻的衣领上别着一朵襟花，一对乌黑的眼睛满怀希望地望着照相机。照片旁边放着一小块从红头发卡隆的墓碑上敲下的碎石。棺材上满满地覆盖着从红头发卡隆家族的土地上采摘的苔藓和灯芯草。时间太早了，夏季玫瑰、蓝粉色的羽扇豆、黄色的毛茛，还有长着白色花蕊的紫色鸢尾花尚未开放，就连粉红色的牵牛花也没有。这些牵牛花长在海边的岩石中，藤蔓又低又矮，仿佛从一处看不见的源头获取养分，一被采摘或挪移便会迅速死掉。

第三天出殡之前，红头发的亚历山大·麦克唐纳写给父母的一封信寄到了家里。信是在他遇难当天早上寄出的，就在他最后一次下井之前。信写得不长，只提了几句和大家相处得很融洽，随信附了一张二百四十五美元的支票。他的父母泣不成声，那封信就像是压倒他们的最后一根稻草。他们紧紧拥抱，努力镇定下来，继续处理眼前的事情，那是他们当前的责任。

我记得我们小时候打架那次，他爸爸好像是来找爷爷奶奶借钱。当时我认为世界对我太不公平，因为他有爸爸，我却没有。

但这次对他而言同样不公平。能力与时间在神秘地转换,父亲帮助了儿子,儿子也帮助了父亲。

送葬的队伍从白色的乡村教堂开始足足绵延一公里,闪着警灯的警用巡逻车帮我们封锁了经过的路口。我们直直地盯着那些警察,他们也盯着我们,但我们并不相识。

教堂里早已挤满人,有的还站到了门外。风笛手、小提琴手和歌手也已就位。

我的外公,那个"总是被指望能主持大局的人",登上讲台开始诵读祷文。他穿着考究,马甲上挂着一根金色表链,锃亮的皮鞋在阳光下闪光;红胡子经过精心修剪,十分干净整洁;指甲也一尘不染。

他翻开《圣经》说:"这是保罗写给罗马人的信里说的:'我们没有一个人为自己而活,也没有一个人为自己而死。'"

接着,他停下来,似乎在思考什么,又翻开《旧约全书》,说:"《所罗门智训》中有这么一段话:'义人虽或早亡,然终必得享安息。因为老人受尊敬不是由于高寿,也不在乎数算年龄的大小。惟有智慧才是人真正的白发……'①"

以前我也曾听他读过那些精心挑选的应景段落。当我还是个孩子的时候,曾听他朗诵过《启示录》。那段文字描述了新耶路撒冷的由来,侍奉神灵的准备,还有各种不可思议之事。有一句话在我脑中留下了深刻印象,那句话是这样写的:于是海交出了其

---

① 译文引自《次经全书》(香港圣公会2014年译本)。

中的死者。

外公诵读完,整个仪式按照我们的风俗继续举行。小提琴手演奏了《尼尔·戈夫的挽歌》和《我的家乡》两首曲子,风笛手在教堂外演奏了《黑暗岛》。然后,与红头发的亚历山大·麦克唐纳一起在矿井工作的男人们亲手将他的灵柩安放到墓穴之中。

19

葬礼结束之后,我们回到爷爷奶奶家中。那天下午,我们接到一个从多伦多打来的长途电话。是找大哥的指名电话①,伦科开发公司的管理人员打来的。实际上电话那头的人是工头,正是他把大家送到了秘鲁。当他开始讲话的时候,卡隆举起手示意大家安静,于是大家停下了闲谈。对方说话声音很大,他的音量传过了半个大陆,坐在屋子里的我们依然听得清清楚楚。

"听着,"他一个劲说,"我对北方发生的事十分遗憾。对于你弟弟的死和给你们造成的麻烦我都非常抱歉。一切都是我的错。那些管理者不像我这么了解你们,他们应该让你们参加葬礼。如果再发生这种事,立刻给我打电话,一分钟也别耽误。我很理解你们,你们帮我干了那么长时间的活。"

卡隆没有说话。

"你在听吗?"他问。

"嗯,"卡隆说,"在听。"

"好吧,"他说,"听着。大家都希望你们回来,我个人也希望你们回来。什么都不是问题,只要你们肯回来。"

---

① 指名电话,拨打电话的一方通过接线员转接,指定要某人接听。

"我不知道。"哥哥的目光扫过整间屋子。他看上去疲惫不堪,下唇那条细长的疤痕泛着白光。他艰难地动了动脖子,保持着微微倾斜的姿势,表明他的脖子还疼得很。"我不知道,"他说,"可能得在家待上一阵子再考虑这个事。"

"听着,"工头仍旧不依不饶,"我可以把工钱提高三分之一,我向你保证。"

"不是钱的事。"卡隆说。

"我对你们从没食言过,不是吗?"对方反复地说,"我是不是没有食言过?"

"没有。"我哥哥说道。

"那就向我保证,告诉我你们还会来那么多人。给我个时间,这周末怎么样,或者下周一?我们会派车去萨德伯里接你们。给我句准话,我知道可以相信你。"

工头讲话的时候,大哥跟屋子里的其他人进行了眼神交流。他手里拿着听筒,扬着眉毛询问我们的意见。在扬起眉毛的时候,他不知不觉地点了点头。

他依次扫视过每一张脸,大家都轻轻地点了点头。

"你还在听吗?"工头再次追问道。

"嗯嗯,"他说,"还在。"

"那好,给我个话吧。"

"好吧,"他说,"我们回去。"

"太好了,"工头松了口气,"我就知道你值得信赖。还是来那么多人吧?"

哥哥看了我一眼。我看了看爷爷奶奶,又看了看红头发的亚历山大·麦克唐纳的父母,轻轻地点了点头。

"是的,"他对着听筒另一端说,"还是那么多人。我们会回去的。"

那天下午,哥哥带着三袋面包和两盒方糖去了埋葬红头发卡隆的海角,路上经过他以前住的房子,由于天气和时间的关系,那栋房子比以前更破旧了。他来到了黑鲸搁浅的岩岸,锯木台上还残留着一些经过杂酚油处理的木材碎屑。正如我所说的,当时正值春天的毕业季,夏天最热的时候还没到来,草地虽不茂盛,却是一片新绿。他穿着一双昂贵的鞋子站在锯木台和碑石上,抬头望着红头发卡隆海角的参天大树。那双鞋是他为这次葬礼特地买的。那是一个炎热的午后,只有几匹马站在树林中躲避苍蝇的叮咬。他把手指放到嘴里,吹出两声响亮的呼哨,林子里立刻就有了反应。树林和马匹都动了起来,它飞快地跑到岸边,疾驰的马蹄扬起阵阵碎石和草皮。"啊,克里斯蒂,"他说,"小家伙。"它把头拱进他怀里。它的眼睛和鼻口已经变成了灰色,左眼长出了一层薄薄的虹膜。整个下午,他都躺在温暖的草地上,喂它吃面包和方糖,它一直用鼻子蹭他的脸和脖子,沿着他的身体轮廓小心翼翼挪动蹄子。它生的几匹马驹惊愕地望着妈妈的举动。他为它唱起盖尔语歌曲,就像风暴降临的那天,我们需要它的力量,而它需要他的信任和令它平静的力量继续前行。他们在绿草地上待了一整天,彼此给予,彼此需要。

我们出发之前,婶婶把她买给儿子的礼物送给我。"收下它,穿上吧,"说着,她把衬衫递给我,"别把它压在箱子底。你不会这么做吧?"

"当然不会,"我说,"我会穿上它。谢谢您。"

20

我们到达萨德伯里时已接近黄昏,伦科开发公司的人如约前来迎接我们。车子走在17号高速公路上,一路向西,经过怀特菲什、迈克劳,向着埃斯帕诺拉驶去,大家的目光始终盯着窗外。十年前,我的哥哥们成为年轻的矿工,在第一次铀矿开采的全盛期来到这里。那次全盛期造成了产能过剩的结果,许多矿井架被废弃了。现在,加拿大政府与日本订立合同,承诺在未来的十年内提供五千二百万吨铀给日本,于是大家又涌了回来,对现有的矿藏进行再次开发。就像伦科开发公司的人所说的,"所有的系统又重新运转起来"。

我们下了17号高速公路之后,漫长的春日便进入了黄昏。路面发生了变化,混凝土路面不见了,取而代之的是崎岖不平的沥青路面,看上去像是草草铺就的一样;后来,车子转上一条碎石路,为了防止扬尘,路面洒了很多液体。液体的味道顺着车窗飘进车里,有时候闻起来像汽油,有时候像盐巴。液体消失后,空气中只剩下尘土的味道和汽车轮胎卷起的碎石打在车身的声音。偶尔,车子会擦着突然出现在路中间的石块边缘而过,油盘和消音器发出阵阵刺耳的刮擦声。在这段草草铺就的道路两旁,堆放着许多被推土机推倒的树木，黄白相间的树根裸露着，上面还挂着大片的青苔。蟠虬的树根看上去就像是被拔得乱七八糟的蛀牙。路边到处都是残破不堪、完全报废的汽车，在一个拐弯处，我们的汽车大灯照到一双驼鹿的眼睛，那只身形巨大的驼鹿站在一辆报废的别克车前，红色的眼睛在黑漆漆的夜里十分明亮，在车灯的照射下仿佛一团熊熊燃烧的炭火，而别克车上的大灯和镀铬护栅的银光却转瞬即逝。驼鹿站在公路旁一动不动，仿佛守护着那部曾经性能良好、价格昂贵的汽车的残骸。

我们到达井架附近的营地之后，公司给我们发了毯子、床单，分配了临时宿舍。宿舍设在一排匆忙搭建的板房中，主要构造是胶合板。每个房间有四个床铺，两张上铺，两张下铺，大家抛硬币来决定谁睡下铺。第二天一早，有人告诉我们房间可能会重新分配，有些房间只有两张床铺，但现在全都住满了人，所以得等一等。

工头走了进来，跟大哥握了手，真心实意地拍拍他的肩膀。很显然，他就是红头发的亚历山大·麦克唐纳遇害时的那位负责人，说出"只是一个人而已"、"工作还得继续"的那个人就是他。他一边跟我大哥交谈，一边用眼睛点人数。

午夜时分，井架的大灯照得整个工地明晃晃的，起重机的声音、吱嘎作响的电缆，甚至巨大的矿斗在漆黑的竖井中上上下下的声音全都清晰可闻。法裔加拿大人值夜班，我们上白班。既然伦科开发公司"工人数量未变"，大家开始讨论是三班倒的八小时工作制还是两班倒的十二小时工作制更有效率。如果选择后者，那么白班工人就在早上七点上工,晚班工人则在晚上七点上工。若想跟别人调班也可以,只要我们干足工时。实际情况大多取决于岩石的软硬程度。

  第二天一早,我的哥哥们和红头发卡隆家族的其他成员便开始调配井下用具。有人把他们扔到井架边树丛里的安全带和扳手找了回来,并替他们保管着,认定他们还会回来。有些工具给人用坏了,有些拿了回来,有些却再也找不到了。我心想,当你把东西扔掉的时候,永远都无法保证这些东西会再次回到你身边。二哥发现自己的皮带系在另一个人身上,并指出自己用钉子刻在皮带内圈的姓名首字母。但那个人却说皮带是从一个法裔加拿大人手里买来的,要想拿去必须出双倍的价钱。但他同意白天把皮带给二哥系,因为他从井下放工的时候二哥刚好去上工。就这样,夏季开始了。

21

井下工作开展得如火如荼，地面的建设同样热火朝天。工人们修建了新的公路，大肆砍伐木材，炸开地表的石头，为新楼打下地基。拉着木材和水泥搅拌机的卡车轰鸣着进进出出。人们抡起大锤，吱嘎吱嘎拉起木锯；每一种锯子都会发出独特的声音，就像每辆车的引擎声都不相同。大型运土机隆隆作响，尖利的汽笛声划破长空，宣告即将实施爆破，并警告附近的人离开。

银行设置在一个临时搭建的活动板房中，可以办理各种金融业务。装甲车叮当而入，带来大量现金以应付各种开销，同时又带走大量现金。许多建筑工人和水泥工人来自意大利或葡萄牙，还有一些是德国人。几乎全部人都来自爱尔兰南部的一个小村庄，还有一群加拿大本土的纽芬兰人。很长一段时间，大家都在一个公共饭厅用餐。每当正午时分的汽笛声响起，建筑工人们便放下手中的活计，挤作一团，把安全帽往空中一抛，跨过脚下的所有障碍前去用餐。在餐厅里，不同种族的人聚坐在一起，讲着自己的语言，身体前倾，打出各种手势。由于我们是井下作业工人，正午的哨声对于白天未下井的人并没有太大影响，这一时段所拥有的休息时间也比那些十二点和一点才放工的人要充裕。也正因如此，我们通常会赶在那搅起混乱的刺耳汽笛声响起前，或稍稍推迟一些抵达饭厅。尽管座位都可以随便坐，但我们总是端着托盘去固定的座位用餐，就像学生总是坐在相同的座位听课一样。我们总是需要穿过大片人群才能走到同乡身边，各种欧洲方言在我们耳边此起彼伏。经过别人身边时，有时会听到议论我们身份的话。"他们是高地人，"他们这样说，"来自布雷顿角。他们总是单独待着。"

不知为什么，在这样的环境里，我们越来越喜欢讲盖尔语。或许是身处不同的民族之中，我们将盖尔语视为"自己的语言"，通过这种语言，我们对生命的感悟更加强烈。有时，我们会跟爱尔兰人交谈，比较各种短语和表达方式的差异。他们说，爱尔兰人曾痛下决心要保留盖尔语或"爱尔兰语"。"因为那是伊甸园的语言，"他们说，"上帝与天使交谈时讲的就是爱尔兰语。"只要语速放慢，我们就能听懂对方的意思。"这很正常，"一个爱尔兰人说，"毕竟我们是同一棵树上的不同分枝。"

白昼越来越长，我们的工作也越发繁重。竖井沉到必要的深度后，就要顺着矿脉的方向开凿巷道。红头发卡隆族人靠着岩壁上的轻型钻架，用湿乎乎的旋转钻头将石头变成灰色的泥汤。一股股泥汤顺着洞眼滴落下来，黏糊糊的，好像精液或者胶水。黄色的蛇形软管拖在轻型钻架和斜靠在上面的人后面。如果岩石很"硬"，一钻下去只能打透八英尺；要是岩石很"松"，大家就会用十二英尺的钢钻把洞打得更深。打好洞之后，得在洞里填满炸药；我们用的是十分危险的狭长集束弹，下面用长木杆架起，炸弹之间用一根细弱的引线相连。关键的是，必须先点燃采掘面中间的炸药，再引导余下的炸药向着出口处炸开。放在采掘面底部洞口的炸药将把岩石炸到空旷的中心区，而顶端洞口的炸药则能够让重力发挥作用。个中技巧不仅在于知道该打多少个洞，还要知道该打多深。此外，还必须计算岩石对于炸药的阻力。如果爆破不够彻底，炸掉的岩石不够均匀，不够厚，那么这一班的工作几乎等于白干了，一切又得重新开始。若是遇上采掘面凹凸不平、小石子太多、炸药或雷管不响的情况，任务就会变得更加艰巨。

将炸药布满采掘面之后，我们便从那里撤离，回到之前挖好的巷道里，拖走身后的引线。压下柱塞把手之后，将听到一连串爆炸声。我们一下一下扳着指头，根据爆破声来判断爆破效果。最让我们担心的是"外爆"，也即是炸药爆炸后冲出夯土洞，没有炸碎洞中的石头。发生"外爆"的时候，炸药只会发出"嘭"的一声，却不会真的爆开。每次听到这种声音，我们会大声咒骂，失望地摇头，或是用拳头猛击另一只手掌，琢磨着到底是哪里出了问题。最后一次爆破完成后，会传来阵阵刺鼻的火药味，同时伴随一阵黄色的硫磺烟。这时，我们就会摇响铃铛，让吊车司机把我们送上地面，好好喘口气再说。

每次回到地面，就要重新适应天气变化和时光流转，这总让我们感到新奇。有时我们放工后已是凌晨四点，白昼即将赶走黑夜，群星也即将隐没，恰如熄灭的烛火。在朝阳的映衬下，遥远的天边开始泛红。有时候，月光在我们头顶泛着清凉的光辉，我的哥哥们会说："看哪，穷人的灯。"有时，卡隆会按照古老的方式对着天空中的新月鞠躬拜首，吟诵起红头发卡隆家族的老人教给他的那首古诗：

> 以天父之圣名
> 及圣子之圣名
> 以圣灵之圣名
> 三位一体，怜悯世人
>
> 您的荣耀如此光辉
> 如今晚的月光般皎洁明亮
> 您将永远与我们同在
> 为穷苦人民永恒之明灯

有时他会用英语重复一遍，有时则吟诵起原始的盖尔语版本。

在红头发卡隆族人居住的小镇，月亮决定着天气和马铃薯栽种、动物宰杀以及怀孕生产等活动。"今晚的月亮会变啊。"奶奶会对那些过了预产期、急切待产的女人说。有时是她的女儿，有时是儿媳。"晚饭过后，咱们去散散步，如果上帝与我们同在，那么孩子今晚就能生下来。"就在我回忆这段经历，并讲给你们听的此刻，受到月亮影响的海浪正在拍打红头发卡隆海角。在月亮的引领下，海浪在太阳黄道内时涨时落，时而推进，时而抽离，时而巧取豪夺，宣示着那平静而又无情的力量。

有时候，我们从巷道爬出来时，太阳已经升得老高。我们会颇为难堪地关掉矿灯，用衣服遮住缠在脖子上的橡皮绝缘线，不停眨眼睛，以适应强烈的阳光。我们摘掉安全帽，脱掉油布雨衣，把它们全都扔到地上；再解开油布雨衣护裆上的钩扣，任由它在腰部以下的膝盖处晃荡，露出里面的便装。我们摘下橡胶手套，有时会把里层翻出来晾干，或是抖出里面的水珠。手套总是带着一股汗臭味，就像穿了太久没洗过的臭袜子。不管双手多么粗糙，我们的手指总是粉嫩的，手套里的热气和水汽把指头泡得发皱。一开始，这些指头不像是自己的，仿佛属于长期清洗碗碟的妇人，或是在澡盆里泡了太久的婴儿。接触到空气后，手指便会立刻恢复正常的颜色和纹理。我们的靴子全部用钢圈加固，粘在上面的灰色湿土只一会儿就在阳光下干透了，变成细碎的灰尘。

有时候，我们回到地面后会碰上下雨——那也是一种惊喜。有时候会遇上狂风呼啸，摇摆的枝杈互相摩擦，参天大树却稳如泰山，在风中呻吟叹息。

在地下矿井，天气总是一成不变，阳光永远无法照射进来，更看不到月亮的影子。井下没有一丝风，只有顺着井道流泻下来的空气轻轻打着呼哨，维持着大家的生命；井下也不下雨，尽管到处都能听到涓涓的滴水声。除了滴水声之外，声响就只有我们的说话声、空气压缩机和发电机的轰鸣，以及旋转的钢锤击碎石头的声音。人们轻易就忘记了时间和空间，对于我们来说，井下的日子和地面的生活没什么两样。

一年夏天,大哥告诉我,红头发卡隆族人在育空①地区的基诺山干活。他们在放工之后开始睡觉,在凌晨四点醒来,这时阳光已经透过窗户照进了工地宿舍。有时,他们会拿衬衫遮住窗户,把阳光阻挡在外面,可以睡得更好一些;但醒来之后一看表,却总是拿不准到底是凌晨四点还是下午四点。这时,他们会平静地躺上一会儿,思考自己的状态,回想一下自己在入睡前去了哪儿,接下来的一天或是一晚有什么事情要做。有时,他们会从床上爬起,移开遮住窗户的衬衫,看看太阳在天空中的位置获取更多信息,来确认自己的猜测。失去了时间概念的人,就像长途跋涉的旅人,一觉醒来之后不知自己身在何处。就像常年在外的旅人在陌生又熟悉的旅馆房间醒来时,游移的目光总会扫过米黄色的窗帘,在墙上的电视机柜和印有客房服务的奶白色卡片上停留,想上好一会儿"我在哪",半晌之后才反应过来,"噢,没事,我很好。我在多伦多,或是克利夫兰,或是密西西比州的比洛克西。"

下班后,我们拖着疲惫的身体去冲凉房,或者说"蒸汗房",大家都这么叫。我们把矿灯交给一个老头保管,他断了根手指,又得了尘肺病,不能再下井工作了。他会把矿灯放到充电器上,供我们下次上班使用。我们一件件脱下身上的橡胶油布外套、钢骨橡胶靴和汗涔涔的羊毛袜;再脱去法兰绒衬衫和裤子。有些人还会脱下破旧的汗衫和内裤。我的哥哥们都穿着成套的纯棉长内衣,他们说这种料子不扎皮肤,还能吸收滴在身上的水滴和出的

---

① 育空,加拿大三个联邦直辖地区/领地之一,位于加拿大西北方。

汗。有时他们会拧拧纯棉内衣，拧出的水在他们红通通皱巴巴的脚下汇成一摊泥汤。然后我们走去公共沐浴间，在供应热水的淋浴喷头下好好冲一冲，清清嗓子，吐出几口带着硅土的浓痰，再用黄色的消毒皂在身上打满泡沫。

我们洗去身上刺鼻的火药味后，会好奇地观察过去的八个小时或十二个小时中身体发生的变化。我们的身上出现了新的伤疤、红肿、伤口和淤青，飞溅的碎石把我们的脖子划破。打完肥皂后，混合着血的肥皂水顺着指缝流下来。有时肥皂碱性太强，流过看不见的伤口时会引起一阵刺痛。井下的环境潮湿闷热，细微的尘土趁机钻进我们张开的毛孔，令皮肤长出湿疹，就像我的哥哥们在红头发卡隆海角打鱼的那些年手腕上长出的疖子。湿疹多长在腋下和腹股沟，我们关起门，用针把疹子挑破，挤出里面的毒液。挑疹子之前，我们会捏住针头一端，把针尖放到打火机上烤烤，就不必担心感染了。

洗完澡，我们走到放衣服的长凳和篮子边。灰色的水泥地板上满是湿乎乎的脚印，这些脚印形状各异，只一会儿便在腾腾的热气中消失不见。尽管知道外面并无街市可逛，我们还是会从铁丝篮中挑出几件"便服"穿上，再把工作服放进滑轮车里，送到顶楼去清洗烘干，上工时候再取回来。梳理好一头头红发和黑发之后，我们拿起空的饭盒，走进黑夜或是白昼。若在白天，成群的墨蝇会将我们团团围住，往鼻孔、耳朵和眼睛里钻。它们尤其喜欢攻击红头发的人，在这里，不抽烟的人也会吸上两口，让墨蝇无法靠近。

伦科开发公司为我们提供了一间专门的宿舍，以工地现有的条件来说，我们的住宿条件算是不错了。许多建筑工人都睡在开放的宿舍里，一间房里挤放着二三十张床铺。他们上工的时候都不知道该把钱包放在哪儿好，剃须膏、剃须刀和袜子总是不翼而飞，这些小偷小摸的事儿常常引起他们的抱怨。许多人在床上放了本日历，每次放工回来便把当天的日期划掉。有些人会给某些日子画个圆圈或方框，下面往往还会写上一行小字——诸如"自由啦""最后一天"此类。有英语，也有欧洲其他国家的语言，但意思都差不多。假如真熬到了那一天，他们会大吼一声，把安全帽扔到树丛中。有些人会在加拿大地盾区的岩石上乱涂一气，写些下流猥琐的话，发泄一通对剥削人的公司、不受人待见的工头或厨艺糟糕的厨子的不满。

他们会带着薪水，走向期待中的新生活，去多伦多，葡萄牙或是意大利南部；在那里结婚、上学、做生意或是买辆新车。也有人去埃斯帕诺拉、西班牙镇①或萨德伯里挥霍钱财，在那儿玩牌、买春，也可能在男浴室里被偷个精光，或是买了辆昂贵的汽车又很快将它撞毁。总之，过不了几天或几周，他们就会面色苍白、垂头丧气地回到工地，希望人们不要把自己跟任何猥亵的行为联系在一起，更希望有个机会能在日历中另起新的篇章。他们总是暗自发着誓，下着决心。

红头发卡隆族人跟这些人可不一样。我们是专业的技工和开

---

① 西班牙镇，安大略省的一个镇，靠近萨德伯里。

采工人，跟伦科开发公司签订的都是短期合同。尽管我们的工资以小时计算，但真正让我们动心的是各种奖金。伦科开发公司按照我们挖掘的尺寸和黑铀矿的开发进度来付工钱，这些铀矿就藏在石壁的后面和上方。在某种程度上，我们就像一队运动员，公司基于我们的表现制定了许多私下的协议和奖励方案，激励我们不断去争夺第一。我们为自己而工作，每个人都在心中把得失计算得清清楚楚，对每个人的贡献以及集体的贡献也都心里有数。

在我们不用工作也不用睡觉的时候，会放上几首布雷顿角的小提琴曲，我的哥哥们总是随身带着这些唱片。有时候，他们也会亲自拉响一把把破旧不堪的小提琴；有时候，我们哼着唱着古老的盖尔语歌曲。我们常用盖尔语聊天，内容大多是关于过去的回忆和故乡的景色。对于我们而言，未来是无法预测的，和我们身在何处并没有太大关系。红头发的亚历山大·麦克唐纳的死给了我们沉重的打击，令我们意识到身处的危险和生命的无常。大家已经开始谈论城市的新址，以及住宅区、冰球场和学校的位置。也有人在议论完成挖掘巷道和爆破矿井的工作之后，红头发卡隆族人将何去何从。有一个星期，伦科开发公司的人让卡隆飞去不列颠哥伦比亚省的斯阔米什爆破一块岩石。这次爆破只需几秒钟，公司却给了他高达一千五百美元的报酬。出价如此之高，让人感觉好像非他不可。等到秋天，牙科学校开学后，我会回去上学，其他人或许会去斯阔米什，也可能去南美或南非。大家茫然地翻开护照，查看过期日期。或许他们也会回家吧。

有时，我们这些白天或傍晚无需上工的人会聚坐在宿舍门外的长凳上,漫不经心地玩掷马蹄铁游戏,或是跟爱尔兰人和纽芬兰人聊天。他们很多人都已结婚,有了家庭,每到发薪水的日子便在那间临时银行前排起长队,买几张汇款单或是国际银行汇票,把钱寄给远方的爱人。有时候,他们坐在长凳上,无意识地摩擦双腿。"在爱尔兰,"红头发的爱尔兰人说,"我有一个家,但没什么钱。在这儿,我赚到了钱,却没有家。"我们不约而同地扬了扬眉毛,都明白他的意思。

有时,我们路过法裔加拿大人的宿舍门前,常常会透过半开的窗户,听见他们唱自己的歌,演奏自己的音乐。他们的吉格舞曲和里尔舞曲跟我们的十分相似,但节奏更快一些。他们在地板上跺脚,齐声鼓掌或拍大腿,从不弄错一个拍子。有时,我们还能听到他们和着音乐敲打从食堂顺来的勺子。他们有节奏地敲勺子,一起变换节奏,渐次拍着双手、大腿、膝盖、手肘或是肩膀,唱着《红色军人》《塔杜萨克》,或是《圣让车站》。但我们从没进过他们的宿舍,他们也从未进过我们宿舍,那种感觉就像进对手的更衣室一样。

听我的哥哥们说,南非的祖鲁人喜欢唱歌,他们唱神话歌曲,唱部落歌曲,也唱劳动号子;那些歌儿全都没有歌词,但声音和节奏十分富有韵律。到了采矿的季节,他们便唱着歌儿从故乡来到这里。强壮而傲慢的年轻人唱着炫耀自己的大号阳具的歌,发誓要在不远的将来让故乡的女人怀上他们的孩子。他们为了金钱和冒险来到这里,渐渐习惯井下的闷热、矿工之间的争吵和火拼。

22

就在营地大门外,远离保安岗的地方,是另外一个世界。持有公司开具的身份证明或是号码牌才能被允许走进营地大门。胶合板搭建的保安岗里值班的保安会发现,总是会有怀着各种请求和愿望的各色人等找上门来。有的人仅仅凭着试试看的冲动,驱车驶过崎岖不平的道路来这儿找份工作。有的人徒步走来这里,背包扔在脚下,衬衫上还残留着汗水画出的背包印儿。还有人来找莫须有的亲戚:兄弟、表亲、男朋友,以及不付赡养费的男人。有人来讨债,有人来讨口饭吃。保安只好一遍又一遍对他们说"不行""没有号码牌不得入内""我没有这里所有人的名单""我不知道公司还招不招人,你还是先回萨德伯里的失业办做个登记吧""我不认识什么高个子、黑皮肤、没了一根手指、脸上有道大疤的男人""我不认识叫那个名字的人""你不能进去转转""你不用留什么纸条,我没办法帮你送信""我昨天已经和你说过同样的话了""你给我二十美元我也不会让你进去的"。

离营地更远的地方有一处在灌木丛中草草开辟出来的简陋停车场。在翻得乱七八糟的大石块和树墩之间零星停着几辆公司雇员的汽车,可能是认为汽车还能派上用场。此外,不定期还会停几台来访者的车。有几台报废的汽车被人拖到停车场的边缘和道路的两旁。大多数车被原来的车主取下车牌，免得招惹麻烦。不少车现在充当的是庇护所和交易所的功能。就在那些报废的汽车和访客的车里，常有人来兜售商品和服务。流动小贩卖的工作服和手套比营地里的商店便宜得多。还有卖盘子的、卖戒指的、卖手表的，以及卖色情图书和性爱玩具的。倒买倒卖的小贩鬼鬼祟祟地不停东张西望，从树桩里掏出藏好的一箱箱已变得温热的啤酒、红酒或是白酒，要价比正常价格贵上一倍。有几台车里坐着年轻的本地女孩，她们从住的地方过来这里，不单是为了找机会赚点钱，也来寻求一种冒险的刺激感。她们有时顶着直射的夏日艳阳，坐在引擎盖上吸热的毯子上；有时歪坐在座位上，对着开裂的侧视镜和挡风玻璃梳理长长的黑发，嘟起嘴抹上鲜红的唇膏，再专注地往长长的尖指甲上涂深红色甲油。她们给同伴递口香糖，递压皱的香烟，递装在纸杯里的红酒。她们调试廉价的便携收音机，寻找西部乡村电台的频率；她们不停捣鼓着收音机，试图摆脱加拿大地盾岩石的静电干扰，接收音乐的电波。

如果在晚上走近这样的车，会听到车内传出的呻吟声和刻意压低的对话声。有时，这些声音会被来往的汽车碾压积水的声音盖过。

有天早上，我和卡隆去营外散步。我们俩刚下夜班，吃过早饭，疲惫不堪。天上那团炽热的火球又一次预告了即将到来的炎热。在这样的热度中拖着疲惫的身体想要好好休息谈何容易。所以我俩决定不白费那个工夫，先去外面走走。兄弟俩踏着静静躺在路上的灰色碎石，向停车场的方向走去。这时候，我俩都听到了提琴的旋律，那声音似乎在召唤我们。天气如我们预想的那般炎热。我和卡隆对视一眼，听出了提琴弹奏的乐曲是布雷顿角方形舞中经典的那段"麦克纳布角笛舞曲"。乐曲的声音从一辆废弃的汽车里传出，于是我们循着乐曲声走向那辆车。那是一辆深蓝色的福特维多利亚皇冠，这车曾经应该是台高级车，现在整个车都快散架了。引擎盖扭曲得好像尖尖的屋顶，车胎早就被人拆走，只剩下整个车身架在车轮上。后备厢盖子也已被拆除，挡风玻璃和其他部位的玻璃都碎了，只留下一些参差不齐的边缘。虽然夏日炎炎，那碎裂的玻璃边缘却好像深秋池塘边结冻的银色冰条。

透过支离破碎的挡风玻璃，我们看见一个矮小的人影坐在副驾驶座上，他身体前倾，一边拉提琴，一边晃整个身体。右脚在车垫上打节拍，每弯一次腰，便拨动那四根绷紧的琴弦。虽然还是清晨时分，他的上唇和前额却已沁出汗珠。他抬起头，透过碎玻璃看了看我们，笑了。"我的兄弟。"他说，口音中混杂着英语和盖尔语。他直勾勾地盯着我的衬衫，却不看我的眼睛。他头上戴着脏兮兮的红色棒球帽，上面印着"上一站酒店"的字样，文字下面是一条大鱼跃向鱼饵的图案。他说自己来自詹姆斯湾，是克里族人①，还说他的爷爷或曾爷爷，他不记得是哪一位了，来自苏格兰。皮毛生意好做的时候，他经常往返于北部的贸易线路。他说自己弹奏的提琴是祖辈传下来的，并给我们展示了那把久经

---

① 克里族，北美原住民之一。

风霜的乐器。他说自己叫詹姆斯·麦克唐纳,还认出了红头发的亚历山大·麦克唐纳那件衬衫上的花格图案,我当时正穿着那件衬衫。

"你刚才拉的曲子叫什么名字?"哥哥一边把玩那把提琴一边问。

"我叫它'穿越明奇海峡',"他朝提琴的方向点点头,"这名字是跟琴一起传下来的。"

"跟我们走吧,"哥哥说,"我们给你找点东西吃。"

到了门卫处,卡隆指指詹姆斯·麦克唐纳,用盖尔语说:"我的兄弟。"看门卫有些茫然,他又说:"这人和我们一起的。"

门卫和我哥哥对视了一会儿,便挥手让我们进去了,他也不想在值班快结束的时候跟我们吵起来。

我们把詹姆斯·麦克唐纳带回宿舍,宿舍里的人去厨房拿回了一篮子吃的:一堆培根和吐司,卷在餐巾里的水煮蛋,几张薄煎饼,还有一壶咖啡。詹姆斯饿急了,一次性吃下去的食物大概能达到他体重的三分之一。吃完后,他拿起提琴走出去,在外面的一张长凳上坐下。

正如卡隆所言,他是一个很棒的演奏者。我的哥哥们也拿出自己的提琴轮流和他合奏。就在那个时候,从法裔加拿大人的宿舍里走出了他们的头儿弗恩·皮卡德,身后跟着一伙人。他们远远看了我们一会儿,便折回宿舍取来他们的提琴和汤勺,还有两人拿来了口琴,一人拿来了手风琴。他们在我们的长凳旁边坐下,加入到合奏的队伍中,这种情景以前从未有过。过了一会儿,他们其中一人起身回到宿舍，从墙上拆下两块夹板，拿到沐浴在阳光中的长凳旁。

"这个用来做舞场，"他说，"这就是跳舞的舞台。"

他把一块夹板往同伴脚下塞，那几位法裔演奏者抬起腿，仍保持着坐姿，手中的活也没停下，一个音符都没漏弹。夹板放好后，他们的脚也刚好落在上面，脚尖开始整齐划一地敲击夹板，鞋底的皮革在木板上击打的节奏也融入到音乐之中。敲打出的断断续续的节奏与汤勺咔嗒咔嗒的声音混在一起，附和着提琴，使提琴的音色显得更为悠扬清亮。

"吉格舞曲。"拿来夹板的人朝离他最近的提琴演奏者点头说道。对方笑了笑，轻轻朝左边摆头，他的下巴紧紧抵在提琴的腮托上，纹丝不动，手指和双脚随着音乐起舞，身体也跟随节奏摆动，只有腰部保持不动。我注意到，他佩戴的腰带和我们兄弟的一样。

太阳越爬越高，温度也一路飙升，但似乎没人想去睡觉。那感觉就好像我们都没赶上"睡眠"这趟列车，也没办法改变现状。

飘荡在空气中的琴声越来越悠扬，皮鞋敲在木板上噼啪作响。不时有演奏者报出个曲名，比如《弯曲的烟囱》《迪赛德》《圣安妮的里尔舞曲》《农夫的女儿》，或是《加拿大白兰地》，会弹的人就与他合奏。有时曲目的名字大家都想不起来，或是从未听过，但只要有人先弹几个小节，其他人就会记起整支乐曲。"啊，没错，"演奏者们会意地点点头，"啊哈。""对啊。"然后，大伙便一起完成乐曲的演奏。渐渐地，不再需要报出各种语言的乐曲名，演奏之前，只需要简单地报出"舞曲""一支古老的角笛舞曲""第154号吉格舞曲""婚礼里尔舞曲""一支无名的里尔舞曲"这些名字。

在演奏完一支大家都熟知音律却不知其名的乐曲后，詹姆斯·麦克唐纳说："这感觉就好像生了个儿子，却因为身在他乡，没能给儿子取个名字。"他停顿了一下，又说："但这个儿子是真真正正存在的。"说完这句他显得有些害羞，好像觉得自己话说多了，很不好意思。

音乐在继续，节奏也似乎越来越快。有人把第二块夹板拉到演奏者前面脏兮兮的空地上，把它铺平，用来做踢踏舞的简易舞台。这个任务太艰巨了，因为稀疏的土地上到处都有石块凸起。那人把小石头垫在木板下面，不断调整，终于弄出一块平整的舞台。舞者们开始轮流跳舞，偶尔会站上去两个人，但长方形的木板免不了摇摇晃晃。有些人跳舞比较"老派"，身子挺得笔直，胳膊僵硬地垂在身体两侧。另一些人则扭动整个身体，很是灵活。

"我们得来些啤酒。"有人提议。

于是有人在舞台上放了一顶帽子，里面很快就装满了钱。有人在钱上压了块石头，防止钱被刮跑，尽管空气中似乎连一丝微风都不曾有过。后来，帽子和钱都不见了。再后来，好几箱温热的啤酒搬来了。有人从停车场紧张兮兮的酒贩子手上买到了啤酒，又神不知鬼不觉躲过了门卫。有人用钥匙串上的开瓶器打开啤酒，有人则用小折刀，还有人直接用牙撬，然后一口把瓶盖吐到面前的石块上。演奏者和舞者们的前额都流下了汗水，胳膊下露出深色的汗渍。

"你们这帮家伙他妈的在搞什么?"这时,主管毫无预警地从一间宿舍的拐角走出来。

演奏者们一下子寂静无声了,跳舞的脚步也停了下来。音乐声停止之后,那片静默显得更加深沉。

"你他妈到底是谁?"主管说着,走到詹姆斯·麦克唐纳前面。后者避开他的眼睛,慢慢拿开他的提琴。

"你怎么进来的?"主管又问,这一次他的声音更为严厉,同时俯瞰着这个坐在长凳上的矮小男人。詹姆斯·麦克唐纳耸耸肩,没有出声,又把手掌一摊,便不再动弹了。

"他是跟我们一起的。"我哥哥说着,从一旁的人群中走出来。

"我的兄弟。"有人这样说。人群里传出了紧张的笑声。

主管猛地朝发出声音的地方转过身。他不懂法语,也不懂盖尔语,更不懂克里族语。他很不喜欢听到自己不懂的语言。

"把他弄出去。"主管转回身,用脚指指詹姆斯·麦克唐纳,对我哥哥说。他和我哥哥互相盯着,对视了很长一段时间。

"把啤酒也弄走,"主管的语气平静下来,视线也从我哥哥身上收了回去,"你们知道在这里喝酒不合规矩吧。所有在场的人今天晚上都值夜班。"

他转身走开了。

演奏者们开始收起他们的乐器。有人朝灌木丛扔了一个啤酒瓶,我们等待着,直到远远听见瓶子撞碎在看不到的石块上面。搬来木板的那人搬了一箱啤酒回到宿舍,却忘了拿走木板。詹姆斯·麦克唐纳用克里族语自言自语说了几句话，然后一脸温顺地笑了，似乎这一切他早有预料。

"别管他，"我哥哥对詹姆斯·麦克唐纳说，"你要是不想走就别走。想跟我们待多久都可以。"

那天晚上我们上夜班时，白天的音乐声犹然在耳。最开始的一个小时我们都缄默不语，甚至感觉头昏眼花，白天的啤酒开始发挥效力，而且我们一整天没吃没睡。空气似乎也比往常更为恶劣，粉尘的臭味只增无减。铁钻钻石头的声音让我们恶心反胃，脑子里也似乎出现了打钻的声音。大家的内衣都湿透了，我们翻遍了餐盒，想找几个橙子来缓解一下脱水的状况。

第二天早晨，当我们终于回到地面的时候，前一天的音乐似乎已是很久以前的事了。我们站在淋浴头下，任由水冲洗身体，身上的汗毛都平平顺顺贴在皮肤上，思绪渐渐飘远，好像看到风起浪涌，海浪冲过红头发卡隆海角，海草平整铺开，根部紧扎在水中。当风雨平息后，那些海草又迎风飞扬。我们走出洗漱间，才发现昨夜下了大雨。我们朝着宿舍走去，途中看到前一天跳舞用过的两块夹板。夹板上面满是泥泞污渍，在大雨的冲刷下早已弯翘。法裔加拿大人拿走了其中的一块，我们拿走了另一块，扔在宿舍后面的灌木丛中。

詹姆斯·麦克唐纳在卡隆的床上和衣而睡。那顶印有"上一站酒店"字样的棒球帽扔在地上。我哥哥爬上一个堂弟的床，那个堂弟排在我们后面一班上岗，人刚离开。

詹姆斯·麦克唐纳待了两天。他身无分文，想找份工作。我哥哥带他和我们一起上了两个轮班，每次都用现金付了工钱。我们每个人都贡献了一两件地下作业的装备，尽管适合矮小个头的衣服和鞋袜真不好找。但在地下的时候，他却吓坏了，完全适应不了禁闭的空间、昏暗的光线、粉尘的恶臭以及噪音的袭击。他太过瘦弱，即便是最轻松的作业都无法完成，装岩机突然发出的轰鸣声总是把他吓得缩到墙角的石堆旁。有一次，他作业时被主管发现了，主管倒没说什么，因为当时我们的作业进度保持得不错，甚至还有些超前。但在某一天的午后，我们轮岗后睡了一觉醒来，发现詹姆斯·麦克唐纳和他的提琴都不见了。

"反正他也不是干这行的料，"我哥确定他不见了之后说道，"不干地下作业的活，他应该会过得更好。"两周后，我们听说，门卫处有人找我们，是一个停车场的女孩。她把我们带到那辆曾经考究的福特维多利亚皇冠车前，那辆车如今只剩下一副车架。车座上放着一块用粗棉布仔细包住的驼鹿腿肉，鹿血渗透了棉布，上面用别针别着一张日历上撕下的纸，用铅笔写着"谢谢"二字，还画了一把提琴和一条大鱼跃向鱼饵的图案。

23

我妹妹住在卡尔加里。她说,有一次她和丈夫一起去阿伯丁石油城。她丈夫是位石油工程师,名叫潘科维奇。两人去一个大酒店参加一场丰盛的晚宴,在场的还有来自休斯敦和丹佛的石油行业的主管夫妇们。妹妹夫妇俩吃了很多,也喝了很多,跳苏格兰舞时已经摇摇晃晃。他们上楼回房间时,妹妹遇到一位年轻女士,可能是个服务员,但妹妹也不确定。那位女士经过妹妹身边时,用盖尔语低声说了几句话。等到妹妹反应过来,转身去看她时,她已经离开了。

当晚,她睡得正香,突然奇怪地醒过来,发现有一个女人的影子站在床边。妹妹坐起身,那个人影移动到床脚,似乎在向她招手示意。妹妹用手肘顶了顶丈夫后背,却没能叫醒他。房间光线很昏暗,但当时是夏天,阿伯丁又在遥远的北方,那儿的夜晚比人们想象中要明亮。妹妹睁大双眼仔细去看,那个人影移动到门口,好像突然消失了。妹妹慢慢下了床,朝门边走去。她小心地推了推门,门反锁着。打开门望向走廊,她看见有个男人穿着苏格兰短裙躺在地板上,手里还紧紧握着一张房卡。妹妹回到房间,拉开窗帘往窗外看去。外面非常明亮,街上却空无一人,唯一的声音来自天空中飞翔的海鸥。她再次回到走廊上，那个男人已经不见了。当时是凌晨四点。

丈夫醒来后，妹妹问他记不记得上楼时擦身而过的那位女士，他说不记得有这回事。然后，他说要去趟北海勘察油塔，要离开两天时间。

早饭时，妹妹还想寻找那位年轻女士和穿苏格兰短裙的男人，却一无所获。

"要不你租个车吧，"她丈夫建议，"开车去你想去的地方。"

于是，那天晚些时候，妹妹开车去了莫伊达特，所谓的"暴乱边境"。她进入访问学者们口中的"恐怖地带"，穿过一片杜鹃花海，去寻找传说中的奇兰姆城堡。这座城堡应验了预言，已经被毁坏了。妹妹走进城堡，去观赏潮落时城堡的遗迹。她说，后来海水开始上涨，她差点没来得及回到车上。最后她脱下鞋，提在手中，裙子完全被海水打湿，不断滴水，这才赶回车上。她沿着弯弯曲曲的羊肠小路开下去，一路上还要留神躲避路上的绵羊。对面来车时，她得把车停到路边避让，好在车并不多。后来，她又来到另外一个海边景点，沿着海边的礁石散步，看看海藻和戏水的海豹，听听海鸥的叫声。就在这时，她看到一位老妇人手里提着一个袋子朝她走来。妹妹后来才知道那袋子里装的是滨螺，是老妇人趁潮落的时候捡的。

她说，那时，她和老妇人迎面碰上，互相打量对方。

"你是本地人吧。"老妇人问。

"不是，"我妹妹回答，"我从加拿大来。"

"是吗，"老妇人又说，"但你肯定是本地人。你只是暂时离开了一段时间。"

妹妹和老妇人一起走到一座低矮的石屋旁，三条黄白相间的狗跑过来，它们的身体几乎贴到了地面，耳朵平平地耷拉在脑袋上。

"它们不会咬你的，"老妇人说，"它们认得你的气味。"

那几条狗一边舔她的手，一边摇尾巴。

"这位女士从加拿大来，"那位老妇人成了妹妹的临时向导，她朝屋里坐在木椅上的老头说，"但其实她肯定是我们这里的人，只不过是暂时离开了一段时间。"

当时是夏天，石屋里却阴冷潮湿。"那屋子让我想起了家里的地窖。"妹妹说。

"哦。"老头儿应了一声，妹妹不确定他是否真的听明白了。他穿了件脏兮兮的格子衬衫，外面套了件黑色毛衣，还戴了一顶布帽。他的眼睛看起来浑浊无神，妹妹想他可能听力有障碍，也可能没办法集中精神。

"她是哪的?"他用盖尔语一边问，一边更加仔细地端详着妹妹。

"红头发卡隆家的。"她答道。

"哈。"老头儿继续打量着妹妹。

"你在这里等一会儿。"老妇人扔下一句话便出了门，把妹妹和老头留在了屋里。

"你来自很远的地方吗?"老头问。

"我从加拿大来的。"妹妹回答，仍然不确定他是否听得明白。

"哈，"他说，"那地方到处是树。很多人坐轮船去了加拿大。有人去了美国，还有人去了澳大利亚，那个远在太阳背面的国家。现在几乎所有人都离开了。"他望向窗外，嘟囔着说，"那些人运气好啊，"他像是在自言自语，"那些去了加拿大的人。"

"跟我说说，"他的目光再次回到妹妹身上，"加拿大的房子真的都是木头做的？"

"是啊，"妹妹说道，"有些房子是的。"

"哦，"他说，"木头房子难道不冷吗？木头会不会腐烂啊？"

"不会的……其实我也不知道。可能有的会吧。"

"真是不可思议，"他说，"我一直在想这个事。居然会有木头的房子。"

之后是一阵沉默。

"我跟你说啊，王子来过这里呢。"那个老头突然说。

"王子？"妹妹问。

"是的，王子。英俊王子查理。他当时就在这个地方。一七四五年夏天，他在法国起事，想争夺苏格兰的王位。我们对法国一直是亲和政策，"他再次看向窗外，说梦话似的继续说道，"当时与法国的联盟叫做'老同盟'。"

"哦对，"我妹妹说，"我听说过老同盟。"

"查理王子当时刚满二十五岁，"这个故事似乎一下子为老头注入了活力，"虽然他是我们的王储，但在法国长大，说的基本也是法语。而我们却是说盖尔语。当时有近千人追随他离开这里。

在格伦芬南①,麦克唐纳家族高举着红白相间的旗帜向上帝祈福。当时很多人乘船离开这里,还有一些人是用脚走的。"

"我们本来会赢的,"他兴奋地说,"假如当时法军的船能如约到达,如果大家都加入了战斗,我们当时一定会赢。为了争夺我们自己的土地,保护我们自己的人民,保留我们自己的生活方式,那场仗打得很值。"

老头越讲越兴奋,上身倾向妹妹,大手紧抓着膝盖,指关节都发白了。

"王子有一头红发,"他突然话锋一转,压低了声音,像在密谋着什么,"据说很风流。我们这些人中,"他悄声说,"或许就有他的后代。"

这时,门开了,之前离开的老妇人回来了,身后跟着一群不同年龄的人。

"他们中有些长着红头发,"妹妹继续回忆,"还有一些人的头发像我的一样黑,甚至比我的还黑。但他们的眼睛都一样。跟他们在一起,就好像走进了爷爷奶奶的厨房。"我坐下来,听妹妹继续讲她的故事:

> 那老妇人对她带回来的人说:"这就是我跟你们说过的那位女士。"然后她开始用盖尔语讲话,那些人也不时点头。我也不时点头,过了一会儿,我才意识到那老妇人在说盖尔语,

---

① 格伦芬南,苏格兰高地城镇,1745年,查理王子在此发起叛乱。

而我都能听懂。原来我没说这门语言已经那么久了啊。

起初大家都有些腼腆，然后，一位年龄跟我差不多的女士开了口："你来这里走了很长的路吧，你的裙子还湿着呢。"

"是啊。"我回答。

"不要紧，"她又说，"既然你来了我们这儿，一会儿我给你拿些干衣服。要小心别再弄湿了啊。"

她的每个字都是用盖尔语说的。不知不觉地，我也开始用盖尔语回答。我都不记得我说了啥，用了什么词，但都是脱口而出的，这种语言就像深藏在我身体里的一条河流，此刻突然流淌而出。大家开始纷纷和我说话，身体都朝我的方向倾斜，好像交谈时在搜寻那遥远又熟悉的电波信号。我们一刻不停地聊了大概五分钟，或许更长，或许更短。我记不清了。我甚至不记得聊了些什么。似乎我们只想说话，没人在意那些话要传达什么意思，你明白的，对吗？再然后，所有人都开始哭泣。在莫伊达特的那间石屋里，有人站着，有人坐在椅子上，大家都在抽泣。

"就好像你从没离开过。"那个老头说。"是啊，"其他人立刻附和，"就好像你从没离开过。"

突然我们又都腼腆起来。每个人不自然地擦了擦眼睛，像在为之前的情绪画上一个句号。似乎在经过剧烈的情感冲击之后，突如其来的麻木占了上风。

"你要喝点茶吗？"海滩上遇见的那个老妇人从椅子上站起来。

"好啊，来点吧。"

"或者来点酒？"她又问。

"行,"我说,"都可以。"

"那你等一下,"她说,"我去拿酒和干衣服。"

她穿过一道门,走进隔壁房间。

"你们家的人还是红头发吗?"那老妇人回来后又问。

"嗯,有一些还是。"

"啊哈。"老头坐在椅子上说。

"有双胞胎吗?"

"有,我自己就是双胞胎。"

"是吗?另外一个也是女孩?"

"不,是我哥哥。他长着红头发。"

"哦,"他们说,"一个红头发男孩?"

"是的,"我说,"红头发男孩,他们都那样叫他。他刚去学校的时候都不知道自己大名叫啥。"

在妹妹那栋位于卡尔加里的现代主义风格的房子里,我听到这里,揶揄妹妹说:"太谢谢你了。"

"得了吧,"妹妹说,"那时你又不是牙齿矫正医生,一副牙箍收费好几千大洋。你那时只是个小男孩。"

"那条狗呢?"那老妇人又问,"这里所有的老人都常常提到那条狗。我记得我爷爷奶奶说过那个他们先辈讲的关于狗的故事。以前,人们离开这里乘船去美洲时,那条狗跳到海里,跟在船后面一直游。留在这里的人爬到高高的山上跟亲人告别。他们看到狗的脑袋在海面划出一个'V'字。船越开越远,狗一直游啊游。过了一段时间再看,它的脑袋已经变成一个点。山上的人听到红头发卡隆朝狗叫骂,他的声音越过平静的海面传过来:'快回去,快回去,蠢货,回家去。快回去,快回去,快淹死你了。'"

"之后,我猜想,"老妇人继续说,"他意识到狗不会回去了,意识到它要一路游到美国去。在那途中它没准会淹死。山顶上的人挥舞着帽子和亮色的衣服,与亲人做最后的告别。他们听到红头发卡隆的声音变了,他情急之下喊得嗓子都哑了:'加油,加油,小狗,你能游过来的。快过来!来我这里!别停下!你能游过来!加油!我在这儿等着呢。'

"山顶上的人说,然后,他们看到狗的脑袋,那小小的一点,冒出海面去回应他的鼓励。似乎他给了那狗希望。狗儿奋力地游啊游,海面上的'V'字也越来越快,越来越宽。红头发卡隆靠在船边,手掌一下下敲击船板给狗鼓劲,最后,他伸出手把狗从海中拉上了船。那一幕是那个家族留给我们的最后画面。那以后,挥手告别的人看着那艘船慢慢变成了海面上的一个小点,比之前那狗的脑袋还要小。"

"是啊。"老头一边说,一边对屋里那些黄白相间的狗儿摆摆头,在莫伊达特的那个石屋里,几条狗像地毯一样躺在桌椅下。"那种狗儿太在乎人,也太拼命了。"

我也这么想,我讲了那件事:"那条狗的后代在我父母遇难的时候和他们在一起,后来它柱死在那个海岛上。怪它太在乎人,也太拼命了。"

"你的父母怎么遇难的?"其他人齐声问道,"真替你难过。那海岛在哪儿?"

"哦,忘了你们不知道那件事,"我说,"我总感觉和你们很熟悉,觉得你们应该也知道我所有的事。以后我再和你们讲吧。"

"你有那样的感觉很好,"老妇人笑着递给我一杯酒,"这里就是你的家。"

"你知道吗,"在那栋位于卡尔加里的现代主义风格的房子里,妹妹问我,"他们登陆以后,红头发卡隆在皮克图刺伤过一个男人?"

"我不知道,"我说,"我好像没听说过这件事。我只知道他那时情绪很低落。"

"是他干的,"妹妹说,"爷爷告诉我的。你知道他为什么刺伤别人吗?"

"不知道。"我说。

"因为那人踢了他的狗。"她轻声说,一边在昂贵的桌子上敲着手指,一边直勾勾地盯着我的眼睛。

"他的狗当时怀着小狗,那人踢了狗的肚子。"

我们走到屋外,沿着大名鼎鼎的落基山脉往下看。已是傍晚时分,我们眺望远处,看到来自班夫和不列颠哥伦比亚省边境的汽车沿环加拿大高速公路驰骋东行。阳光照在金属车顶上,发出亮闪闪的金光,车顶又将金色的光反射回天空。

24

回到多伦多的街道上,太阳已冲破了雾霭,高挂在天空中。多伦多的街道上,熙攘的人群推推搡搡奔向他们的目的地。有的人提着网袋,袋里装满了家乡的特产。烤鸭在橱窗里缓慢地旋转,仔猪除去内脏后,猪腿倒挂在铁钩上,细牙死死钳紧,回缩的猪嘴里冒出粉紫色的牙床。

安大略省的西南部,采摘工人们穿过冒着热浪的平整田野,伸手采摘树上的累累硕果。当地城镇过来摘果子的孩子们这个时候越发疲惫,眼看着就要站起来造反了。他们渴望进休息室,打打电子游戏,喝喝冰镇饮料,跟朋友煲个电话粥倾诉一下痛苦和苦闷。父母们早已留意到孩子们的不合作态度,他们开始变得情绪激动,疲惫不堪,急躁易怒。现在他们不再柔声哄骗,而是公然威胁。怒气冲冲的父亲们内衣被汗水浸透,大阔步地迈过一排排绿色植物,走到不情愿收割的孩子面前,劈头就骂:"为什么你这么懒,自己需要的食物都懒得收割?"还有人会这么说:"再不机灵点马上关你禁闭。到时候你就待在房间里,两周都不能出去玩。"很快,这些家庭便在一片闷闷不乐的沉默中开车回家,车上人郁郁地看着窗外的田野,果园以及还未离开的收割者。

牙买加人、墨西哥门诺派教徒和法裔加拿大人动作灵巧,安静快捷。有力而自信的手指或张或握,眼睛已经在盘算下一步行动。他们不会抓坏水果,也不会踩踏树枝或者藤蔓,更不会在红花绿叶间突发心脏病。他们一直劳作着,直到太阳落山才回到几乎全是男性的住处。他们中很多人是凭借着农业工作许可在加拿大干活,农忙季节一过就得长途跋涉回家乡。

有些人签订了"九个月"协议,可在加拿大连续逗留九个月。如果他们逗留的时间足够长,就有资格享受加拿大的社会救助和医疗项目。当然,除了他们自己,没有人希望他们获得这些资格。有些时候,如果市场有需求,他们就会暂时离开加拿大几天,再重新入境,开始新一轮九个月的逗留,直到市场不再需要他们。有些人已经按照这个模式在加拿大停留了数十年,而他们的家却远隔重洋。他们不能经常见到自己的孩子,更无法经常和孩子交流。他们和他们的孩子都看不起牙医。每一天工作结束后,他们在暂时居住的窄小房间里穿着内衣,坐在包着铁皮的床边。缓慢旋转的风扇搅动着潮湿的空气。这个时候,识字的人会读家里寄来的信,不识字的人就请别人帮忙读信和回信。有时候,他们会躺在床上,双手搁在头下,呆呆地盯着硬纸板做的屋顶。有时候,他们会听磁带里的音乐。如果有人从屋外的高速公路经过,能听见屋里传出听不懂的外国音乐和方言。照片散落在放橙子的板条箱上或布满刮痕的床头柜上。每个周一的早晨,我在自己的世界里微笑地跟第一位病人打招呼;而在他们的世界里,那逼仄的房间早已空无一人,里面的住客在太阳底下已经劳作了好几个小时。

此时此刻,我只需随意拿起面前的酒,不用精挑细选,也不用着急,这些并不重要。重要的是,我还会回返那个房间。

25

在那个夏日的热浪之中，我们的地下作业快速地进行着。我们挑了一片石层没那么硬的区域，不但方便作业，也容易出产量。于是我们的进度开始超前。因为红头发的亚历山大·麦克唐纳去世而损失的时间很快便补了回来，伦科开发公司非常满意。但公司也有人说，我们的薪水或许太高了，尤其是我们作业的石层"不怎么硬"。我们便反驳说协议就是这么签的，而且"坚硬的石层"和艰苦的条件或许还在前面等着我们呢。事实上，在矿上与石层打交道的作业人员都遇到过这种情况。卡隆代表大家去谈判，结果没人愿意跟他争论，也没人愿意成为他前进路上的绊脚石。

詹姆斯·麦克唐纳离开后，我们的音乐便似乎消失在夏日的热气中，那些法裔加拿大人也不怎么弹琴了。大部分时间，他们和我们一样，缩在自己的小空间里，我们打照面时眼神中总会带着一丝怀疑。我们的人很早就有一个想法：那天当班的法裔加拿大起重机司机把矿石桶往下送时，肯定知道亚历山大·麦克唐纳就在竖井底部；或许他并不是犯错，也没有搞错了信号。我们还听说，就在亚历山大·麦克唐纳死后的第二天，弗恩·皮卡德走进伦科开发公司，提议说他可以再找一名新员工替代死在竖井里的那个红头发卡隆族人。他推荐了从特密斯卡明来的亲戚。听说弗恩·皮卡德那伙人知道我们电话里谈的薪酬后很不高兴，他们一直怀疑我们的薪酬高过他们。我们观察着他们，他们也观察着我们，大家都带着一丝谨慎。我们一直留意着现实或想象中的怠慢或优待，像对战的曲棍球队一样，等待合适的时机去质疑对方测量有误或是携带了违规的设备。我们等待着，留意任何一个机会。工作仍在继续，生活在阴凉潮湿的地下和蝇虫肆虐、热气逼人的地面间来回转换。

有时我会想，假如我留在哈利法克斯，假如我接受了那份为了来这里而谢绝的暑期科研经费，生活会变成什么样子。可以肯定的是，在哈利法克斯，生活完全是另一种模式，那种有影院、音乐，还有图书馆和实验室的生活。我时不时会想念，或者想象自己会想念那些没怎么去过的剧院和饭店，会想念和同学就当天的话题展开谈论。我知道那样的生活是存在的，那样的生活中不会都是男性，也不会被如此单一的工作所主导。

有时候，我的思绪会飘到哈利法克斯的小出租房和宿舍里。我想象着我的中年房东正忍受着房内的热浪，坐在木椅上用报纸朝脸上扇风，长筒袜褪到膝盖下面。她终于摆脱了寄宿的学生，却也因为他们的离去而感到无聊；她不用再费力搜寻他们的物品，也没人听她宣读那些规则，规定收音机和灯怎么用，几点钟关门，以及下雪天得为她铲出一条路。有时候，我想象着穿白大褂的导师和同事脚踏软底鞋，走过开着空调的实验室里擦得锃亮的地板，观察培养器皿或是盯着显微镜；从卫生间镜子反射的光线中，偶尔能捕捉到他们眼中闪过的厌烦。

  但是，一想到红头发的亚历山大·麦克唐纳，我心里就会生出一种罪恶感，虽然我并不确定这罪恶感是否确实属于我。我心里对当时的情景和时间总有一种隐约的不安。我告诉自己，他高中毕业就来到矿上是因为他不想再深造；我也清楚他这样做至少从某种程度上讲是为了帮助家人。他的家人一直被当地延续了好几代人的贫穷所困扰，贫穷并不是他们的错，却像一股看不见的风在他们耳边轻声叹息。我后来才知道，为了购买那辆风风光光把参加完毕业典礼的我载回家乡的小轿车，亚历山大·麦克唐纳也出了一份钱。我也意识到已经没有机会再对他表示感谢和弥补。我常常回想起那次他说我爸妈去世是我的"幸运"。他瘦小、坚定、勤劳的双手上长满老茧，那些老茧触碰到我脖子后面汗毛的感觉令我永世难忘。被那双瘦小的手掌触碰的感觉似乎从那时开始便一直跟随着我，而我也不断告诉自己，他的死对于其他人的影响更大，我最好不要把自己看得太特别。

26

换班的间歇,我的哥哥们经常会说起他们少年和青年时期家乡的风景。虽然此刻远离家乡,身处加拿大地盾的边界,他们的话语再次勾画出家乡四季的景色。岁月流逝,远隔千山万水的家乡令我们魂牵梦萦。他们清楚地记得年少时岛上的日子:记得黑压压的海鸥从海边峭壁飞起,成群的海豹栖居于岛屿的最北端。他们说,在夏天游泳要小心雄海豹,它们有时会攻击你,以为你在觊觎它们的领地和躺在岩石上沐浴阳光的雌兽。哥哥们也经常聊起海边岩石下那口不可思议的淡水泉眼。

"你还记得那眼泉水吗,红头发男孩?"他们问我。

"不,我不记得了,"我说,"只记得别人告诉我的关于它的故事。"

那眼泉水源自地下,特别清甜。常有人和动物去那儿喝水。从陆地过来的人们也会去那儿装几瓶泉水带回家,他们觉得泉水能提神醒脑。"爷爷常去那装水回来,"哥哥们说,"他觉得那泉水能增强性欲,还能治疗关节炎。"

我记得爷爷总把关节炎叫成"骨僵炎"。在海浪冲天的风暴天,或是赶上涨潮的时候,泉眼会被淹没,消失在颠簸的海面之下。提早预见到天气变化的人会赶在那之前接好几桶泉水，把水"储存"在木桶里。那些木桶紧紧绑在高出海平面的礁石上。暴风雨最猛烈的时候，泉眼似乎完全消失了。当海浪退去后，泉水也变咸了，没办法喝。但正如人们所说，只消等几个小时，泉水便会"自动清洁"。"那些时候，我们会观察动物，"哥哥们说，"等到动物开始围着泉眼喝水，我们就知道那水可以喝了。有那么一阵，人们担心一场凶猛的暴风雨就可能毁了那个泉眼或是改变泉脉，但这种事从来没发生过。每次风平浪静之后，它都仍然在那儿。就算被完全淹没，也会再次出现。"

"有一次，在三月里，"二哥说，"爷爷拉了草料从冰面上过来。当时我们经济很拮据，没钱给马儿装冰上行走的蹄垫。于是爷爷借来两匹马组了个马队，给马蹄装上'防冰塞'。他把装有草料的袋子两头用挂满石块的绳子捆好，这样草料便不会被吹跑。有条黄狗跟着他，它是被皮克图来的人开枪打死的那条狗的妈妈或奶奶。

"那次，爷爷带了两三瓶甜酒慰劳自己，他说喝酒是为了'暖身'。我们看着他离岛越来越近，狗在前面跑，马队拉着雪橇。马儿一身棕毛，头上有白色的星点。一匹是母马，它生下了我们家那匹叫克里斯蒂的马；另一匹是雄马，是它的配偶。我记得爸爸当时说过：'看它们步调多整齐，同时抬脚又同时放下，非常统一。它们踩着同一个节奏。如果你再买匹马，与它们中的一匹配对来拉草料，步调肯定会不一样，有匹马必定会打乱节奏。现在那两匹马像来自同一家族的舞者或歌手，音律总是那么协调，它

们之间又是那样默契。'

"马队不断前行，"二哥继续说，"放心地将蹄垫踩在冰面上，那蹄垫支撑着它们在滑滑的冰面上行走。尽管天寒地冻，拉的重物却使它们冒出汗来，马轭下面流的汗渐渐被冻住，皮毛上一片灰白。马队行过的冰面结出了一层层冰霜。

"马队越走越近，我们听到爷爷在冰面上用盖尔语唱歌。我们知道他有些醉了，他唱的歌都乱了顺序，有些词明明刚唱完却又唱一次。我们跑去冰层的边缘引他上岸，一起卸下草料，安顿好马匹。吃了些东西之后，爷爷躺下休息了一会儿，随后就起身说要回去。他睡得比料想的久了些，当时天快黑了，大家都让他留下来过夜，但他坚持要回去和朋友打牌，急着要带马儿回家，还说卸了重物后马队肯定走得快。他走后，爸爸说：'让一个男人给他父亲提建议确实很难。即便你试着把他当成一个普通人，他也还是你父亲，你也还是他儿子，不管你年纪有多大。'"

回家路上，爷爷显然是睡着了，暖和的大衣和美味的甜酒让他觉得相当舒适，他放心地任由狗和马队前行。当雪橇停下来时，他以为已经到了马队主人家的院子，便跳下雪橇，开始卸马具。就在那时，爷爷注意到深色的海水在他身前的冰面上划出了一道口子。冰面"破"了，狗儿停了下来，马队也停了下来。天色已晚，爷爷的手指麻木得无法重新装上马具。他意识到要让马队返回我们住的岛屿非常困难，于是在卸完马具之后便放走了它们。

爷爷转身朝岛上的灯塔走去，祈祷冰口下的海水还在身后没有追来。趁着越来越深的夜色，爷爷逃到岸边，沿着礁石往岛上攀爬，身上还带着一个甜酒瓶。他的雪橇上一盏灯都没有，岛上和陆地上的人根本不知道发生了什么。他的耳朵、脸颊，还有手指和脚趾都严重冻伤了。后来我们听到他跟爸爸吐露了实情，他用盖尔语说："我觉得我的小弟弟都冻伤了，不过这事别在你老婆孩子跟前说。"

大家先用雪团，再用浸过热水的布擦拭爷爷的手脚。二哥说："都能看到冰块在爷爷冻坏的耳朵上一边融化一边闪闪发光。"

之后，爷爷把脚泡在装热水的盆里，双手还裹上了热乎乎的湿毛巾。

哥哥说，那天晚些时候，爷爷的狗和借来的马匹也回到了陆地上的家里。它们在冰面上闪躲着前行，也许还不时跃过或游过冰面上的小裂缝。屋里的人当时正在打牌，他们听到狗儿对着亮光的窗户又叫又跳，还听到马蹄咯吱咯吱踩在雪地上的声音，然后就看到棕色的马头抵在了结霜的窗户玻璃上。在极度严寒的冬日，屋外的马匹会一直朝着发出暖光的窗户走去。对它们而言，那光意味着温暖和获救的希望。或许那晚岛上的灯塔发出的就是这样的光。如果当时没有人冲出屋外去回应马儿发出的无声请求，或许它们抵在窗户上的头会顶破玻璃，令吸引它们的温暖空气漏到屋外的严寒之中。

在大家冲出屋外牵马之时，曾一度担心发生了严重的事故。不过，当看到马儿身上的马具已经卸下，便推断马儿是因为想回家而"逃离"了那座岛。当时没有电话，也没有其他方式与岛民联系，陆地上的人只好把马儿牵进马棚，等到天明再说。

天亮之后，爷爷留在冰面上的雪橇已经清晰可见。透过望远镜，陆地上的人和岛上的人都看到了那个雪橇。雪橇周围的冰面没有任何裂缝，似乎冰面在夜里又自动"愈合"了，那曾经裂开的伤口也无迹可寻。那天傍晚，阳光还照耀着大地，爸爸从岛上走向冰面，在那儿遇到从陆地过来的人。他们在雪橇旁会合，双方都拿着棍子和杆子检查脚下的冰层。爸爸告诉他们发生了什么事，并告诉他们爷爷一切都好。冰层的裂口在雪橇的滑槽上结了冻，将雪橇牢牢冻在冰中。大家检查了雪橇周围的冰层，决定把滑槽卸下来。他们牵来了马儿，小心翼翼地往前夜裂开的相反方向移动雪橇，大家都清楚地知道，能够承受人体重量的冰层并不一定能够承受住马的重量。好在冰层还算"坚挺"，大家安全地把雪橇拉上了岸。这件事发生在三月，因为这次事故，没人愿意再让他们的马匹去冰面上冒险。爷爷的脚也在这次事故中冻伤了，走不了路，于是在岛上又待了几个星期。他冻伤的耳朵变成黑紫色，又变成青紫色，那圈皮肤过了很久才恢复成正常的粉色。

　　没过几天，外公到岛上来了，还带来了两个年轻的亲戚。他们脚上都系着"防滑藤"，功能类似于马蹄上的"防滑垫"。这些"防滑藤"就像马蹄垫一样系在人的鞋袜上，能紧紧抓牢刚结的冰。爷爷把它们挂在门厅的铁钉上。两个亲戚带了探冰杆，几卷绳子，以及便携电筒，尽管当时天还亮着。"在冰层上再小心都不过分。"外公说。他们还带来了爷爷的几件衣服和一瓶威士忌，以及奶奶写的一张字条。"保佑他心脏没事。"他们离开时她这样说。

　　他们到达岛上后，爷爷叫外公一起去顶楼的一间卧室。他们俩年龄相仿，共处时间也挺长，所以比较亲近。他们不同的嗓音抑扬顿挫地从楼梯上飘下来，盖尔语和英语来回转换。

"你的小弟弟冻坏了？"外公恼怒地说，"我感觉你的脑子也冻坏了吧。一把年纪了还犯浑，喝醉酒还跑去冰面上，而且还是一个人。外面黑漆漆一片，你差一点就淹死了。你真该好好反思当时干的那些蠢事。"

等爷爷喝了威士忌，安静地入睡之后，外公对聚在厨房里的我们说："我来之前跟你们奶奶聊过，她非常想念他。有些事你们应该清楚。他借来雪橇，给马匹戴上蹄垫，买来草料装到雪橇上。这些事他花了整整两天时间。草料钱也是他自己掏的腰包。他知道你们的马有麻烦了，如果没人帮忙，那些马都会饿死。他是在帮你们救急。"外公停顿了一下。"他生活的方式或许与我不同，"他说，"但就像你们奶奶说的，'他的心像海洋一样辽阔'，我也这么认为，你们中任何一个人都不能够忘记这一点。"

那年春天，冰层融化得很快，船很快就能下水，把爷爷安全送回家。他的手脚都已经愈合，耳朵上那块尴尬的黑紫色也消退了。他离开时，爸爸还小心翼翼问候了他"那儿"的伤势。

"哦，它会好的，"爷爷笑着说，"回家后它会有个温暖的去处。"奶奶看到他回来非常高兴，给他买了一大瓶甜酒，瓶子上还装饰了一条丝带，就放在厨房桌子上。他们拥抱之后，奶奶的眼睛里饱含着泪水。"上帝保佑你，"她说，"你回到家真好。"

爷爷的这次"事故"大家后来都不怎么再提起，也许是因为不好意思，也许是因为这件事本来是可以避免的。不过，有一次爷爷喝多了，有人听到他和外公聊天的内容。"你还记得那件事情吗？"他愉快地问。

"不记得了，"外公烦躁地说，"我不记得了。别提它了。"

"好吧，"爷爷附和道，"不过啊，我跟你说，那晚在冰上它可真硬，硬到你根本想象不到。"

"你也许都不记得这件事了，红头发男孩，"大哥说，"那个时候你和妹妹还只是在火炉旁摇篮里睡觉的小婴儿呢。"

"我想也是，"我说，"那时候我们还不记事呢。"

"记得才奇怪呢，"二哥说，"事后我常回想起爸爸在爷爷和马匹离开时说的话。他说一个人向自己的父亲提建议很难，因为不管多大，你一直都是父亲的孩子。那个时候，"二哥继续说，"我们有时会质疑父母的决定，希望他们别给我们提建议。可谁知道后来我们会拥有那么多自由，多到我们都不想要了。真的没人再唠叨让我们去洗脸、换内衣袜子，叫我们起床或睡觉，告诉我们该不该去上学、什么时候去上学。我常常回想起妈妈最后那次唠叨着让我洗耳朵的事，回想起她让我去洗耳朵，我却很不耐烦，满脑子想的都是自由。"

"我们住在老屋的那些年，真的把养家糊口之外的事儿都做了个遍，"三哥说，"有时候有女孩子过来玩，会感慨'家里没有爸妈问东问西可真好'，但不消一会儿，她们就会开始看表，然后开始说那些只属于她们的、爸妈定下的回家时间和各种规矩。"

"有件事很奇怪，"二哥说，"粗枝大叶的爷爷在那个三月幸免于难；而把每一件事都做得很妥帖的爸妈在溺水时却没有得到救援。如果说，爷爷那时候也出事了，一切会不会变得很不一样——尤其对你来说，红头发男孩，你有没有想过？"

"我想过，"我说，"想过很多。"

"我们失去爸妈和科林之后，爷爷再没提过三月的那件事。我猜他可能觉得比起爸妈的事故，那件事根本不值一提。"卡隆说。我们坐在宿舍外面的长凳上聊天。天色已晚，太阳正渐渐落山。弗恩·皮卡德经过时，似乎听到他说了句脏话。不过也没人听清。我们回到宿舍，准备上夜班。

27

多伦多街道的上空，太阳正按照既定路线缓慢移动。我的思绪飘得太远，没发现那团火球已到达了最高点。此时此刻，在这个国家，在安大略省，在摩天大楼、昂贵餐厅和最高法院之上那高高的天空中，它开始了西下的行程。天气依然炎热，或许是热浪的缘故，我决定买些啤酒，因为酷热还会持续很久，而啤酒的酒精浓度也没那么高。

卖啤酒的店里到处是赏心悦目的商品。乍一看就像那种卖二十五岁以下服饰、气氛活泼的服装店。亮色的衬衫、帽子、夹克和紧身背心都像在宣告远在天边的制造商希望带来欢乐的好意。店里的冰柜、冰袋和保冷瓶让人感受到夏日的乐趣。即使已值九月，商家也不愿放走夏日的快乐。招待我的帅小伙一边忙活一边吹口哨。当听见我说要两箱一打装的啤酒时，他有些诧异我居然没说要什么牌子，便指了指传送带上那堆瓶瓶罐罐说："要啥自己拿吧。"我回答说随便哪种都行。他又恢复了招牌式的笑容，开开心心把装啤酒的纸箱递给我。我把钱放在塑料托盘上。店里的一切都透着愉悦和好意，和滚动播出的电视广告如出一辙，显然那些广告和这家店铺的包装都出自一家公司。而像我哥哥那样穿着内衣、满身是血地坐在床边，是绝对不可能得到广告公司的青睐，让他去为快乐消费者代言的。

当我穿过自动门离开时，一个穿着厚外套、簌簌发抖的老年男子问我能不能"借"支香烟。于是我把买啤酒找的零钱给了他。店里那个一脸快乐的机灵小伙儿走到门口，让老人走远点。他看上去不那么快乐了。等到老人拖着脚步走开，小伙儿才重新露出快乐的表情。

街上这个时候更加拥挤了，我把两个装着啤酒的纸箱分别提在膝盖两侧，免得碰到路上的行人。我没买一箱二十四罐的，而是买了两箱十二罐装的酒，因为这样比较好拿。走在路上，我能感觉到箱子的纸提手勒进了手掌中。做牙医这些年，我的手经常伸进患者口腔中检查，已经变得非常柔软。因为怕感染艾滋病毒，做检查前都要戴上乳胶手套。每次检查结束后脱下手套，我会看到手掌上汗湿的肉粉色褶皱，和多年前脱下发臭的矿工手套时一模一样。

哥哥们住在红头发卡隆家的老屋、还没去矿上打工的那些年，他们的手掌都长满了老茧，甚至无法握合。晚上，借着油灯的光线，他们用刀子或剃刀的刀片刮下手上的死皮。刮下的皮肤碎屑掉在桌面的油布上，像从指甲上刮下的淡黄色卷曲碎屑。之后，哥哥们张开又握拢地活动手掌，找回知觉。刮掉死皮后露出的皮肉起初还是白色，在皮下血管的跳动中，又慢慢变回粉色。第二天清晨，当他们紧握住斧头、铁链或捕虾网的绳索时，茧子又渐渐长回来。哥哥们刮死皮时会小心不刮得太深，免得流血。

我回到那栋房子，再次走上楼梯，屋里的气氛不再像之前那么让人意外和震惊。熟悉的感觉很快涌了出来。"任何事你都会习惯的,"奶奶以前常说,"除非是鞋里扎了根钉子。"

楼上的门开着,他的脸上和波浪形的白发上都挂着洗过脸后留下的水珠。看上去他好像一直在小屋里来回踱步。水珠挂在他的白发上闪闪发光。"哟,"他说,"你回来了呀,挺快的嘛。我见你拿了啤酒回来,够我喝一阵子了,真是雪中送炭啊。"

他伸手去够离他最近的那箱啤酒,撕开纸箱顶部。喝过白兰地后,他的双手不再发抖了。我发现白兰地差不多都喝光了,瓶子里大约只剩下两英寸高的酒液。白兰地像输液一样输进他体内。他喝得脸色发红,眼窝下面那块小小的紫色瘢痕上,十字伤疤更明显了,手背的血管也因为酒精流过而根根暴起。

他拿出一瓶啤酒,用手拧掉瓶盖,都无需用上牙齿。他把瓶盖扔向垃圾桶,却没扔中,瓶盖咔嗒一声掉在地板上。他把酒瓶递给我。"现在不喝,"我说,"以后再喝吧。我还要开车回去。约了人晚上出去吃饭。"

他笑了笑,开始大口喝瓶里的酒,又拿起白兰地酒瓶喝了个底朝天。

"都有啤酒了,"他说,"不用再攒着这个了。"

他又喝了口啤酒以缓解白兰地的辛辣。啤酒也只剩下了一半,或者说喝掉了一半,就看你怎么看了。

"红头发卡隆家的老屋那边今天天气很好,"他走到窗户边说,"我每天早上都听天气预报,听听布雷顿角的天气。在金斯顿①的

---

① 金斯顿,加拿大安大略省东部城市。

时候也听。在矿上时也保持着这个习惯，尽管我们那时的工作跟天气没什么关系。我想，是因为对那个地方太熟悉了，总在担心草料，想着浪潮、风雨和天气；想着大风会刮坏船只，也会刮来鲭鱼和鲱鱼。当然，也担心冰层的移动和变化。"他停顿了一下。眼神穿过阳光直射的污浊窗口望出去。在光线的照射下，窗上的灰尘轻轻飘动。他用手背抹了一下嘴。

"你还记得吗？以前在老屋住的时候，我们每天晚上睡觉前都会出去看一下，看第二天的天气怎么样。感受空气的湿度，摸摸草地上的露水，观察风刮来的方向，或者听听海浪声，看看月亮星星，你还记得吗？"

"嗯，记得呢。"

他的视线从窗外拉回到我脸上。"可怜的爷爷，"他说，"他讲过一个老笑话。有对老夫妻睡觉前出去看天气，顺便放松一下。那老妇人说了句话评价月亮，她老伴以为她在说他的小弟弟，于是便回答她，大意是'不用担心。现在它在下面，不过到了晚上它就会升上来的'，或者'再晚一点它就会升得更高'，大概就是这样说的。你记得吗？他有没有给你讲过这个笑话？"

"没呢，"我说，"他没给我讲过。"

"哦，"他说道，"可能那个时候他觉得你还小。每个人对过去的记忆都不一样，不过过去的事你慢慢都会知道了。前几天我还在想，那时候每到冬天，我们那辆旧车排出的废气都看得清清楚楚。车胎的花纹都磨平了，遇到结冰的上坡路总要加大油门。到了十字路口刹车时，蓝白色的排气会飘到眼前。我们都能看见也能闻到那些气体。在路上跑时,排出的废气被我们甩到车后,减速时又飘到车前罩住我们。我猜可能是因为我们开得不够快或不够远吧。大热天想想那事还挺逗的,"他又说,"也许我们总会去怀念与现在不一样的季节。"

"是啊,也许吧。"

我伸手拿了一瓶啤酒,也不是我想喝,而是看他喝得那么猛,我不喝未免有些不合适,让人感觉居高临下。尽管喝完酒还要开四个小时车回去,和妻子还有同事吃一顿不得不吃的晚饭。

"我有没有跟你说过?几个月前我见过你的老朋友马赛尔·金格拉斯。当时我正走在人行道上,有三辆车朝我开来。不知是凯迪拉克还是林肯,总之都是又大又贵的车。车里坐满了男人,车窗摇了下来,那些男人文着文身的胳膊垂在车窗外。认出他们之前,我差一点以为他们是那些人——那些开车很傲慢、两车并排开、占着两个车道的人。我认得出那些人的车牌,我记得,也认得他们开车的方式。

"马赛尔一看到我,就把车开到人行道上停下来,其他的车也停下了。他穿了件花衬衫,领口几乎开到了腰带上,还戴着太阳镜,脖子上挂条金链子,手上套了好几个大戒指。他做了头发,长长的波浪卷。你记得他以前总是留平头吗?"

"是啊,"我说,"我记得。"

"他停下车,还没熄火,就从车上几乎是跳到了我站着的人行道上。这一切发生得太快了,以至于我尽管认出了他们是什么人,却不太认得出他是谁。当时我手里拿着一瓶做饭用的便宜的雪利酒，因为我只买得起这个。我当时想：'好吧，如果非要打一架，我可不会心疼这瓶酒。'这么想着，我握紧了酒瓶颈，说时迟那时快，他来到我跟前，张开双手，给了我一个拥抱。

"'你好啊，'他说，'从你走路的样子就认出你了。'他把我介绍给车里的其他人。'这位是卡隆大哥，'他说，'很久以前我们第一次跟着弗恩·皮卡德打工时，他是我们见过最好的矿工。'

"车里的人点点头，伸手出来跟我握手。他们基本上都讲法语，还有两个人姓麦肯齐，是亚伯拉罕平原的沃尔夫将军的后代。我和他们聊了一会儿。他们说，听说有份工作是从萨尼亚①开火车钻河底隧道到美国。或是走圣路易斯附近的隧道，在波士顿附近工作。'美国给的薪水更高，'马赛尔一边说，一边像以前一样用右手打着响指，'马萨诸塞州，尤其是沃尔瑟姆②，有很多人来自布雷顿角。我们以前也去过那里。跟我们一起去吧。'

"'不行啊，'我说，'我不去了。我连安检都过不了。'他们都笑了，马赛尔还问起了你——'读过书的那位兄弟'，他们这么叫你。我告诉他们你在做什么，他还说记得你书读得好。我给了他你的电话，他给你打过吗？"

"没打过呢。"

"总之，我们聊了一会儿。他们后面排起了车龙，有人开始发脾气。有位警官走了过来。他看到那几台车，以为他们都是些有身份的人，而我只是一个在骚扰有钱人的老酒鬼。但很快他又看

---

① 萨尼亚，位于安大略省西南部，与美国接壤。
② 沃尔瑟姆，马萨诸塞州城市，曾是美国工业革命中心地之一。

到了他们的车牌。

"'你们不能在人行道上堵塞交通。'警官说。'我不会说英语。'马赛尔用法语说。那警官又转向我。'我在给他们指路呢。'我说。

"他们发动汽车离开了。姓麦肯齐的两人在后面那辆车的后座朝我挥手,马赛尔也把手伸到车窗外挥了挥。阳光照在他的戒指上闪闪发亮。

"警官对我说:'带上你的酒赶快回家吧。谁知道法国人会干出什么事。'"

"我记得我以前跟你说过,"哥哥说,"那样遇到他们真是太巧了。"

"是啊,你跟我说过,"我说,"这事太巧了。马赛尔特别特别想学英语,他和我说过的。他还花钱请我教他英语。他觉得学会了英语就能在萨德伯里找工作。或许还能去英科公司或是哪间大公司。"

太阳继续移动着,光线不再直射进房里。我不安地撕扯啤酒瓶的标签。哥哥摇摇晃晃走向卫生间的水槽,边走边拉下裤子拉链。虽然他说话还算清晰,步子却开始飘起来,也不再去深究那些回忆是真实还是想象。爷爷常说:"喝啤酒好处很多。它能清洗你的身体,喝进去什么颜色,出来还是什么颜色。"我不敢确定如果他看到眼前这一幕会作何回应,也不敢确定他所说的好处是否也包括这种情况。

"有一次,在那一切还没发生之前,"奶奶曾经对我和妹妹说,"我们一家围坐在桌子前。那时候你们俩和科林都还没生出来。你们爷爷的啤酒瓶在桌子上放着。卡隆当时才四五岁的样子。他给爷爷递酒瓶的时候，阳光穿过窗户反射在瓶子上。卡隆看到瓶子上折射出的自己的影子，说：'咦，我看到我在啤酒瓶里了。真的是我，我好像真的在里面。'

"他当时好兴奋，我一直都记得。我见他一直看着那个瓶子，但光线已经移走了，他找不到瓶子上的自己了。这件事好像在预示着后来发生的一切。那时候他还是个那么可爱的小男孩。"

"我得走了。"我从椅子上站起身，卡隆从水槽那儿转过身，裤子前面有几点深色水渍，拉链还没有拉好。"不过我下周或者再下周还会来。需要的话，我给你留点钱，够你花到周一。"

"哦，我应该够用的，"他说，"不用费心啦。"

我把手伸进口袋去摸钱。那卷钱已经皱了，因为出汗而有些发潮。我把钱放在桌上，尽量不去看也不去数，怕会显得自己高人一等。

"保重。"我说。"再见。"他走上前，右手拉起我的右手，左手放在我肩上。他的身体轻微摇晃。因为他很重，我不得不移动双脚来保持平衡。

"我就指望你了，麦克唐纳家的人。"他笑着说。我们靠在对方身上，就像两个疲惫的拳击手在拳击场上相拥，给予并索取着对方的支持。

然后他转向窗户，我关上门离开了。

从多伦多市离开时，一路上都很顺。来时街上的抗议者和反对者都回家去了。交通有些拥挤，但还不至于让人受不了。因为是周六的傍晚，没有工作日的上下班车辆。行至城市北部，主干道仍然表现出周末的平缓。周五令人绝望的拥堵已经过去，周日的傍晚还没到来。超载的拖车和摇晃的船只似乎都到达了秋天的终点。人们在尽可能地将夏季延长。

透过阳光照射的窗口，哥哥或许会看见布雷顿角那长满硬木的陡峻山脉。山上绿叶开始泛黄，金色和红色的光线斜斜投射到清晨薄雾下的绿树之间。肥胖的花鹿在腐烂风干的苹果间走动，鲭鱼顺着蜿蜒的河流游嬉。夜晚，会听到浪花轻拍海岸的声音，似乎在一刻不停地把海岸推向远方。那声音并不汹涌澎湃，而是悠久低沉，在夏日甚至不一定能听到。但此时此刻，在月亮的支配下，它像脉搏的跳动一样富有韵律。

月亮这盏"穷人的灯"在安大略西南的城区几乎看不真切，尽管它的光芒之下星星点点住着许多穷人。在这片繁盛所带来的污染之上，天上的星星也不再清晰了。

28

有一次在卡尔加里，我的双胞胎妹妹说："当我晚上搭乘横跨大西洋的航班时，喜欢欣赏那闪闪的星光和恒久不变的月光，我总会看向那片海洋，想到我们的曾曾曾祖母凯瑟琳·麦克弗森被装在帆布袋中从船上扔进大海，永远到不了新大陆，也永远回不去故乡。我在想，她去世前到底在想些什么——抛开熟悉的一切，跟着姐姐曾经的丈夫离开故土。我常想她那盖尔语的思维是否因为语言的关系而跟其他人不同，我猜每个人都是用母语来思考和做梦的吧。"

"我挖矿那时候，"我开始回忆遥远的过去，"在修建的营地宿舍半夜能听到人们用他们自己的语言说梦话。那些梦话有葡萄牙语、意大利语、波兰语、匈牙利语，或者其他方言。他们在梦里喊出鼓励、警告、害怕等各种感受，偶尔也会温柔地示爱。除了他们本国人，没人知道他们在说什么。我们晚上也做梦，年长的同伴用盖尔语说梦话，那些法裔加拿大人也一样。咱们的哥哥们说，南非的祖鲁人晚上也讲梦话呢。"

"还记不记得？"妹妹问，"爷爷奶奶以前也常做梦，梦话有时是英语，有时是盖尔语，但到最后几乎都是盖尔语。那就像他们回到了年轻时的日子。盖尔语似乎一直是他们内心真正的母语。有时候我自己做梦好像也说盖尔语，但我并不确定。醒来后，梦里的话似乎还在脑子里留着，但我还是不确信。我问迈克睡觉时有没有听到我说梦话。他说从来没听到过，他睡得很死。"

"玛格丽特·劳伦斯在《预言者》①里提到过，莫拉格说人们忘记的语言会潜藏在心里。我经常会读读那一段。每次我读那本书都自动翻到那一页，第二百四十四页。"我朝妹妹笑了笑。

"我刚来西部学习表演的时候，"她继续说，"我的导师跟我说，必须克服自己的口音，除非我想一辈子都演爱尔兰女仆。那时我都没意识到自己有口音。我觉得每个人都是像我那么讲话的。你有没有想过这些，你讲话的方式，你的心理语言和大脑语言？"

"没有，"我说，"在我的世界里这些东西无关紧要。好像我们都超越了语言的层次。"

"或许是吧，"她说，"或许这也是你那一行自杀率居高的原因之一。你知道你们行业的自杀率都快排到前几名了吗？"

"我知道。"

"你一定要保重啊。"她关切地说。

"我会的。"

她叹了口气说："在多伦多皮尔逊机场转机的时候，如果有时间，我会走到东海岸线航班的登机口。那些登机口实在太远了，要有足够时间才能这么走一趟。我这么做没什么特别的原因，只

---

① 玛格丽特·劳伦斯（1926—1987），加拿大作家。《预言者》（1974）是她最后一部长篇小说，莫拉格是小说女主人公。该书被视为加拿大文学经典之作。

是想走到那群人中,听听他们的口音,分享他们的兴奋。有时候,人群中也有商务人士,他们很好辨认,一般都坐得很远,表情冷淡。而我常常被那些来自麦克默里堡的中年纽芬兰人感动。他们总会告诉孩子,纽芬兰是一个令人骄傲的地方,还会为自己的口音和说话方式辩护。我这样做是不是有点傻?"

"不会,"我说,"一点儿都不傻。"

"有一次,我站在哈利法克斯的登机口,一位女士冲我说:'回家的感觉很好吧?'我有些吃惊,因为我觉得我给人的感觉就像那些商务人士,但看来并非如此。她问我来自哪里,我脱口而出'格伦芬南'。

"'哦,'她说,'我丈夫也是那儿人。那个地方很漂亮。那里有个岛屿。你知道吗?'

"'我知道。'

"'我丈夫叫亚历山大·麦克唐纳。你是不是也姓麦克唐纳?'

"'是的。'

"'他会来哈利法克斯接我,我介绍你们认识吧,'那位女士说,'或许你们还是亲戚呢。'

"'或许真是亲戚,'我说,'我是红头发卡隆家的。'

"'他也是。'那女士说。

"就在那时,机场广播让座位在飞机后排的乘客尽快登机。那位女士拿起了行李。'我们在行李传送带那儿见吧,'她说,'别忘了,我丈夫是红头发。'然后她就走了。我想挥手叫住她解释一下,但没有时间了,她消失在工作人员身后去取登机牌了。

"她离开后，我在登机口站了好长时间，看着外面的飞机舱门关上，飞机在跑道上滑行，冲上云霄。而我仍然站在那里。直到有一位工作人员走过来，我才意识到自己是多么显眼，多么形单影只。

"'需要帮忙吗，女士？'他问，'这个登机口在接下来一个多小时都没有航班起飞了。'

"'谢谢，'我说，'抱歉，我没事。'"

"你知道吗？"她突然话锋一转，"詹姆斯·沃尔夫将军有着一头红发。"

"我不知道。"我说。

"真的，"她说，"他的确是红头发。"

29

此时，我的车正朝着日落的西南方向开去。在更南边，采摘工人们又是从不同的角度看待这一天的逝去。城里的家庭们则很高兴一天又结束了，他们期待着美味可口的晚饭，可以租几部电影看看，和朋友聊聊天。等到周一，孩子们又要去上学了。

墨西哥门诺派教徒、牙买加人，还有来自新不伦瑞克和魁北克的法裔加拿大人会一直劳作到太阳下山。对于他们中的大多数人而言，上学是一种奢侈。他们认为自己身在异国他乡，当局对他们关注极少。在新不伦瑞克，会根据农收季节来调整学年。魁北克的制度则更为宽松。

农收季节过后就没人雇他们干活了，采摘工人会离开小木屋，开始回乡的漫长旅程。有时，墨西哥的门诺派教徒由于复杂的生活状况，会在通过不同关卡的时候遇到很多麻烦。有时他们开的车有别人购买的记录，有时是在出境期间生了孩子。在他们想进入美国境内时，或是在他们风尘仆仆赶了几千里路想离开得克萨斯州时，却被移民局的人拉到一旁。

他们成群结队被赶进又小又挤的房间里，手里紧握着汽车执照、破烂发皱的出生证明、黄色的务工签证，还有贴着可疑照片的护照。他们的孩子紧紧钩着父母棕色的手掌。每个人领到一个号码，必须回答一系列复杂的问题来证明自己的身份。

在他们回乡的旅程中，法裔加拿大人在最后一程或许会顺路拜访圣凯瑟琳斯或韦兰的亲戚。在经济大环境的影响下，有些人会选择在安大略省这一边加满汽油，因为那里的汽油一向很便宜。还有一些民族主义情绪高的人会开着快没油的车一路越过安大略和魁北克省境，去里维耶尔-博德特或圣佐蒂克①加满高价的汽油。所有人都会跟孩子说魁北克高速公路的休息区要比安大略的好很多。所谓"好"，不但是指供应充足的免费热水和更便宜的物价，而且是指回到家乡后能够更轻松地入睡。

人们在开始漫长的返乡旅程之前，大多会先检查一遍汽车。对于大部分人而言，机械维修是一项必要技能，因此他们去车行的次数和去看牙医的次数一样少得可怜。在深秋的日落时分，他们在掀起的引擎盖前弯下腰，更换车里的水泵和燃油泵，用绝缘胶带封好嘶嘶发响的软管；检查汽化器，清洁火花塞，绑紧风扇带，十分熟练地倾听发动机发出的嗒嗒声；再卸下磨损的轮胎，检查车灯，为返乡旅途的夜晚做好准备。尽管返乡还未提上日程。此刻的下午和黄昏，在太阳完全下山之前，在周六的夜晚来临之前，他们还有未完成的工作要做。劳作之后，或许会有啤酒，或许会观看电视屏幕中闪烁的外语节目。他们上半身前倾，精神高度集中，不时从千篇一律的笑声中获得乐趣。还有些人打牌，有

---

① 里维耶尔-博德特和圣蒂克都是魁北克省内的城镇。

些人玩多米诺骨牌。

  第二天，也就是周日，一些单身的小伙子会换身衣服，去卵石遍布的海滩来次刺激的行程。他们在那儿不停大笑，用磕磕巴巴的英语、法语、西班牙语或牙买加土语朝年轻的姑娘喊叫，但总是无法听懂对方的回应，只好捶打同伴的胳膊或者满是肌肉的肩膀来安慰自己。

30

在加拿大地盾工作的岁月里，马赛尔·金格拉斯的生活与我产生了交集，我们就像两颗缓慢靠近的行星或氦气球。我们彼此知道对方，但未深入了解过，虽然偶有接触，却各自生活在自己的私人空间中。有时，我们轮岗碰上，会相互点头致意。有那么一两次，伦科开发公司的主管让我给马赛尔解释升降机的信号，或是给他读读炸药箱上的使用说明。还有两个机器出故障的晚上，公司雇请我们两人在高高的井架甲板上给同事讲解一些基本的英语和法语。

讲解时，我们先从身体部位开始，轮流指着自己的头、眼睛、嘴巴，冲着闪耀的星空大声念出"头""眼睛""嘴巴"。然后，我们会将内容转移到午餐盒里，大声念出"苹果"和"蛋糕"，还有"面包"。我们一边高声诵读，一边纠正大家的读音。听到正确的发音时，马赛尔会充满热情地在空中挥舞拳头。我们渐渐从食品的名字转移到周围地板上放着的作业用具，指着它们发音：铁链，炸药，火药，地雷。我们都惊讶地发现，并深深地感觉到，虽然发音不同，但在彼此的语言里，那些词汇是多么地接近。有时，我会觉得和马赛尔·金格拉斯在同一栋大房子里一起住了很久。

传言说伦科开发公司计划培训我们俩去操作升降机呢。

那段时间，伦科开发公司要赶在期限之前完成目标，我们也是。所有人都在岩石层后那块有放射性的黑色铀石旁无休无止地工作。

在灯光昏暗、阴冷漏水的地下，在炙热难耐、令人窒息的宿舍，时间似乎过得飞快，又好像慢得停止不动。我们在地下作业的时候很难去分辨白天夜晚。如果在晚上七点开始作业，早上七点返回地面，我们都意识不到已经作业了十二个小时，新的一天已经开始。陌生的阳光令我们使劲眨眼。有时我们像倒时差的旅客，飞过好几个时区之后，一切看似相同却又隐约感觉不同。白天，在热得令人烦躁的宿舍常常很难入睡，床单湿答答粘在身上，前额汗流不止。苏醒之时，有时很难判断到底是几点，到底是哪一天甚至哪个星期。隔壁房间的收音机总叫人心烦，已经养成却日益厌倦的固定程序一旦被别人打乱，就会让人恼羞成怒。

在一个闷热黏腻的日子，我在梦中听到有人说"嘿，嘿"，意识到有人在推我的肩膀。当时我浑身大汗，好不容易才入睡。那声音和动作起初似乎遥远又模糊，渐渐地越来越激烈，我睁开眼，看见一个满脸担忧的保安。他站在我跟前，推推我，对我说"嘿，嘿"，又退后几步，似乎在触碰一个随时爆发的危险，担心我会加害于他。

"什么事？什么事？"我努力从迷迷糊糊的梦境中苏醒过来。

"你是亚历山大·麦克唐纳吗？"他离我这个苏醒过来的危险人物远远的，站在一个自认为安全的距离之外。

"是啊，"我说，"是我。"

"有人打电话找你，你来前门吧。你知道我不该接电话和转电话，也不该离开岗位，但那是个长途电话，所以你尽量快点吧。"

他转身快步穿过宿舍门，好像从焦虑中解放了一样。

我看了看表，快速地环顾了四周。当时是上午十一点，屋子里没有人。我提起裤子，跋上开口的鞋子，跟着那保安走出去。到达门卫处时，他那渐远的身影早已走进了夹板做的小屋。

电话听筒尾端卷曲的电话绳还在轻轻晃动。

"喂。"我说。

"你好吗？"爷爷用盖尔语在遥远的电话那端说，"你好吗？"他又用英语说了一遍。

"挺好的，"我说，"你呢？"

"对于我这个老头子来说马马虎虎。我想告诉你一声，他明天会来。"

"谁会来？"我问，尽力驱赶身上的睡意，"来哪里？"

"你堂弟，"他说，"从旧金山来。记得你毕业那天奶奶给你读过的那封信吗？我哥哥和她姐姐写来的那封信？就是他，明天会来萨德伯里，下午三点到。他们之前从旧金山写了信来。他们那边都安排好了，现在我们这边也得安排一下。"

"安排什么？"我还是昏昏沉沉的。

"你还没睡醒吗？"爷爷说，他的声音已经到了生气的边缘，"你那里现在几点了？我这里都下午了。"

"醒了，"虽然我的话听上去并不可信，"我醒了。"

"吃过早饭了吗?"他问,"你吃的是麦片粥还是那什么玩意?"

"那什么玩意?"

"我忘了你们怎么叫的,"他说,"那玩意儿看上去像小袋的草料。"

"哦,是碎麦粒。我没吃那个。"

"那最好了。还是吃燕麦粥吧。现在至少你听上去清醒了点。莫非你整晚都在外面跟女朋友鬼混?"

"没有,"我说,"我在这儿没女朋友。"

"哦,"他说,"那太糟了。以后会有的。你那个堂弟,虽然你没见过,但就像你外公总念的那首诗一样:'山脉阻隔着我们,还有那无情的大海;但血亲永远高于一切,和我们的心一样高远。'我希望你还记得。"

"我记得。"

"很好。记得在萨德伯里替我喝一杯。那里的酒馆多不多?"

"挺多的,"我说,"萨德伯里的酒馆挺多的。"

"很好,"他说,"我就指望你了,麦克唐纳家的人。跟你奶奶说几句吧。"

"喂,红头发男孩吗,"她说,"爷爷和你说过了吧,他明天下午三点到萨德伯里。离你那儿远吗?"

"大概一百六十英里。"我回答。

"哦,那还好。让卡隆和你一起去。我本来应该给他打电话,因为他是最大的,但你是我们的红头发男孩,这么多年来我们把最好的都给了你。血浓于水,我们经常这么教你。如果你爷爷的哥哥嫂子当初没去旧金山,我们这些年就能在一块了,这场战争也就不会对我们影响这么大。我们现在能做的就是尽力。我们一直都在尽力,不管现状如何。你还在听吗?"

"在听,"我说,"我在听。"

"很好,"她说,"明天早上早点起床。你爷爷让你告诉卡隆,他昨天去了以前那片海岸,给克里斯蒂带了些苹果。你爷爷学卡隆那样吹口哨,但克里斯蒂能分辨出不同。它也会走到他跟前,但总是越过他的肩膀找人。你爷爷说那是因为经过那么多风雨和欢乐,他和它都不再年轻了。但它很好。你就这样告诉他。"

"好,我会告诉他的。"

"就到这儿吧,"她说,"上帝保佑。再见。我爱你们。"

"好的,再见。再见。"

我挂了电话,向保安道了谢,准备去找卡隆。虽然我们七点就下班了,但我知道有时天气太热他就会睡不着,一个人想想事情。当我站在门卫那儿,不太确定该去哪儿找他时,正好看见他从门外走来。我等了一会儿,和他一起回了宿舍。

刚开始,我不知道该如何提这个事。在那段混乱的时期,我忘记告诉他那封旧金山的来信。那件事好像过去很久了,但亚历山大·麦克唐纳的去世却历历在目,一直萦绕在我们心头。有那么一刻,我的感觉和忘记带燕麦给克里斯蒂那次一样糟糕。

我开始跟他解释整件事情。

"谁要来?"他问,"从哪儿来?为什么要来?你慢点说。"

我重复了一遍，重点放在了爷爷奶奶打来的电话。

他想了好一会儿，不停用靴子踢路上的卵石，最后问我："这事对你重要吗，红头发男孩？"

"重要，是爷爷奶奶……"

"好，这事对我也重要。奶奶过去总说'要照顾好同一血脉的人'。她常对你和你的双胞胎妹妹说：'如果我不信这个，你们俩会成啥样？'"

"是啊，"我说，"她常那么说。"

"嗯，"他说，"我们必须尊重传统。如果不是爷爷奶奶，爸妈去世后，我们不可能有办法照顾你和妹妹。我们连自己都照顾不来。同样的，在我们回到那间老屋时，如果大家没有拿来铁链、锯子、船只、马匹，我们肯定也活不下来。"

他沉默了一会儿。"我也清楚，"他继续说，"你本来没必要和我们来这儿。你本来可以留在哈利法克斯，穿你的实验室白大褂。但是亚历山大死了，我们需要人手。"他顿了顿。"啊，红头发男孩，"他说，"我很感谢你能来这儿。我们明天去萨德伯里吧，但得先找辆车。"

"我能找到车，"我说，"我想我应该找得到。噢，还有件事，爷爷说他昨天去看克里斯蒂了，他带了些苹果，还说它不停越过他的肩膀找你。"

"哦，是吧，"他说，"可怜的克里斯蒂。它一直都在履行它的职责。"

我们停了下来，站在路的中央。那时，我们看到弗恩·皮卡德走了过来。那条路不宽,我们两人并肩站着。他看到我们便加快了脚步,步子加快之后的他显得更高更壮了。路上没有空间让他穿过去,除非他绕到路边,但看上去他肯定不会那样做。

"我要走了。"眼看他就要走到跟前时,我从路上移开了位置。弗恩·皮卡德走过时,他的肩膀擦了一下哥哥的肩膀,我们听到他嘟囔了句"吃屎去吧"。"混蛋!"哥哥毫不示弱。他俩像在暗示什么,各自往路上吐了口口水。那两团粘着灰尘的唾液在地上微微发亮。

在头顶的树上,大大小小的乌鸦在不停叫唤。哥哥曾经告诉我,他们在不列颠哥伦比亚省的桥河谷工作时,有个男人会用点燃的火药纸包着面包片扔给那些大乌鸦。乌鸦俯冲下来抓面包,几秒之后火药纸爆炸,面包在空中粉碎,那些鸟儿也一样。它们的皮肉粘在黑色发亮的羽毛上,从天空慢慢飘落到地面。一天晚上,那个男人被人用扳钳狠狠揍了一顿,他没拿工钱就离开了,以后再没人见过他。

我去找马赛尔·金格拉斯。由于之前在路上遇到了弗恩·皮卡德,我不想离那些法裔加拿大人的宿舍太近。我在餐厅找到了他。他正坐在凳子上喝咖啡,好像有些走神。我突然坐到他身边时,他吃了一惊。"咖啡杯。"我指着他手里的东西用法语说。"咖啡杯。"他笑着用英语说。

我觉得他应该有辆车,为了确定,我在餐巾纸上简单画了辆汽车,然后指着说:"我想去趟萨德伯里行吗?""好啊。"他点点头。我们俩用简单的词汇和许多手势约好在门口碰面。他说没必要的话不想让别人看到他和我在一起,他害怕弗恩·皮卡德,也害怕丢掉工作。

我在营地外面的停车场找到了他,他正站在一辆锈迹斑斑的黑色雪佛兰轿车旁边。车胎都快磨平了,挡风玻璃被石块砸得遍布凹痕。整块玻璃上还有一条歪歪扭扭的裂缝,像一条蜿蜒曲折的小河流过。

马赛尔拉开没上锁的车门。前座放着一个女士的化妆包,粉色的梳子柄露了出来。脚垫上还有双沾满污渍的白色高跟鞋。他耸耸肩,摊摊手,做了一个无法理解的手势。难道有人在车里过夜不成?

后视镜上挂着一对泡沫塑料做的骰子,还有双蕾丝饰边的女士吊袜带——就是婚礼上常用的那种款式。后窗玻璃上有只硬塑料做的棕色小狗。狗的脑袋系在一个弹簧上面,开车时它的身体会上下晃动。

马赛尔把钥匙递给我。那把钥匙挂在一块金属圆片上,上面写着"我记得"。

我们分开后各自回到营地,以免被人察觉。

那天晚上,我们的作业进展得并不顺利。通风软管总是断开,炸药摸着也发潮。凿岩钻机总是卡住或出故障,一个劲往我们脸上喷污渍和机油。我们凿下的石头还没掉的多。下一班人来接手我们的烂摊子时,我们很尴尬地承认毫无进展。

洗完澡又喝过咖啡后,我和卡隆决定不睡觉,直接出发去萨德伯里。到了停车场,他一脸责难地看着那辆车。

"这就是你找来的车?"他问,想掩饰厌恶的情绪却没有成功。

"是的,"我说,"就是这辆车。"

我打开车门,坐进驾驶座。化妆包和脏鞋子已经不见了。

起初那段路,我们都没怎么说话。前一天白天我们没有睡,前一天晚上也没有。刚刚听天由命地坐进了车里,累积的疲惫就显现出来。我注意到汽油表也坏了,指针一直指向零。我们把车停到路边,从烟雾弥漫的沼泽地里折了一截柳树枝插进油箱里一探,发现汽油还有四分之三。

我们漫不经心地聊着将要见到的那个堂弟。我是爷爷奶奶带大的,所以知道的情况比哥哥稍多一些。我努力回想爷爷奶奶聊起那家搬去旧金山的亲戚时说的话。"你说,"卡隆问,"如果当初爷爷没有找到那份医院的工作,他们会不会也去了旧金山?"

"我也不知道。"我说。

"如果那时候他们去了,"他沉思着说,"我们的日子会很不一样吧。"

"是啊,确实。"

"根据我对这场战争的理解,"他继续说,"那些人只是在为他们的国家,为他们自己的生活而打仗。很难讲他们该不该为此献出生命。"

"我明白,"我说,"战争在以不同的方式影响着所有人。我想我们自己也深受战争的影响。我们过着现在这样的生活,或许就是因为一七四五年的苏格兰起义。我们可能就是卡洛登高地一战的后人,是那场战争之后出生的一代。"

"是啊,"他笑着说,"家乡的那些老头子,那些老头总说:'当时法国的军舰能来就好了……'"

"或许吧,"我说,"谁知道呢。那件事从一开始就无法定论。谈论历史和身处其中是不一样的,我想。总有些人比别人多一些选择。"

"是啊,"他又笑了笑,"爷爷总说:'我不想做那种荒唐的人,别人推我去哪就去哪。'"

"'我就指望你了,麦克唐纳家的人。'他总把这句话挂在嘴边,"我说,"昨天在电话里还这么说来着。"

我们沉默了一会儿。"唉,"卡隆看着锯齿般的岩石和乱七八糟的树木叹了口气,"太多死伤,太多战争。我常想,父亲毫发无损地从战争中熬了过来,却在三月底的大晴天淹死在冰层下,这是多大的讽刺。"

"是啊,"我说,"假如当时你和他们在一起,你肯定也淹死了。"

"我不这么看,"他说,"如果当时我和他们在一起,或许就能救回他们。"

31

太阳越爬越高,天气也越来越热。光线穿过挡风玻璃的裂缝射进来,我们就像坐进了温室。于是我们摇下车窗,把胳膊搭在窗边,感受迎面流过的空气。长期的地底作业令我们的胳膊变得苍白,在炽热的阳光照耀下似乎都看不见了。

"以前的夏天,我们常在岛上走动,"卡隆说,"父亲有时会看着太阳,观察光线的角度,还有光波的形状。他以前开船总喜欢加速。那是一艘大船,由政府提供汽油,如果加速度合适,船与太阳的角度又吻合,船后溅起的水花在斜射的阳光下会产生一道彩虹,一直跟在船尾。那时候你和妹妹肯定还没出生,科林当时也只是个小男孩。他总说:'爸爸,爸爸,做条彩虹吧。'有一天他跟母亲说:'妈妈,彩虹的尽头不是会有一罐金子吗?'

"'我不知道啊宝贝,'母亲会说,'有的人说是呢。'

"'哦,'他说,'我为我们家想过这件事。我们家的金罐子肯定在海底下。'"

卡隆沉默了片刻。"回去那片海岸的时候,"他继续说,"我常会一个人开船出海,从红头发卡隆海角逆向而行,不断调整角度,想要重现那情景,却从没成功过。那些下午,别人会问我开船出海做什么去了,我从来都不好意思说我在找彩虹,每次都说是出去逛逛。他们一般会说:'我们觉得你是在浪费汽油。'所以后来我就不那么干了。"

"可能是因为船不一样吧。"我说。

"也许吧,"他回答,"可能是船不一样了,也可能是人不一样了。我本来能从父亲身上学到很多东西,但他和我都没有时间了。"他停顿了一下,继续说道。

"四年前我们在蒂明斯①,一天一夜都在聊那座岛。最后我们想家想得不得了,就给外公打了电话。开始我们问他天气如何。他说'这儿天气很好'。我们又问起那座岛。他迟疑了一下,说:'你说的是那座岛吗?'

"'是啊,你现在还能看清楚它吗?'

"'能,我每天都看它。不过今天有微微的东南风。你们明白刮东南风的时候会怎样,那座岛看上去比以前更近了。'

"'你还能在那座岛边停船吗?'我们问。

"'不容易,'他说,'现在那儿没有政府的码头了,不过天气好的话,能开到靠近岸边的地方,抛下锚划小船过去,甚至可以蹚水过去。不过浪很快就会涨到胸口。'

"'如果我们回来,'我们问,'你能给我们找艘船吗?我们从这儿回去大概七千英里,路也不太好走,可能得有些日子。'

"'如果你们从七千英里外的地方回来,'他说,'我会给你们

---

① 蒂明斯,位于安大略省东北部。

找艘船的。我会等着你们。'

"'好的,'我们说,'和爷爷奶奶说一声,我们要回来了。'

"'我会和他们说的,'他说,'保重。再见。'

"我们买了一辆旧的敞篷卡车,一台发电机和压缩机,还从公司租了一架钻架、几个钻头和一些钢材。当时我们的作业进度超前了,我们认识那个经理,许诺说我们一定会回来。

"'好吧,'经理说,'我想就算我不同意,你们也一样会走的。'

"我们三个人挤进了驾驶室,轮流开车。刚开到新利斯克德,有辆车快速超过我们。车越开越远,突然从车窗里扔了一只小猫到路边的沟渠中。我们互相看了一眼,大家想到一块了。我们开过去,停下车,在沟渠边的草丛中寻找那只小猫。找到它时,它的鼻子正在流血,能看到它的心脏在肋骨下面突突跳动。那是只灰白毛色的小猫。我们轮流把它抱在自己的大腿上。后来在特马加米停车给它买了些牛奶,还有一罐金枪鱼罐头。但它太害怕了,不敢吃也不敢喝。我们叫它'小猫咪',还给它唱了几首盖尔语的歌。后来在渥太华郊外停车时,我们以为把它弄丢了,我们四处找它,喊着'小猫咪'或是'喵喵',好像它能听懂盖尔语一样。半小时后,我们发现它在卡车的油门踏板旁睡觉,之后的旅程它一直待在那儿,不管谁开车都小心调整脚掌的角度,以免打扰到它。

"到了家后,爷爷非常高兴,一直灌我们啤酒,奶奶则拥抱亲吻我们。外公说他已经安排好船了。爷爷看了眼卡车的驾驶室,问道:'这是什么?'

"'是小猫咪,'我们说,'它出生在安大略省的北部,不过以后就住在这儿了。'

"'哦,'他说,'欢迎小猫咪,你好吗?要不要来些牛奶?'

"第二天早上,我们早早就动身了。外公借来一艘大船,船尾还系着一只小船。我们在船上装了钻头、钢材、发电机和压缩机,爷爷还带了两箱啤酒。'天啊,'外公对他说,'你去哪都要带那玩意儿?你到时候喝到掉下船去,海豹会以为你要抢它们的老婆,和你拼命呢。'

"奶奶给我们包好了午餐,外公拿来了木材做脚手架,还带了些抓钩。那天的大海光滑如镜。快到那座岛时,我们看到它在海里的倒影,就好像我们在岛上滑行一样。

"我们拿着抓钩,用脚手架支撑住钻架,把父母的名字缩写用钻机刻在岸边的岩石上。我们刻了他们的名字、生卒日,还有科林的名字和生卒日。科林就是在那座岛上出生的,那天风雨太大,母亲没法离岛。所以没给他割包皮。以前他尿尿的时候我们都会笑他,因为他的方式跟我们不太一样。爷爷把几个啤酒瓶绑在一起放在海水里凉着。海豹们游了过来。

"我们起身走向那栋老房子。房子早已无人居住,他们给灯塔装上了自动探照灯,取代了皮克图那家伙的工作——就是开枪射杀我们的狗的那个人。有人偷了门架和窗户架,但房子的样子还跟我们记忆中的没多大差别。兔子在房子里跳来跳去。

"以前母亲在花园边选了一块地种大黄茎,那些植物后来都成野生的了。它们的茎梗像你在秘鲁见到的热带植物,叶子长到了我们的肩膀，在沉甸甸的白色种子下微微颤动着。必须拿砍刀才能穿过那块黄茎地。地上还长了些野生的花儿，有粉色的，黄色的，还有蓝色的。那些花儿似乎在杂草之间挣扎生长。我们把周围的杂草拔掉了一些，好给它们腾出空间。记得小的时候，每次母亲让我们帮忙种花，我们都会不停抱怨。

"我们继续走去看那个泉眼。它还在那儿，我们清理了一些幼叶和枯叶才找到它。我们趴在泉眼边喝水。那泉水跟记忆中的一样清甜，从岩层下面冒出来，流到灌木丛和藤蔓中，流到周围快要把它覆盖的枯枝烂木之中。爷爷走到岸边，拉起他那串啤酒瓶。瓶子像海里捕到的鱼一样，还泛着水光。他把五个酒瓶的盖子都起了，把酒倒在地上，跪到泉眼前，在瓶子里装满清甜的泉水。

"'为了过去。'他说。

"外公拿出他的折刀，从垂着的柳树枝上切下一截，做了五个柳木塞塞进啤酒瓶，防止泉水流出来。他在那儿站了一会儿，看着汩汩流出的泉水。'它看上去有些伤感，'他说，继续看着咕嘟咕嘟的流水，'就好像整颗心都流出来了，却没人看得出来。'

"回去的路上我们都很安静。

"'我想他们还在那下面的某个地方。'外公说着，越过船舷望向光滑如镜的大海。

"我们都沉默了一段时间，努力睁大双眼看向船外，紧盯着轮船驶过出现的白色浪花，那座岛屿越来越远。

"'嗯，'外公说，'这儿啤酒很多。你们要不来点？会帮助你们忘记的。'

"'这一路上他们都没出现,'外公安静地说,'他们想要忘记。'
"爷爷沉默了一会儿。'不,'他说,'我想他们不会忘记。'"
卡隆转头盯着车窗外。

32

我们彼时正行驶在 17 号高速公路铺好的车行道上。在我们右侧,穿过树林,偶尔能瞥见远处加拿大北部海峡和乔治亚湾之间那处杳无人烟的小小淡水岛屿。

"你累了吧,"卡隆说,"换我来开一会儿。"

我把车停在路边,两人下车交换了位置。我们后背的汗在衬衫上浸出斑斑点点的深色印迹,暴露在阳光中的苍白胳膊也开始发红。

"我们俩比起来,你的皮肤更容易晒伤,"他说,"因为你本来肤色就泛红。太阳会一直晒下去,不会停止。你要小心点。"

他把车重新开上路面,说道:"我在想以前母亲在那座岛上种的那些花。她非常喜欢花,野生的也喜欢,总在屋里摆上好几个花瓶。"

"夏天的时候,"他回忆着,"她和父亲会躺在草地上,用蒲公英和雏菊做花环。很有趣,我还记得这些事。你总觉得父母年纪很大,似乎永远赶不上他们,永远超不过他们。或许那时他们躺在草地上会萌发一些性趣,但我们从来没想过这样的事。在我们看来,他们年纪大了,但他们或许还觉得自己正当壮年。还没有你和妹妹之前,我就有了对他们的记忆。如果那次事故再早一些发生,或许就没有你们俩了。"他顿了一下,"或许我们这些兄弟姐妹都不会出生。"

他似乎有些不好意思,手指敲打着方向盘。

"有一次,"我想起一个遥远的画面,"我五岁还是六岁的时候做了场噩梦。我记得自己在哭喊,爷爷走进我房间。'要不要跟我们一起睡?'他问,'我们会保护你,你不用再害怕了。'

"'好的。'我说。

"之后我睡到了他们中间。奶奶第二天肯定是起早去干活了。有人敲门来找爷爷。奶奶来敲卧室的门,我们俩都惊醒过来。爷爷还没完全清醒,他在床上翻了个身才坐起来,还碰到了我。那时候他晨勃了,他自己完全没有发现。当他注意到自己的状态之后,迈了一大步,拿起挂在椅子上的裤子急匆匆穿起来,背对着我一边穿一边说:'别担心,这很正常。'过会儿,等他镇定下来,幽默感也找回来了,又说:'如果我不会这事儿,哪里会有你们这些小鬼?'

"我又迷迷糊糊睡了过去,醒来时太阳已经照进了窗户。当时我并不明白他的意思,所以对他说的话和他的样子都没太在意。有很长一段时间我甚至忘了那件事,它和我当时能够理解的生活没什么关系。"

33

突然,我们感受到一阵连续的撞击,马赛尔·金格拉斯的车开始颤动。"妈的,"卡隆说,"他车上有备胎吗?"

"不知道,"我说,"我没查看过。"

我抬起头,透过滚滚热浪发出的光线,似乎看见了一个服务站。

"试试把车推过去。"他说。

在一阵橡胶的焦煳味中,我们跌跌撞撞把车推进服务站。

"你们遇到麻烦了吧,"服务站的人带着乐于助人的微笑说,"走运的是你们的车轮没坏。"

我们打听轮胎的价格。

他说:"换一个全新的轮胎其实也好不到哪去,因为其他三个轮胎都快磨平了。这样吧,我收十美元给你们换一个二手轮胎,肯定不比其他三个差,你们想去哪儿都行。之前的这个轮胎可能扎进了铁钉,不过其他三个也都快到年限了,扎铁钉的这个已经完全报废了。"

"有件事一直困扰着我,"重新上路时卡隆说,"亚历山大去世那天,我们很多人早早从地底出来。那天晚上不太顺利,只爆破了表层，毫无进展，情形和昨晚一样，还要糟得多。那天我自己去营外走了走。当时是早上五点半还是六点，我碰到了弗恩·皮卡德。可能他是七点的轮班。他应该听说了我们作业不顺利，朝我笑着抓了下裆部。我用力一拳打在他嘴上，打他时他的右手还垂在裆部，肯定没想到我会打他。他摔倒在灌木丛中，我走过去在他动弹之前踩住了他。他当时处在下风，眼睛盯着我的靴子，好像怕我会踢他的头。他不敢动，我也不敢转身。他就那样躺着不动，我就那么站着不动，我俩都死死盯住对方。五年前在鲁安①时，我们和他们那伙人在酒馆打架。我们大概只有十二个人，都靠墙站着，手里除了瓶子和椅子什么都没有。他们人很多，因为是在魁北克境内。我记得当时我用盖尔语想，'完了。'我盯着弗恩·皮卡德看。他知道我逃不了了。就在那时警察来了，弗恩·皮卡德后退了三四步，朝地上吐了口口水，眼睛还一直死死盯着我。后来我们被定了妨碍治安的罪名，所有人都丢掉了工作。

我看着脚底的弗恩·皮卡德，小心退后三四步。他小心地站起身来，也退后了三四步。我们都不敢转身背对对方。我们朝地上吐了口水，退着走开了。两人离了十几步远时，他转身朝营门走去，门卫显然一直看着我们。'这事没完。'他转过身时，用比我想象中更加清楚的英语说。

当天下午，有人过来说需要人手去清理矿石。亚历山大那天休息得挺好，也想去赚点外快。那矿石桶掉下来砸中了他，升降

---

① 鲁安，魁北克奥西斯科湖畔的一座小城，它与相邻的小城诺兰达合称鲁安-诺兰达。

机司机说有人给他发错了信号，要么就是他误解了信号的指示。他很年轻，说起英语来磕磕巴巴。我们从亚历山大的葬礼回去后去找过他，但他已经辞职回魁北克了。

我没有跟任何人说起和弗恩·皮卡德打架的事。后来我们才意识到有人来找亚历山大那会儿，我们所有人当时都已经回到了地面，或许都还在睡觉。地下作业的只有弗恩·皮卡德他们那伙人。如果当时亚历山大来问我，我会告诉他别去赚那笔钱。但他可能不想叫醒我。我本来可以告诉他，在那种情况下，在那样的一天，他最好'跟自己人在一起'，就像奶奶常说的那样。"

哥哥朝我转过身，因为出汗，他的手掌在方向盘上一直打滑。他从口袋里拿出一块脏手帕，想把手掌擦干。

"在你毕业那天，"他说，"发生了很多事。"

"可怜的奶奶，"他又说，"她以前总说：'任何事情你都会习惯的，除非是鞋子里扎了钉子。'或许她说错了。不管怎样，对于这件事我很难去习惯。也许它就是我鞋里的钉子。"

他看向后视镜，那对骰子还在上面摇晃着。"又怎么了？"他说。

我越过他的肩膀往外看。透过那只棕色塑料狗上下弹动的脑袋，见到警车的前灯光线随着颠簸的路面上下跳跃。警灯在发光的金属车顶上有节奏地闪闪发光，车顶折射的光线似乎要把热量送回太阳。

我们在路边停下，警官走到驾驶座旁问："能出示一下您的驾驶证、登记证和保险证明吗？"

他一脸不满地看着我们的车。"这辆车的牌照已经过期了,"他说,"我们烦透了你们这些魁北克来的家伙,总是开辆破车在安大略的高速公路上瞎跑。"

我们找了仪表盘上的小抽屉,没找到登记证。里面只塞着那个装了粉色梳子的化妆包,没有别的东西了。

警官看着我哥哥的驾驶证。"你干吗用新斯科舍的驾驶证来开魁北克的车?"他问,"这车的登记证呢?是不是你们偷来的?"

"如果我要偷的话,"卡隆说,"也会偷辆更好的车吧。"

"请你们下车,"警官说,"能打开后备厢吗?"

我们都下了车。我注意到警官的名牌,上面写着保尔·贝朗格。

后备厢里放了两根拆轮胎棒,但没有轮胎;两三个空油罐,一件棋盘图案的破烂衬衫,我记得马赛尔穿过它。里面还有一双破手套和一段铁链。角落里有一张皱巴巴的脏收据,是特密斯卡明一家车行的收据,上面还写着马赛尔的名字和地址,是一张二手散热器的收据。

"这是车主的地址吗?"保尔·贝朗格先看了看那张收据,又看看我哥,问道。

"是。"我说。

"我没有跟你讲话,先生,"他说,"我是在跟司机讲话。"

他拿着那张收据和我哥哥的驾驶证走回闪着警灯的警车里。

"你们可以回车上等着,"他的声音越过肩膀传过来,"可能需要等一会儿。"

他回来后围着车走了一圈，对着磨平的轮胎做了记录，又仔细查看了挡风玻璃上那条曲折的裂缝。之后他返回警车里，第二次回来的时候，递给我哥哥几张貌似传票或者罚单的东西。他让卡隆仔细读读那几张纸。

我们重新踏上旅程后，他跟在我们车后很长一段时间。我们开得很慢，并第一次发现时速表也是坏的。那辆警车呼啸着超过我们后，我哥哥把那几张纸揉成一团扔出了车窗外。

到了萨德伯里机场，我们才感觉到累。前两天睡得太少，两人都困得不停点头。我们想喝咖啡提神，但喝到嘴里却是一股咸味。我们去了卫生间，抹了把脸。抬头照镜子时才想起还没有刮胡子。我们的眼睛里满是血丝，胳膊也晒伤了。我们在脖子后面抹了些水，用湿答答的手整理了一下黑色和红色的头发。

乘客们下了飞机，我们仔细地打量每一个人。虽然从来没见过这位亚历山大·麦克唐纳，但在我们脑中肯定是认识他的。"他在那儿。"我们同时喊起来。他的红头发长到了肩膀那儿，穿了件鹿皮夹克，看上去就像年轻版的威利·纳尔逊①。看到我们走近，他伸出了手。

他去行李传送带取行李时，看上去跟我们一样疲惫。他带了两个粗呢包，还有一个金属的小行李箱，上面的铁扣锁了一把密码锁。我们拿起行李走到汽车跟前。"这辆汽车不太像样啊。"他说得很含糊。"要饭的哪能挑肥拣瘦。"卡隆也含糊地说。有一瞬

---

① 威利·纳尔逊（1933— ），美国音乐家、演员、社会活动家。

间，他的语气就像奶奶在说那些熟悉的老话。

"给你，你先开一段，"哥哥说着，把钥匙扔了过来，"我们得快点了，还有几小时就得赶回去上班了。"

他自顾自坐到了后排，我们的新同伴坐在副驾驶位上。

我们朝着太阳西行的方向走着，车窗两侧是萨德伯里的岩山风景。

"这地方很贫瘠，"我们的堂弟说，"看上去就像月球的表面。"

"一个避风港，"卡隆说，他停顿了一秒，"'在你需要时，它永远会向你敞开大门。'是不是一句什么诗？"他看着后视镜中的我问道。

"是罗伯特·弗罗斯特写的一首诗里的句子，"我们的堂弟说，"那首诗叫《雇佣者之死》。"

我以最快的速度往回开。时速表坏了，我只能频繁地透过摇摆的骰子和弹动的小狗朝外观察，期望不再见到保尔·贝朗格或是他同伴那盏闪烁的警灯。我的同伴们渐渐困了，打起盹来，头向胸口垂去，不一会就轻轻打起了鼾。

离开17号高速路时，哥哥惊醒过来。"不好意思我睡了这么久，"他说，"来吧，剩下的路我来开。"我们换了位置。我们的另一个同伴继续睡着，他的红发从肩膀上垂下来，左手无力地搭在污浊的汽车坐垫上。我们注意到他手指上戴着一枚凯尔特戒指，是连续不断的循环图案。

我们回到营区时，把车停在停车场。哥哥把钥匙递给我。我们每人提了个箱子，走过门卫的岗位。走近时，见他正在读一本平装小说，马上就要下班了。

"我们去了趟萨德伯里，"卡隆说，"这位是我们的同伴。我们一早就去办他的证件。""是我兄弟。"他笑着加了一句。门卫挥手让我们进去了。

回宿舍的路上，我们遇到了马赛尔·金格拉斯。"嗨，"他用法语说，"你好啊？"

"你为什么不讲英语？"我们的堂弟说，"这里是北美洲啊。"

我和马赛尔都抬了抬眉毛。我用法语说了声"谢谢"，把钥匙扔给他。

卡隆走在前面，我们跟他回到宿舍。同事们都准备去上班了，正等得没了耐心。他们已经为我们买好了午餐。简短介绍之后，我们准备走了。我告诉新来的亚历山大·麦克唐纳他晚上可以睡我的床，第二天早上再另作安排。他看上去很感激，把行李箱和粗呢袋子塞到铺位下面之后，就和衣倒在毯子上面。

那晚似乎格外漫长，我和卡隆前两天睡得太少，笨重的铁头靴有时绊在岩石上，有时又绊在身后弯弯曲曲、嘶嘶作响的黄色软管上。铁锤不停地锤打岩石，似乎在和我们跳动的大脑一起震动。有时我需要扶住岩石壁，缓解阵阵袭来的眩晕。其他的同事昨天都休息得不错，便分担了一些我们的任务。我们在喧嚣中彼此挥挥手。抬手时，手套里的汗水顺着胳膊流到了胳膊肘。

第二天早上，我们已筋疲力尽，但新来的亚历山大·麦克唐纳还在睡。我们从自己的行李和各种纸堆里找出了红头发的亚历山大·麦克唐纳的粉褐色工卡。那张卡片比我们当时的塑料工卡更容易损坏，但工号还是完整的。卡隆把卡片拿给计时员，说："这个人明天和我们一起上班。"

伦科开发公司是否知道或在意这其中的差别似乎都无关紧要。"或许对于他们来说，"卡隆说，"我们长得都一个样。我觉得没什么差别，只要工作进度没有落下。"

我们还找到了红头发的亚历山大·麦克唐纳的通行证，这样我们新来的同伴就能自由进出了。

这下，就像是红头发的亚历山大·麦克唐纳度了个短假，又回来继续干他的工作。公司的工资单上好像也是这样。或许有人会问："这个人几个月前不是在这儿吗？是不是有什么事离开了一阵，现在又回来了？"

在一千五百多英里之外，已故的红头发的亚历山大·麦克唐纳静静躺在平坦的地下。他在世上最后一天待过的地方比他现在的葬身之处还要深。在那黑暗的橡木棺材里，或许他那颗被砸断的头颅就放在身旁。春天里冒出的草木已开始迎接夏日的到来，他的父母，毫无疑问，已经在他墓碑上十字架下的褐色泥土里种上了鲜花。

他那张还在使用的证件比他本人活得更长久，似乎他生命的一部分还在延续，就好像人死之后头发和指甲还会继续生长。新来的亚历山大·麦克唐纳仿佛是某种礼物的受益人。那件礼物来自已故的捐赠人，他们从未谋面，却有着相同的血脉和相同的发色与肤色。这份礼物或许会延长他们彼此的生命。一个生命得到了延续，虽然身份是假的，但可以让二人都继续前行。那继续前行的并非漫长的旅程，而是无边岁月里非常短暂的一刻。

34

我妹妹在她位于卡尔加里的现代风格大宅子里说过:"格伦科人认为,每群游到这里来的鲱鱼都有一个头领。当地人在大肆捕捞银灿灿的鲱鱼时,总会留心鲱鱼王的身影。他们不会伤害它,并视它为朋友,因为它为人们带来了食物,使大家免于挨饿。大家相信,只要一直相信鲱鱼王,它就会每年返回这里,继续做大家的恩主。这种合作方式似乎延续了很久很久。"

她停住话,目光转向那面大大的落地窗,整座城市一览无余,看上去就像展示在阳光下的油画一般。

"外公曾给我讲过这个故事,"她继续说道,"讲完之后他还问我:'你有什么看法吗?'

"我说:'没什么,我挺喜欢人类对鲱鱼王的信任这一段,虽然信任的对象只是条鲱鱼。'当时我在读七年级或八年级,奶奶让我送些曲奇饼给外公。外公听了嘴角上扬,甚至笑出了声,然后给我倒了杯牛奶。

"'站在其他鲱鱼的立场想一想,'他说,'它们全都被鲱鱼王出卖了。它带着它们游向死亡,死到临头它们才会幡然醒悟。'

"他一说完,我便对那画面生出厌恶,似乎我应该多动动脑子才行。"

"或许是鲱鱼应该多动动脑子。"我说。

"鲱鱼始终遵循着如时间一般古老的规律,"妹妹说,"在我看来,它们游经的高度甚至超出了人类思想;它们受月亮的支配,忠于自身的力量。奶奶唱过一首盖尔语的老歌,这首歌是人们离开苏格兰时创作的。其中有一句歌词是'倦鸟终会归巢,而我们将一去不返',大致是这样的。你还记得吗?"

"记得,"我说,"《高地人的离散》。"我们轻声哼唱起来,那些盖尔语又浮现在脑海中,起初似乎有些磕磕绊绊,很快便充满了力量,歌词源源不断从记忆深处的各个角落涌现出来。我们把能记起的部分唱了个遍,包括三段主歌和一段合唱,要是想不起下一句的开头,就用眼神向对方求助。唱完,我们站着不动,彼此对望;此刻我们穿着上好的衣服,站在妹妹豪华的家中,多少感觉有些尴尬。

"其实,"她说,"我觉得鲱鱼就像归巢的鸟,不管人类世界发生了什么,它们都会回来。不论是否有人在岸边等待,不论人们是否相信它们有个头领,它们都会回来。"

"外公说过,"她继续说道,"高地人曾在卡洛登战役中歌唱。他们站在那里大声唱着歌儿,任凭雨雪在脸上拍打。或许是为了震慑敌人,或许是为了给自己壮胆,又或许是为了自我安慰。高地人就连上战场的时候也要唱歌。"

"你还记得吗,"她停了一会儿又问,"爷爷奶奶和他们的朋友是怎么唱歌的?奶奶说自己刚结婚那阵子,所有的女人都会去河边洗衣服。她们点起一堆火,用过去家家都有的那种黑色锅子烧水,然后在石头上有节奏地捶洗衣服。缝毯子、洗桌布的时候也一样,大家全都围坐在一张长桌边唱歌。她们认为音乐会让手脚更麻利。男人们在拉绳索时也要唱歌。"

"对,我记得,"我说,"你还记得他们上了年纪之后的日子吗?家里的客人总是络绎不绝,他们唱的歌很长,有十三四段的样子,直到傍晚还停不下来。爷爷总是喝很多啤酒,晕晕乎乎地对我们说:'去把你们外公找来,他记得所有的歌词。'外公总是独自一人坐在那间刚刚擦洗过的厨房里读他那本历史书,但他每次都会过来。他走进爷爷家的厨房时,大家会停下来,仿佛有异族人闯入了他们的领地。'那是因为他聪明、清醒,又干净得要命。'爷爷总是这样说。接着外公便开口唱了起来,大家跟着他一起唱。'他进来的时候,'爷爷说,'就像一颗石子落进了一方池塘,先是激起一圈涟漪,很快便归于平静。'"

"我还记得,"我说,"大家有时会趁着兴奋劲儿,把歌词换成那些下流歌曲的开头,很快又想起外公还在那儿,于是扬起眉毛或点头示意,又唱回原来的歌词,还记得当时的情形吗?要是他们不赶紧打住,外公就会戴上帽子扬长而去。他就像一位严肃的牧师,从不参加单身男性的聚会。"

"是的,"妹妹说,"他一直为自己的身世饱受困扰,或许也为他女儿的身世而困扰。奶奶曾经说过,他对外婆的死感到内疚。如果他不让她怀孕,她就不会难产而死。他们结婚才一年而已。"

好一阵子,我们谁也没有说话。

"奶奶曾告诉我,"妹妹继续说,"在我们妈妈第一次来月经的时候,外公跑到奶奶家,让她去把'这些事'讲给妈妈听,妈妈当时只不过是个刚进入青春期的小女孩啊。

"奶奶说:'那个可怜的人,他来到我家,坐在一把椅子上,帽子放在膝头,支支吾吾的,满脸通红。我不明白他到底想干吗,因为他向来挺直率的。最后我终于搞懂了他此行的目的,于是便告诉他我当然会去的。这些问题没有我不知道的。'"

"我猜想,"妹妹说,"他的性格太古怪了。他会为妈妈熨衣服、编辫子,还能在两到三天内独自设计出一栋房子,他从没上过高中,却会做二元一次方程,但还是搞不定月经的事。他没有爸爸,是妈妈一手把他带大的,许多年后,他的女儿又没有妈妈,只有爸爸相依为命。他一辈子都没圆满过。"妹妹平静地说着,"他们说,他妈妈以前总是打他,因为他压根儿就不该生出来。"

"是的,"我说,"她是我们的曾外祖母,我们的血管中也流淌着她的血。"

"是啊,没错,"她说,"我经常想到这一点。"

"有一次他们唱完歌,"我说,"我陪他走回家时,他说:'音乐是穷人生活中的润滑剂。全世界都一样,不管讲什么语言。'"

"是的,我在看新闻的时候都会想到这句话。"

"祖鲁人总是在矿工宿舍里唱歌,"我想起了早前的对话,"哥哥们说,过了一段时间,他们也学会了那些歌,尽管他们不知道歌词的意思。就像是一个民族的音乐伸出手牵住了另一个民族。"

"我想,"她思考片刻后说,"你不会在工作的时候唱歌吧?"

"嗯，不会。"

"你订了音乐会的套票吗？"

"订了。"我说。

"我也订了，"她说，"那些演出精彩极了。"

"是啊，很精彩。"

"参加这里的音乐会或班夫的演出时，我常常会观察演员和身边的观众。包括我在内的女士着装通常十分别致，男士则大多穿晚礼服。我想你那里也一样。我想，在场的大多数人都会去做牙齿矫正。我说得对吗？"

"没错，大多数人都会。"

"但我觉得，"她说，"大多数祖鲁人都不会去做牙齿矫正，对吗？"

"不，我不这么想。"

"我也不知道自己为什么这么想，"她说，"但我经常会被那些非洲纪录片打动。祖鲁人认为世界末日永远不会降临在他们的世界。他们就像身材高大的运动员，趾高气扬，目中无人。他们相信自己的战斗阵形、自己的歌曲、自己的图腾。他们也相信眼前的风景和数千人的军队。他们高声唱歌，跨过广袤的草原，连大地也在他们赤裸的脚下震动。他们相信自己无所不能，从人类的角度看，我对此也毫不怀疑。但是，在机关枪以及随之而来的世界规则面前，他们却没有做好准备。"

"几年以前，"她继续说，"我和迈克去非洲体验了一趟狩猎之旅，想看一看那些生活在大平原上的动物。那个平原位于肯尼亚南部靠近坦桑尼亚边界的乞力马扎罗山脚下。那些动物准会让你大吃一惊。不同种类的动物在一起吃草,身后跟着一群天然的掠食者。马赛族人几乎跟这些动物混居在一起,他们赶着牲口,追随牧草的生长周期,靠喝牛奶和牲口的血维生。我们会在早晨开着路虎越野车从大本营出发,带上相机和望远镜。向导为马赛人的出现而感到抱歉。他们觉得我们花了一大笔钱是来看野生动物,不是来看那些赶牲口的人。向导解释说,禁猎区和国家公园有明确的边界,但是马赛人根本不承认,他们只跟着水源和草场走。向导还说,他们一直都是个'麻烦',殖民者最初来到肯尼亚的时候,他们发起了进攻,拒不合作。'能拿他们怎么办呢?'旅行团的一位团员问,'难道把他们赶出这片美丽的土地吗?''我不知道,'向导说,'总会有办法的。我希望这一天很快到来。'"

"有时候,"妹妹继续说道,"当我们的汽车经过马赛人身边,我会尽力去观察他们的眼睛。我看到他们的眼中交织着恐惧与鄙夷,或许那只是我的想象。我们高高坐在装着橡胶轮胎的汽车上,而他们却光着脚走在地上。"

"扯太远了,"她叹了口气,"毕竟,我对非洲又了解多少呢?我从没光着脚走过那里的土地。"

我们同时站了起来,不约而同把目光投向了窗外。波光粼粼的弓河在我们脚下蜿蜒,穿过这座建在岸边的新城。

"你知道吗,"她说,"卡尔加里得名于马尔岛[①]上的一处

[①] 马尔岛,位于苏格兰西海岸附近。

地名。"

"不知道,"我说,"我也不大肯定,我从来没想过这个地名的来源。"

"现在那里也没什么本地人了,"她说,"大家都说,我们的父母从岛上过来后,妈妈经常去看望自己的父亲,但总是一个人去。有时候,她会请爷爷奶奶帮自己照看一下孩子,然后独自去看外公,父女俩坐在外公那间干净明亮的厨房里喝茶。我时常想象他俩对坐饮茶的情形,好奇他们会聊些什么。他俩在一起的时间比她跟丈夫或是他跟妻子在一起的时间都要长。他总是在那里等她。爷爷曾经说过:'那个人就像石头一样坚不可摧。'他陪伴妈妈经历了许多生命中的变故,尽管最后一次他不在场,但是没人能预见到那场意外。奶奶说,妈妈小时候总是穿得整整齐齐,辫子梳得光滑平顺。奶奶说,外公努力想要给予她母亲般的呵护,或许也是在重温和改善自己儿时的境遇。奶奶还说,他告诉妈妈,当自己还是个小男孩的时候,曾经穿着短裤坐在门槛上,望着人来人往的马路,盼着父亲回来。他盼了许多年,希望父亲能来找他们,让他们活得好一些。"她停了停,"很难想象外公穿短裤的样子。"

"我敢肯定他的短裤一定很干净。"我笑了。

"或许不是这样呢,"她说,"他也可能是在后来的生活中才培养出爱干净的习惯呢。不管怎样,他的父亲从来没有来找过他,他甚至连父亲的照片都没有。每当他说出自己的想法,他的母亲都会怒不可遏。或许她在痛苦之余还有些尴尬吧。"

"我想他一直害怕着一个事实：在他母亲怀上他的那晚，假设是晚上，对于他的父亲而言只是快活了一把。一个动身前往缅因州林场的年轻人和书里写的那些要上战场的年轻士兵没什么两样。每当爷爷讲起一个男人把女人带进小树林里之类的笑话时，外公总是感到不太自在，个中原由或许正在于此。我想我现在更能理解他了。"她说。

"或许这也正是他对历史着迷的原因，"她继续说道，"他认为只要博览群书，将所有的信息碎片拼凑在一起，真相就会浮出水面。就像是木工手艺将一切完美接合后，一栋'完美的建筑'便出现了，而这栋建筑的名字叫做往事。或许他认为，如果没法了解自己的过往，就去了解遥远的历史吧。"

"这可不简单。"我说。

"我知道这不简单，"她回答，"他也明白这一点。但是他做了尝试，沉迷其中，还想把这种趣味传递给我们。生活在这个全新的城市里，我却时常怀念故乡的那些人。"她继续说道，"我怀念他们作为一个群体的完整，但偶尔也想过把父母从这一群体中抽离。有时候，或许你我都把父母想得过于理想化，因为我们对他们的记忆太少。他们是'理想中'的父母，而不是真实的人。我们对父母的想象也许和外公对那个种下他这颗种子的年轻男人的想象如出一辙呢。"

"这就是遗传吧，"我说，"不开玩笑。"

"嗯，对，就是遗传，"她说，"有时我会想起红头发卡隆族人，那些顶着一头黑发或红发的人就像你和我。两百年来，他们一直生活在加拿大,共同生活,相互通婚,谁知道在这之前,他们在莫伊达特和卡朴,在格伦科、格伦芬南和格伦加里一起生活了多少年呢。"

"别忘了那个王储,"我说,"他也长着一头红发。"

"我不会忘记他,"她说,"但是人不可能拥有一模一样的父母。每个人都是两个个体的产物。有时我的头脑中会产生各种想法和感觉,我会好奇妈妈是否也曾有过这些想法或是感觉,要是能亲口问问她就好了。或许她在跟外公喝茶的时候聊的就是这些事。我想,领养的孩子在寻找亲生父母时会有这样的想法。或许他们寻找的正是自己的将来,或是寻找一种预兆,预示他们将来各种行为的迹象。"她笑了笑,"不过,我想我俩不可能是抱养来的。他们留给我们的记忆要比外公从他父母那得到的多得多,他连自己父亲的照片都没有。"

我说:"我毕业那天,外公告诉大家他的父亲曾来找过他两次,一次是在幻觉中,另一次是在梦里。外公想象中的父亲比他自己还要年轻,我想,这是因为死亡和时间阻断了他的衰老。他的样子外公记得很清楚,尽管外公从未见过他本人。出现在幻觉中的父亲把外公吓坏了,但在梦里他又给了外公无限宽慰,而且我想,他肯定给了外公一些建议,关于如何继续他和他女儿的生活。"

"毕业典礼的前一天,"我继续说,"外公证实了自己对于沃尔夫少将的怀疑。他在一本书中找到一段话,证明了沃尔夫将高地人视作'秘密敌人'这一事实,这使沃尔夫少将与'英勇的高地人'这传统的画面稍稍有所改变。"

"我想,"她说,"人们可以很勇敢,也可能被误解。勇敢与遭受背叛并不矛盾。卡洛登战役爆发之后,许多盖尔士兵去了法国。他们得到了原谅,并在沃尔夫将军的领导下英勇奋战,他们既说法语也说盖尔语。在当时的境况下,这两种语言的混用极有可能让沃尔夫感到不自在。"

"如果麦克唐纳不会讲法语,也没有戏弄那些哨兵,加拿大的历史有可能会被改写。"我补充道。

"谁知道呢?"她说,"要是麦克唐纳驻守在边境线右侧而非左侧,卡洛登战役的结局可能会不一样。他们认为从班诺克本一直到边境线都是他们的传统领地,但是指挥官们却拥有不同的文化背景,听不懂他们在说什么,或许还认为他们沉默寡言、性格暴躁,也可能他们的确如此,他们总是自言自语,说着奇怪的盖尔话。"

"真是麻烦。"我说。

"是的,"她说,"上个世纪,大家认为格伦科的麦克唐纳也是个麻烦。就是因为这个,他们才趁他转身倒威士忌时从脑后给了他一枪。说到背叛,他觉得一张纸就能保护自己。"

"是啊,"我说,"就像爷爷说的:'悲伤的故事已经够多了。'"

"我想你是对的,"她说,"但是我在读到蒙特卡姆时发现,他似乎也面临同样的问题。他的军队大部分是法裔加拿大人,自称世世代代生活在'冬天的国度'。他们沿着不同的轨迹演化,对自己的土地了如指掌。蒙特卡姆却是个不折不扣的法国人,他不知道该如何对待印第安盟军。他既不了解他们,也不了解他们的语言和风俗习惯,更不了解他们的作战方式。他认为印第安人的独立性表明他们根本不值得信任。"她补充说道,"你知道吗,印第安人相信,如果梦中出现了狗,就意味着他们能够取胜。"

"我不知道这回事。"

"不管怎样,"她说,"蒙特卡姆或许认为自己指挥了一群散漫无纪的原始人,而他们也把他当成一个老古董,因为他总是穿一身镶边的衣裳,喜欢使用奇怪的欧式作战阵形。难怪他总是望眼欲穿地守着大海,巴望着法国军舰出现。"

"是啊,"我说,"要是法国派来军舰该有多好。"

"在亚伯拉罕平原前,"她说,"沃尔夫将军抢滩博波尔①,发动了一场进攻。他们遭到猛烈回击,沃尔夫对高地人感到十分愤怒,因为他们不肯放弃受伤的同胞撤退。面对敌军的火力,他们涉水返回战场,去营救自己的同胞,不愿听从沃尔夫抛弃伤兵的命令。我认为,这虽然不是一种成熟的军事策略,但当时他们是凭着自己的心而非脑子去战斗的。他们面前是法国人,身后是沃尔夫和战船,那些受伤的同胞就躺在博波尔岸边。他们不知道沃尔夫在早前的一封信中如何形容他们,我还记得信中的只言片语:'他们坚强、勇敢,习惯在山区作战,就算他们倒下了,也没什么大不了。'"

"也许我没有读出这句话的色彩,"她说,"但我觉得他们就像

---

① 博波尔位于魁北克市最东边。

一支伟大的球队，对经理或者教练失去了信任，于是踏着血腥的泥土，顶着烟雾，将自己的真心和精力交付给彼此共同的历史，而非那些'管理者'。"

"以现代的观点来看，"她继续说道，"我有时会想象沃尔夫将军拿着计算器站在那里的场景。我知道这景象并不真实，而且对他也不公平。他本该是个伟大的将军，也的确长着一头红发。但我也不是个出色的军事史学家，"她承认，"如果我当时在场，很可能会嚎啕大哭，特别是在我读了那封信的情况下。"

"或许是我想得太多了，"她说，"爷爷奶奶说过：'如果花太多时间去想心事，活儿就永远都干不完喽。'"

"是啊，"我说，"他们辛苦忙碌了一辈子，特别是奶奶。"

"我知道，"她说，"轮到我们干活的时候，比如整理房间啦，洗盘子啦，刷地板啦，我有时会说：'我很累啊。'她就会说：'人人都累，亲爱的，我也很累。但是地球不会因为我们累就停止转动，快点干吧，就一分钟的事儿。'有时，她自己也会显露出疲态，这时她总会说：'我敢打赌，要是你哥哥科林还活着的话，他绝不会为整理自己的房间而抱怨。你的年纪已经超过了他，他永远不会变老了。可怜的人。我最后一次见他的时候，他穿着一身新衣服，高兴得不得了。但我们都还活着，拥有彼此，对此我们应该感恩。快点把你的床铺好。你乡下的哥哥们肯定喜欢房间干干净净的。'

"'但他们从来不铺床，'我说，'他们永远不用打扫淋浴间，他们家根本就没有。'

"'我知道,'她说,'你应该想想他们过着怎样的日子。'"

妹妹沉默了一阵子。

"卡隆曾经告诉过我,"我说,"回到乡下后,有一天他们出去伐木,打算为他们的小船修建一条横木滑道。他们走进了海边一处茂密的云杉树林,在树林中间找到一棵理想的大树。那棵树又高又直,大约有三十英尺。他们根据之前所学到的,在树上砍出一道缺口,再用木锯把树锯断。但当他们彻底锯断树干之后,什么也没有发生;那棵树上端的枝节与周围的树木交缠在一起,因此大树并没有倒下来。除非把整片森林砍光,否则别想移动这棵树,也别想让它倒下来。多年来,这棵树始终保持着这样的姿态,或许现在还在那儿。风起时,整片森林一起摇动着,发出阵阵叹息。所有的树都四季常绿,从未掉过一片叶子,周围那些支撑的树木的枝条每年都会生长。卡隆说,人们经过那片树林时绝对想不到,在森林中央有一株高大的树木曾被拦腰斩断过。"

"我想事情并非总是如表面呈现的那样,"她说,"我们任何一个人的生活都是如此。起初我打算做演员的时候,爷爷和奶奶都认为这个想法太奇怪。'你为什么想做演员呢?'他们问我,'你为什么要用自己的人生去扮演别人呢?做你自己不是更轻松吗?'"

她用手指捋了捋头发,"咱们看看相簿吧。"

我们拿出相簿翻看已故父母的照片。所有的照片都是在户外拍摄的,没有两个人单独在一起的照片,他们总是跟红头发卡隆族人在一起。有的照片里,他们怀里抱着孩子,或是把手臂搭在身边人的肩膀上。由于照片上的人太多,业余的摄影师只好站得远远的,好把他们都放进镜头里。其中一张照片里,我们的父亲半跪在前排,母亲站在他身后,左手搭在他的肩上,右手抱着吸吮指头的科林。我们的父亲两只手搂着那只棕色大狗,狗儿站在他前面,他十指相扣搂住它的肚子,它把脑袋向后靠在他脸上,使劲舔他的下巴。

我们抚摸着父母的脸庞,还有我们的哥哥,现在却变成了弟弟,他跟曾外祖父一样,死亡和时间阻断了他的成长。我们看着那只欢快无比的大狗。

"可怜的狗儿,"妹妹说,"它跟着他们一起穿过冰面,然后拼命游回来寻找救兵。可它后来还是死掉了,我想它也不知道自己的努力是无望的。但它用尽那小小身躯里的每一丝力气,丝毫没有却步。就像爷爷曾经说过的那样,'别要求得太多',它太在乎人,也太拼命了。"

我们继续翻看那些照片。"我曾想利用现代的科技手段,"妹妹说,"把父母从人群中分离出来。我把照片送到摄影工作室,问他们能不能把我们的父母分离出来,然后把他们各自的照片放大。放得超大。我可以把照片挂在墙上。摄影工作室的人尝试了,但没办法做到。因为照片放得越大,人物的轮廓就越发模糊。就好像走得越近,他们就越朦胧。过了一段时间,我便放弃了,让他们留在人群中,也只能这样了。"

"要是你能多待一天,"她建议说,"我们明天可以去班夫。在那儿,你可以在群山中'见到各种天气'。你会看到阵雨、阳光和瞬息万变的云。迷雾时起时降,时聚时散,美极了。"

"还记得小时候我们眺望海岛天气的情形吗？有时我们这边在下雨，岛上却阳光灿烂，有时又刚好相反。有时下雪或起雾，根本看不见那个岛，但是就像爷爷说的那样，'迷雾总会散去'，事实的确如此，亘古不变。"

"我记得，"我说，"好吧，我再多待一天。"

她笑了。"你知道沃尔夫将军在给里克森将军写信的时候——就是有那句'就算他们倒下了，也没什么大不了'的信——他身在何处吗？"

"不知道。"

"他是在班夫写下那封信的，"她说，"苏格兰的班夫。沃尔夫在那儿过得并不开心。班夫是个沉闷清冷的地方，他也不喜欢那儿的人。所以到了魁北克之后他十分高兴，尽管他并不知道未来会发生什么。"

她沉默了好一会儿。"或许我们应该去比班夫更远的地方，"她说，"或许该去趟大分水岭①。"

---

① 大分水岭，位于班夫所在的艾伯塔省和邻近的不列颠哥伦比亚省之间的徒步道，全长一千多公里。

35

    如果不仔细观察，新来的亚历山大·麦克唐纳和我们没什么两样。对于伦科开发公司，对于那些法裔加拿大人，对于建筑工友，对于餐厅员工，他就是我们向外界呈现出的那个结构中的一员。

    大家或许认为他和我有更多的共同点，所以让他搬来我宿舍住，我的一个堂弟搬去了隔壁宿舍。

    他曾是一名很优秀的高中橄榄球四分卫球员，我想起他的祖父母曾给我的爷爷奶奶寄过一些剪报。他也带来了一些旧金山地区报纸上关于他的剪报，将它们整齐地叠放在一个牛皮纸信封里，又小心地放在行李箱的底部。那些剪报上报道了他强有力的胳膊，他穿透对手防线的能力，他的独创性，以及他在最后时刻的决断。多数报道都在强调他的无畏精神。他的手一直放在球袋里，直到最后一秒；面对对方高大的前锋冲他大吼也毫无惧色。一篇报道写着"麦克唐纳带领球队绝杀制胜"，还有的报道写"红发麦克唐纳再次凯旋""麦克唐纳策划逆转大胜""麦克唐纳票选为全明星阵容"。

    有一次，他对我说，他的爷爷曾这样跟他讲："你什么都不要怕。打仗的话你会很杰出。如果我当初打过卡洛登战役，也会希望你站在我们这边。"

当时我们正躺在床上翻看他的剪报。"他们就是在卡洛登战役中被打败的，"他问我，"对吗？"

"是的。"我说。

"但他们还是赢得了一些时间对吧？"

"是啊，"我说，"他们赢得了一些时间。"

"我爷爷给了我这枚戒指，"他说着，抬起了左手，"是凯尔特的设计，连续的循环图案。"

"我发现了，"我说，"你第一天来我就注意到了。"

36

我们的堂弟当时已被多家大学录取,但在最后一个赛季的结束赛中,他受了重伤。他的手在球袋里停留得太久,他的勇敢在最后一刻出卖了他。就在他出手之前,他的左腿被重重铲了一下,身体全部重量几乎都压在了他的左腿上。被攻击的那一刹那,他毫无防备,左腿被身体压断,膝盖上的韧带彻底拉伤。尽管之后他做了复建手术,却再也没能重回之前那生龙活虎的状态。之前有意录取他的大学失去了兴趣,担心他已是"次品",好在他后来还是恢复了当初的敏捷,健康得可以去服兵役。

痊愈之后,他的身体更加健硕;移动灵活,步履扎实,在常年的训练中保持了强壮的肌肉。那个夏天,我们之中第一次见到他的人起初都觉得他的身体处于巅峰状态;只有在洗澡时,他站在我们旁边,还是可以清楚看到那次手术之后膝盖上突起的深粉色皮肉上锯齿状的伤疤。

他也确实如他的祖父所言,至少看上去"无所畏惧"。

"他学东西很快,"卡隆说,"之前我还担心他无法适应在昏暗恶臭的地底进行繁重的作业,但他从不抱怨,一直都做好分内的工作,任何事只需要教他一次就行。"

社交方面他也应付自如，大部分话题他都非常乐意与人交谈，并且能够很快认同周围人的观点。他能够轻松融入别的团体中，也足够谨慎不会泄露自己的真实身份。我们中很少有人玩的扑克牌他也会参与其中，并且总是赢。因为他面无表情，行动谨慎，对手永远猜不透他的心思。

"好的四分卫都是这样，"他笑着说，"永远不会让眼睛泄露你的想法。"

那个夏天我们聊了很多事。我们清楚外面的世界正发生各种事情。会有报纸送来，尽管总是迟来一两天，小小的收音机里也会慢慢传来各种各样的信息。有些新闻只跟我们中的一部分人有关系，有些新闻却直接或间接地影响着所有人。

那年夏天的新闻都有这些：在肯尼亚发现了一块两百五十万年前的人体碎骨。皮埃尔·特鲁多取代莱斯特·皮尔森成为加拿大总理，后者代表的是阿尔戈马东选区，正是我们工作的地方。但我们当中几乎没有人投过票，因为都没有达到居住年限的要求。皮埃尔·特鲁多和他前任莱斯特·皮尔森一样，要求停止针对越南北部的轰炸，林登·约翰逊却并不认可他。戴高乐总统返回法国之后提议魁北克独立，皮埃尔·特鲁多和前任莱斯特·皮尔森一样，对这一提议不置可否。詹姆斯·霍法入狱。罗纳德·里根连任加利福尼亚州州长。罗伯特·斯坦菲尔德不再担任新斯科舍省省长一职，取代约翰·迪芬贝克成为加拿大进步保守党领袖。民权运动日益白热化，发生了示威游行、射击事件、爆炸事件，还有暴乱等。斯托克利·卡迈克尔和拉普·布朗提倡了变革运动。领导几千人运动的马丁·路德·金四月被刺杀。行刺者詹姆斯·厄尔雷在希思罗机场持伪造的加拿大护照乘机时被逮捕。就在发生此事的三天之前，罗伯特·肯尼迪在加利福尼亚州致演讲词时被人开枪射中头部。

当时还有报道称，在我们工作的地区发现新铀。或许伦科开发公司会将矿采区域扩张到更北部。加拿大当时的镍铅产量处于世界领先。在美国内华达州、新墨西哥州、犹他州和蒙大拿州都有新的矿物发现。报道里说市场需要有经验的矿井公司和成熟的矿工，但同时要求具备英语能力。哥哥们说如果开车爬上犹他州和蒙大拿州地势比较高的地方，有时会因为空气稀薄难以呼吸，甚至还要调整汽化器。他们说，那儿的空气几乎和秘鲁一样稀薄。

在美国，加利福尼亚州的逃服兵役者人数最多。据报道，那里有很多逃服兵役的年轻人使用化名在加拿大工作。我们有次看到书上说，自越南战争开始，已经有二万六千九百〇七名美国士兵死于战争。穆罕默德·阿里公开表态说他不想加入战争，认为越南战争毫无意义。威利·梅斯继续在旧金山巨人队奉献精彩赛事。本杰明·斯波克博士因反对征兵而被判处两年刑期。埃德加·胡佛还在联邦调查局供职，或许他像一个优秀的四分卫一样，不会让言行举止泄露自己的真实想法。多伦多的针织制造商在绿色贝雷帽的生产合同里获利颇丰，同样获利的还有生产军用鞋袜的大型鞋业制造商。厂商发言人后来说："我们在这场战争中盈利数百万，却没有损失一个人。"

"我来这里不是害怕参军,"亚历山大·麦克唐纳说,"而是因为我并不愚蠢。"

鲍勃·迪伦的歌声从那小小的收音机里飘了出来。

有时我们会谈论奥克兰突击者队或是旧金山49人队。当年蒙特利尔加拿大人冰球队赢得了斯坦利杯,马赛尔和他的朋友们十分得意。他们中有些人还把这支队伍的徽标贴在汽车的挡风玻璃和保险杠上。

在马赛尔的家乡,来自鲁安的汽车商雷尔·考伊特引起了人们的注意。作为信用党领袖,他在最新的选举中令人意想不到地获得了十四个席位的支持。雷尔·考伊特宣称没有意愿带领魁北克省脱离加拿大。相反他提倡创立加拿大的第十一个省,横跨安大略省东部和魁北克西部的边界。这将包括鲁安-诺兰达、科博尔特、特马加米、柯克兰莱克、拉尔德莱克、特米斯卡明和阿伯蒂比地区。他认为这些地区的人有很多共同点。而遥远的多伦多和魁北克的人却似乎能掌控他们的命运,尽管那儿的天气、风景、日常生活和想法都不尽相同。多伦多和魁北克在各个方面都相去甚远,对于这个提议的新省的一部分人而言,那两个城市只是他们听说过但从未到过的地方。新省将类似于加拿大边境的马达沃斯卡,该地区横跨新不伦瑞克、魁北克以及美国的缅因州三地边境,因为距离近而合而为一。同样,对于马达沃斯卡辖内居民而言,魁北克太过遥远;弗雷德里克顿① 同样如此;而缅因的首府

---

① 弗雷德里克顿,新不伦瑞克省首府。

奥古斯塔则更远了。马达沃斯卡的居民唱着自己的歌曲，为自己而唱，也只有自己人才能听懂。

雷尔·考伊特提议，设立的新省份居民也该拥有自己的歌曲。马赛尔·金格拉斯有时会给我们唱上一两首，虽然我们听不懂，但看得出来那些歌曲深深打动着他。有时候，当他在破烂的地图上给我们指出那个地区并不存在的边境线时，双眼甚至会激动得蒙上一层薄雾。它确实存在，不但对于他而言，也存在于那个叫做"洛朗第之国"的古老的梦想之中。

那年夏天，马赛尔·金格拉斯的英语词汇量有了大幅提升。他积极地认真阅读旧报纸，皱着眉头想弄懂那种看似难于登天的语言。有时候，如果周围没什么人，他会把报纸带来给我，让我解释其中的单词。我得从在高中和大学里学到的不太充足的法语词库里费力搜寻对应的法语词。名词和动词还能轻松解决，一些抽象词却太过复杂，好在生活中只要有人物、地点、时间和动作，似乎也还行得通。有时候，马赛尔·金格拉斯会指着某个单词一脸求知地看着亚历山大·麦克唐纳。因为亚历山大和我没差几岁，马赛尔以为他也对法语略知一二。他不知道我们两人有着不同的教育背景，对他而言，我们几乎没什么差别。

起初，亚历山大·麦克唐纳或许会认为马赛尔·金格拉斯和他那些同伴都有些"古怪"，他把他们当成加利福尼亚州人数众多的西班牙裔或墨西哥裔，不讲主流语言，而且人多势众。亚历山大·麦克唐纳掌握的西班牙语就好像我脑海里为数不多的法语词汇。但这些只是我的猜想，因为他一直非常谨慎，不暴露自己的情况。

然而，就像之前我说的那样，他擅长社交，易于交谈。在路上碰到弗恩·皮卡德时，他也会点头微笑，不像大多数人那样对他心怀怨愤。甚至有传言说，晚上他会潜入法裔加拿大人的宿舍玩扑克。开始那些人以为他是间谍，被派去窃取情报。但后来他们意识到，就算他真是间谍，也是个天真的间谍，不是精神有问题，就是需要什么慰藉来摆脱现实。

尽管马赛尔·金格拉斯来我们宿舍的次数不多，他对亚历山大·麦克唐纳也持有同样的看法。我们两伙人的旧恨余仇令他得不到欣赏，但也没人会讨厌这样一个连语言都不通的人。更不会有人想揍他一顿。

可能马赛尔·金格拉斯、亚历山大·麦克唐纳以及我自己都得到了同样的保护，因为我们没有经历过其他人的那些过往。我们也经历过一些事，但那些并不是全部。鲁安-诺兰达的那几场斗殴我们三人都没参与，没人骂过我们"畜生"或"吃干饭的"，没人对我们使过坏，也没发现有人偷穿我们的衣服。在许多时候，我们都无需承受过往的伤痕；在红头发的亚历山大·麦克唐纳去世的那天，我们也都不在场。我本人甚至在半个大陆之外的地方。当那个矿石桶砸中他时，我或许正在拍毕业照。他失去头颅的时候，我头上或许正戴着那顶学位帽。

所以，对于我们来说，那颗"钉子"并没有以同种程度刺痛我们，因为它并没有深深地嵌在我们的"鞋子"里。

新来的亚历山大·麦克唐纳受那件事的影响最小。或许正如我所说，正是因为他距离这段刚过去的历史最为遥远，因此对于那段往事无需宽恕，也无需忘怀。在所有红头发卡隆族人中，他是唯一从没见过也不认识逝者的人，虽然那张身份证件他天天都带在身上。

他不停地努力工作。

有一天，卡隆问我："你觉得他会和我们待很久吗？"

"我不知道，"我说，"他从来不谈这事。"

"如果他要在这儿待上一段日子，"卡隆说，"或许你可以回去了？现在回你的实验室穿白大褂应该还不晚吧，是吗？"

"晚了，"我说，"这个学年是晚了。"

"那你要不要回家休息一段时间？"他又问，"他是个好工人，你不在的话，我们应该也能相处得很好。"

"但是，"他又说，"如果你离开了，他在我们这些人中可能就不会那么自如了。毕竟最先答应爷爷奶奶让他来这的人是你。"

我考虑了片刻。"我想我还是留下来吧。"我说。

"好，"他说，"那我们继续工作吧。"

爷爷以前总说："人们大多本意都不想犯错。如果当初你们的父母知道他们会溺水，你们觉得他们还会走那条路吗？"

工作还要继续。

37

亚历山大·麦克唐纳干活十分卖力,和其他人没什么两样。下工的时候,他会睡上一小会儿。有时我半夜醒来,会看到他在暗夜里晃动的身影,听到他四处走动的声响。他偶尔会打开军用手提箱,看看静静躺在里面的那叠见证他从前光辉岁月的剪报。我俩单独相处的时候会聊聊球队、文学作品、音乐或是几个月前上映的电影。我们俩都看了由保罗·斯科菲尔德担纲的电影《四季之人》,这部片子在过去的一年里横扫了各大奖项。

八月上旬的一个星期六,起重机突然坏了。事情发生在午后三点钟左右,既无法运送工人也无法运送物资,整个矿区被迫停工。这就好比一栋二十层高的大厦的唯一一部电梯坏了。只不过我们被困在了地下而非地面。我们意识到自己的处境后,开始向地面攀爬。竖井旁边架设了一架木梯,发生紧急情况的时候可以让大伙儿顺利逃离矿井。

大家排成一队开始往上爬。安全帽上的灯光照着白花花的石头,水顺着帽檐滴到我们的衣领上,又汇聚成一小股冰冷的细流滑下脊背。每个人和前面的人保持步调一致,要是爬得太急,手指会被前面人的铁头鞋踩到。碎石和未来得及清理的泥浆不时从木梯和靴子底部掉落。走在队伍最尾端的人经常中彩，被一阵噼里啪啦的瓦砾砸中安全帽。他们必须低着头，不时还得向上瞥一眼，好抓紧下一根横木。

要是有人腿抖得厉害，或是呼吸困难，需要停靠在石壁上喘口气，就会耽搁下面的人。于是，不耐烦的声音不时从黑暗中传来："上面怎么啦？""谁在那磨洋工？""谁把石子儿抖落在我头上啦？""得赶紧离开这儿，老兄，快点！"

最终我们爬出了矿井，浑身湿透，在炽烈的阳光下不停发抖。

起初有人说起重机正在维修，恐怕修不好了。接着又有人说重新安装起重机要花两个小时，或许半天也说不定，也有可能要等上一整天。当时已是星期六的下午，供货商没接电话。看样子直到这周结束什么都做不了，或许要等到周一一早我们才能再次下井。

几辆出租汽车立刻出现在营地的大门外。现在想起来，真不知道他们怎么来得那么快，或许他们早就做好了准备。有时候，我觉得这些出租车就像在低空盘旋的飞鸟，直觉或是本能将它们带来这里。它们预感有大事发生，而且能够从中渔利。不过这些出租车倒没有像飞鸟一样绕圈盘旋，而是等在门口或者直接开进附近的停车场。前者等待乘客，后者兜售商品。

太阳渐渐西沉，一股不安的情绪包围了我们。一般情况下，我们中的一部分人在地面休息或是睡觉，另一部分人则在井下工作，但现在所有人都在地面。一时间，有人写信，有人躺在床上，有人听收音机，有人玩纸牌，有人拿起小提琴拉了两下又扔到一边。我们走到咖啡店又折返回来，等着吃晚餐。餐厅里的人比平时要多，因为今天没人下井。大家互相推搡，厨师做的饭根本不够吃。我们只好回到宿舍，但又不太累，炎热的天气也让人睡不着。我们又走出营地大门，来到停车场，有的人坐在被阳光炙烤过、还冒着热气的石头上，有的人坐在旧车的保险杠上。一个男人走过来，问我们想不想找点乐子。卡隆回答说不需要。太阳继续西沉，天很快黑下来。我们继续在石头和保险杠上坐着，偶尔有人离开，去停车场的边上撒尿，嘘嘘的声音听得真切，灼热的石头上升腾起一片水汽。

"真要命！"亚历山大·麦克唐纳说，"我去给你们几个家伙买点啤酒喝。"他走到一个出租车司机面前，很快就把两大箱啤酒扔到了我们脚下，其中还有一瓶廉价的黑麦威士忌，这些酒肯定花了他不少钱。

在停车场的另一边，弗恩·皮卡德跟他那伙人坐在一起。他看到亚历山大·麦克唐纳买了酒，便叫手下的人也去买了点，好像不想被比下去。

那个人走过我们面前时，有人冲他喊："跟人学，长白毛。"

"滚蛋。"弗恩·皮卡德的手下回敬道。

我们坐在薄暮中啜饮着温吞吞的啤酒。威士忌瓶子在大家手里传来传去，心里对亚历山大·麦克唐纳万分感激。

天色愈加昏暗，有人拧开了车载收音机。亚历山大·麦克唐纳站了起来，朝宿舍走去，不一会儿又折回来，坐到我们中间。法裔加拿大人那边也有动作，几个身影离开后又回来。星星慢慢探出了头,月亮也升起来了,成了停车场中唯一的光线。

一片昏暗中,弗恩·皮卡德突然出现在我们面前。"狗娘养的肮脏杂种。"他一边说法语,一边朝地上吐口水。

卡隆正坐在石头上,弗恩·皮卡德向他挑衅。卡隆意识到情况对自己不利,身体稍稍前倾。"滚开,"他说,"管好你自己的事。"

弗恩·皮卡德的人从暗处走出来站到他身后,我们这边的人也随即起身站到他们对面。

"你们这些骗子、小偷,"弗恩·皮卡德骂道,"你们这些混蛋东西,狗娘养的!"

卡隆从石头上一跃而起,一脚扫向弗恩·皮卡德的小腿,想把他铲倒。但是皮卡德块头很大,而且重心很稳,他向前一扑,差点扑到卡隆后背,他俩就这样在乱石嶙峋的停车场里扭打起来。皮卡德的人冲我们扑了过来,我们也毫不示弱地迎了上去。

停车场里的其他建筑工人迅速离开了,还有几个留在大树旁边的明暗相接处看热闹。

"我可不想死在这荒郊野岭。"说完,亚历山大·麦克唐纳就消失在了我们身后的树林里。

无边的黑暗中不时传来几记闷拳,夹杂着大力的喘息和咕哝声。我用手掐住一个年轻人的脖子,他的手也扼住了我的喉咙,我们在停车场里扭打起来。我俩的想法显然"不谋而合",停止翻滚后都试图压住对方。他把我按倒在地,掐我的脖子。我顶开他的腿,顺势向右边滚去,将我俩的位置调换过来。他也采用了同样的招数。我们偶尔得松一松手，好保持住平衡。这时候，我们便用暂时闲出来的那只手照对方的脸揍下去。实际上，我连他的名字也不知道。

有人踢倒了一个啤酒箱子，啤酒瓶全破了，泡沫涌上来溢出瓶口，空气中满是发酵的酒酸味。

只听到嘭的一声，也许是车门或是后备厢盖的声响，然后是钢管撞在石头上的声音。有人拿着千斤顶或是撬胎棒、扳手或是链条，加入了这场形势复杂的斗殴。

人总有很多事不敢暴露在阳光下，只能在黑暗中偷偷摸摸地干。一个男人用牙齿咬住对手的耳朵，或是把折刀的刀锋抵在对手的两肋之间，这种事情如果暴露在光天化日之下，这种卑鄙的行径定会让他无地自容。突然，有人打开了周围几辆车的大灯，事态突然发生了改变，但仅仅是些微小的改变，紧张的局面并没有任何的减弱。

在灯光明亮的斗殴场上，我和对手扭打在一起，在满地石头的停车场来回翻滚。尖利的石头刺破了衬衫，我们的背后血迹斑斑，血液混在一起，嘴巴和鼻子满是咸腥味。

车载收音机还开着，查理·普莱德正唱着那首《水晶吊灯》。

有人扔给我们一把重型管子钳，或者说甩向我们更为恰当。我被对手压在下面，钳子咚的一声落在我们身边。我们的位置又发生了改变，他滚到我身边，但我抓住了他两只手腕。他的双手无法动弹，眼睛渴望地看着那把钳子，血和唾沫顺着他的下巴滴在了我的身上。

卡隆嘭的一声摔倒在我身边。他仰面着地，好在用肩膀挡了一下，头没磕在石头上。他的脸上全是血，就在他摔下来的同时，弗恩·皮卡德压到他身上，先是用右手揍他，接着又换成了左手。他的拇指卡住卡隆的气管，卡隆的眼睛向上翻，大声喘着粗气。

我的对手发现我分了心，突然抽出右手去够旁边的钳子，我赶紧按住他的手腕。扭打中，我们的身体把钳子朝着相反的方向推了出去。我们谁也没拿到钳子，它滚向了卡隆。他一把抓过手柄，就像抓到最后一根救命稻草。他甩开弗恩·皮卡德爬了起来，挥舞着钳子，用钳子的重头打在弗恩·皮卡德的头骨上。皮卡德咕咚一声倒了下去，脸朝上，眼睛向上翻，两只大手抽搐着，裤子前面出现了一团黑漆漆的污渍。弗恩·皮卡德死了。

卡隆把沾满血迹的钳子扔到灌木丛里。他在停车场边跪了下来，一阵接一阵地呕吐起来。我和对手都松开了手，并排站在一起，活像一场灾难现场的目击者。有人关掉了收音机和车前灯，黑暗将我们吞没了。

38

保安和急救人员在弗恩·皮卡德身上盖了一条毛毯,大家都在那儿等着。他们说主干道上已经竖起路障,但还没有抓人。像是过了很久,警察终于来了。只听见警笛长鸣,几辆警车闪着警灯兴冲冲赶到了。我注意到保尔·贝朗格也在警察中间。我们这些人十分平静。

在我们生活的这片地区,死人的事儿时有发生,但这次却不大一样。一位警官指出,这是自五月之后的第一起死亡事件,上一次的死者是红头发的亚历山大·麦克唐纳,死因是工伤。

警察当场盘问了几个人,还带了几个人去萨德伯里。警察问我们当时看到了什么。很多人目击到铁钳击中弗恩·皮卡德,这一幕被几辆车的大灯照个正着,当时弗恩·皮卡德确实手无寸铁。这时保安走上前说,夏初的时候,他曾看到卡隆一拳打在弗恩·皮卡德嘴巴上,当时他也是手无寸铁。警察又问了一些关于我们的情况,以及以前我们住在哪儿。我心想亚历山大·麦克唐纳没在场真是一件好事。过去的几个小时里我都没怎么想到他。警察还问我是否"真的"念过牙科学校。"我们会查清楚真相的。"那位警官说道。

我们在萨德伯里的监狱从周六晚上一直待到了周一。就在同一天,卡隆被带去了萨德伯里的地方法庭。在地方法官面前,他被指控犯有二级谋杀罪。庭审持续了十五分钟,地方法官询问公诉人是否要下拘捕令,未经宣判就将嫌疑人收押的做法是否妥当,以及他会不会逃跑。公诉人都做出了肯定答复,他说卡隆有案底,是个暴徒,他留下了一长串犯罪记录,其中几起发生在青年时期,还有几起发生在最近,其中还包括一宗袭警案。那天他打算用带拉链的装尸袋把红头发的亚历山大·麦克唐纳带回家,而那名警察试图阻止他这么做。

地方法官问卡隆是否请了律师。他回答说"没有"。

"那你是否想请律师呢?"地方法官又问。

"从十六岁开始我就自力更生了,"卡隆说,"我自己能搞定。"

地方法官告诉卡隆这样做并不明智。

在安大略省高级法院做出终审裁决之前,卡隆一直被关押在萨德伯里的看守所里。当时有几位法官轮值去了外地,要等五六个月才能做出宣判。其余人留了地址,被告知随时等候传唤,就都被放走了。

我们离开看守所,走进外面闲逛的人群中。有人说:"看啊,那么多红头发的人,看上去都像是暴徒。"

我们回到营地,一切都归于平静。那些法裔加拿大人开始收拾行李。许多人赶着回魁北克参加弗恩·皮卡德的葬礼。有些人把腰带和铁钳扔进了树丛,表明自己不会回来了。他们失去了领头的人,我们也一样。弗恩·皮卡德帮他们谈妥了合同,卡隆也为我们做了同样的事。

早春时节，加拿大雁开始向北飞，雁群中总有一只领头雁排在"V"形队伍的最前面，带领整个雁群飞过陆地。跟随在后面的大雁都相信领头雁会竭尽全力，但是谁也无法保证在旅程结束时每只大雁都毫发无损。按照几个星期前的说法，卡隆和弗恩·皮卡德两人都可以被视为橄榄球队的四分卫，但他们自己都没意识到这点，因为对他们来说，这个名词是如此陌生而遥远。

我在路上碰到马赛尔·金格拉斯。我们彼此扬了一下眉毛，当时的情形太过紧张，我们不敢开口交谈。

回到红头发卡隆族人的宿舍后，我们便用一根铁棍撬开了亚历山大·麦克唐纳的军用手提箱，却发现里面的很多东西并不是他的。在箱子底部，弗恩·皮卡德的钱包赫然躺在一堆信封上，里面有一千美元。当弗恩·皮卡德管我们叫骗子和小偷的时候，看来他应该比我们更知道谁才是罪魁祸首。

我们在一个信封上写下了弗恩·皮卡德的名字和地址，地址是从他的驾照上找到的，把那一千美元放了进去。接下来大家你看看我，我看看你，谁都没有邮票。

我们决定拿着信封和钱包，跨过魁北克边境，把这两样东西分别投到不同的信箱里。我们得去买张邮票，把东西寄去洛朗第之国。这是最恰当的做法。

伦科开发公司的管理人员来到宿舍，宣布起重机已经修好，但是大家都没什么心情干活。我们告诉他，我们要重新考虑一下。

打那以后，再也没人见过亚历山大·麦克唐纳。后来我才发现，他穿走了麦克唐纳的那件格子呢衬衫。那是红头发的亚历山大·麦克唐纳的妈妈参加我的毕业典礼时给他买的，正是他遇难的那天。衬衫是买给亚历山大·麦克唐纳的，他没有机会穿上，却被另一个亚历山大·麦克唐纳一直穿在身上，最后被第三个亚历山大·麦克唐纳偷走了。

很明显，他没有告诉他爷爷奶奶发生了什么，并在事情水落石出之前逃走了。他肯定走得很匆忙，有可能是坐出租车走的，因为这些出租车在前几个小时里一直都在这里。他的祖父母在给我爷爷奶奶的信中表达了对我们的感谢。他们说，我们仍然坚信要守护自己的血脉，真是再好不过的事。"血浓于水，"他们这样写道，"再见。"

39

那年冬天,卡隆的二级谋杀罪成立,被判处终身监禁,关押在金斯顿监狱。法官说,鉴于被告漫长的暴力犯罪史,希望这个判决能够警示那些蓄意违法之徒。

40

我的一个哥哥回到了不列颠哥伦比亚的桥河谷,他年轻时就在那里做矿工,现在又回去在逼仄的山路上开校车。

另一个哥哥去了苏格兰。当他踏上格拉斯哥皇后街的火车站台,一个红头发男人走到他身边。"你好呀,麦克唐纳,"男人开口说道,"你好吗?"

"我很好。"他回答。

"我正在等开往高地的火车,"男人说,"我想你也一样。咱们还有点时间,可以去火车站的酒吧里喝上两杯。"

"好啊,"我哥哥说,"我也有空。"

"我第一眼看到你,"男人说,"就以为你是从高地来的,但听你的口音像是加拿大人。"

"是的,我是加拿大人,从布雷顿角来。"

"哦,"男人说,"那儿到处都是树林。人们一窝蜂拥去那里定居。我那里的亲戚比这儿的还多。真是糟糕透了。"

"是啊,糟糕透了。"

"不过呢,"男人脸上的神情一下子明亮起来,"尽管你跑去那么远的地方,但你的长相和说话的感觉就像没走多远。出去的终究要回来,我是这么想的。我的住处附近有个渔场,来看看吧,或许你愿意在那待一段时间。我们能腾出地方给你安排一下。就像歌儿里唱的那样,'跟我一起去高地吧'。"

"我可能会去的,"我哥哥说,"过去发生了很多事。我正想走出来。"

"那里再合适不过了,"男人笑着说,"或许你会回到从前的日子。不管怎样,先去买张票,咱们再去酒吧。到时候咱们谈谈'查理之年',也就是查理王子发动叛乱的一七四五年和一七四六年。要是法国人的船来了该有多好!"

41

爷爷去世了,缘由是他想表演跳起来碰两次脚后跟。当天晚上家里来了很多人。他这样跳了两次,奶奶还在不停鼓励他:"再来一次,第三次一定行。"于是他再次一跃而起,最终栽倒在地上。当时我和妹妹还有三个哥哥都不在场。那天傍晚刚过,他们正在玩纸牌游戏"拍卖"。爷爷每次摸到红心 A,都会用拳头重重捶两下桌子。"真希望我摸到红心 A 时也能和他一样开心。"外公总是这样揶揄他。

外公对于爷爷去世的评论是:"这种死法太蠢了!"他紧紧攥着拳头,关节都发白了。自打女儿死后还没有人见他哭过。

后来奶奶到位地总结了一句:"尽管他们性格迥异,却是最好的朋友,这一辈子谁也离不开谁。"

外公去世的时候正在读一本名为《苏格兰高地史》的书。他的手指停留在正在阅读的那一页,夹在整本书中间,眼镜从鼻梁上滑落。那一段说的是格伦科大屠杀,讲述那些来自内外部背叛的陈年旧事。他正在读一个"劣迹斑斑"的人被杀鸡儆猴的故事。一个自食其力的人跌倒在自己的历史上。

正如我们所料,外公早已将一切安排妥当。他列出了扶柩人的名单，以及希望在自己的葬礼上播放的音乐。灵柩下葬的时候，小提琴手要演奏帕特里克·麦克里蒙的《给孩子们的悼曲》；去墓园的路上，风笛手要吹奏《悼念高地》。大家离开教堂的时候，一个女人突然说："以后谁来照顾大家？"

外公指定我为遗嘱执行人，把书籍和房子留给了我妹妹——他子孙中唯一的女性，他的存款平分给了孙辈们。

爷爷和外公都没能死在他们一手创立和经营的医院里，他们俩的葬礼卡隆一个也参加不了。

奶奶活了将近一百一十岁，几乎跟她的祖先红头发卡隆一样长寿。爷爷去世之后，她再也没动过他的衣服，他走时什么样就什么样。爷爷的外套和帽子挂在门廊的挂钩上，有很长一段时间，每次进屋还能闻到他身上那熟悉的味道。那是一种特殊的味道，是香烟味，是他洒在身上的啤酒味，是他的幽默，也是他的乐观善良。家里的几只大黄狗在衣服下面趴了好几个月，鼻子搁在交叉的前爪上，尽职尽责地守护着。

爷爷曾对外公说："你应该找个女朋友。"

"你啊，"外公说道，"应该管好自个儿的事。"

奶奶一如既往地勤快。她具有出色的体力和耐心，那些饮酒作乐的人说，在她生命的最后时间，房间里的灯光常常一直亮到凌晨两点。她每晚十一点才开饭，水壶快乐地在炉子上作响，她把手往围裙上一擦。"等着，"每次检查完烤箱之后，她都会冲着几只大黄狗喊上一句，"就快好了。还得来点腌菜，马上就能开饭了，一分钟就好。一针及时省九针。"

进了疗养院后,奶奶时而清醒,时而糊涂。有时我会跟她讲过去的事,但她的过去显然要比我丰富。因此我总是用现在时追忆那些逝去的往事。

"今天天气不错啊,"她说,"出去钓鱼或是晾晾衣服都不错。"

"是啊。"我回应道。

"你是本地人吗?"她问我。

"是,哦不,算是吧。"

"你的衣服很好看,"她说,"你肯定有份好工作吧。我老公也有份不错的工作,他开了家医院。我们有固定的薪水,什么也不缺。我老公是个很大方的人。"

她停了一下。

"我的一个儿子也有份不错的工作,"她继续说道,"他打过仗,在海军服役,现在在那边的岛上看守灯塔。你看,从窗户就能看到。政府给了他一艘大船,还给了他很多东西。他娶了一个可爱的女孩子,是我朋友的女儿。他们生了六个孩子,最小的两个是双胞胎,一个男孩一个女孩。有时候他们会来家里看我,从来不给我找麻烦。你有孩子吗?"

"有。"我说。

"他们会自己铺床吗?"

"有时候会。"我回答说。

"你得让他们自己铺床,"她说,"这是一种很好的锻炼。我的一个孙子生活在安大略省南部,我去过那儿一次。他是个牙医,很有钱的。他们一家人住在一栋漂亮的大房子里,雇了一个清洁女工。你瞧瞧！我去看望他们的时候，曾经想要在清洁女工进门之前把房子收拾了。我可不想让外人进屋之后看到一片狼藉，床也没铺。我希望你是自己铺床的，是吗？"

"这个，"我回答说，"现在没有以前铺得那么勤了。"

"你应该自己来，又花不了一分钟。"

她又停顿了一下。

"我还有个孙女，"她说，"她是演戏的，就像演电视那种。你看电视吗？"

"不看，"我说，"看得不多。"

"这儿的人经常在午后聚在休息室里看电视，"她同情地在膝盖前拍了一下手，"电视里的人总是有很多毛病。"

过了一会儿，她又开口说："这儿的人大多是苏格兰来的。"她说，"我们是高地人，有的生活在海边，有的生活在内陆。有一个人很久以前来到这里定居，很多人都是他的后代。他娶了个苏格兰女人，生了六个孩子。老婆死后，他娶了妻妹，又生了六个孩子。第二个老婆后来也死了，他带着孩子翻山越岭来到了这里。到达的时候，他五十五岁，已经不再年轻，但还不至于老态龙钟。我想他肯定时常会感到孤独，但他是个意志坚定的人，而且十分努力。最后他孤零零被葬在了海边。"

"我们在这儿住了很多年，一直没有离开过，"她说，"我们这群人都讲盖尔语，许多人一辈子也没离开过这个岛。我老公曾经讲过一个小笑话。一个男人问另一个男人：'你离开过布雷顿角吗？'那个男人回答说：'就离开过一次，就是我爬到树上那次。'

我老公就是那样的人，总是有讲不完的小笑话。这些都是他从小酒馆或者其他什么地方听来的，晚上睡觉的时候他就讲给我听。"

她低头看了看自己的双手。

"后来人们纷纷离开了。一开始是冬天去林场打工。他们去了新斯科舍，又去了新不伦瑞克，还有米拉米奇，以及缅因州。有些人出去了就没再回来，后来一大家子都搬走了。我和姐姐嫁给了两兄弟，我还做了她的伴娘。他们家搬去了旧金山，从那以后我就再也没见过他们，尽管我们通了好几年的信。我们总是说'血浓于水'。

"后来很多人去了硬岩矿场工作，这些矿场遍布加拿大和美国，就连南美和非洲这些地方都有。他们曾寄回一些照片和明信片，还有人带回了一些非洲的面具。有一次，我的孙子们从安大略省北部给我带回了一只小猫。"

她略微停顿了一会儿。

"我不知道那些漂泊在外的人怎么样了。"她说。

外面响起了狗爪子挠地板的声音，不一会儿两只大黄狗就跑进了房间。它们跑到她面前，舔她的手。她一下子回到了现实。她身体前倾，好像要跟我密谈点什么。"这儿不允许狗进来，"她说，"这是规矩，但是这儿的员工大多是我的亲戚，所以我的大黄狗来的时候，他们也就睁一只眼闭一只眼了。这些狗儿每天都来看我，它们十分忠诚，大家都喜欢它们。"

"你养狗吗？"她问我。

"不，我没养。"

"你应该养一条,"她说,"狗是人类最好的朋友。有时我觉得狗能顶半个人。"她又问,"你认识法国人吗?"

"认识,"我笑着说,"认识几个。"

"以前我读过关于法国人的书,我觉得他们跟我们差不多。他们也在自己的家园孤单地守望了很多年。在某种程度上,那块故地已经深深印刻在他们心底。我们的朋友曾经说过,在很久以前的苏格兰,法国人是我们的盟友,是'老同盟'的一分子,他们曾这样形容我们之间的关系。你听说过吗?"

"听说过,略有耳闻。"

"他们友好吗?"

"谁?"

"法国人。"

"嗯,我觉得挺友好的。"

"我想他们跟留下的人差不多。有些人友好,有些人不友好。"

"我认为你说得对。"我说。

"你结婚了吗?"她又问。

"是的,"我回答,"我结婚了。"

"我也结过婚,"她说,"我很年轻就嫁人了,我老公很黏我。他说我们会幸福的,他说对了。我们俩谁都没动摇过。'当我们被爱着的时候,我们就会变得更好。'他这样说过。很多人都想不出我老公会说出这样的话。

"有时候,他探访朋友回来,会给我讲一些从苏格兰流传过来的故事。他认为麦克唐纳是世界上最好的人。我们的朋友说过,他只记得别人的优点。

"他讲这些故事的时候眼里总是噙满泪花。人们都说他多愁善感,但是我知道那是因为他十分在乎。他用心去了解每件事,这儿的人说他这种人是'菩萨心肠'。'也许吧,'他会这样说,'但在必要的时候,我就能硬起心肠来,你懂我的。'我的老公总是话里有话。"

她拍拍一条黄狗的头,它舔舔她的手。她若有所思地笑了笑。"当我们被爱着的时候,我们就会变得更好。"她说。

"你是民俗学家吗?"她接着问。

"不,"我说,"我不是。"

"最近冒出许多民俗学家,"她说,"他们忙着搜集古老的歌谣,我们经常唱的那些歌。干活儿的时候也唱,唱歌是因为高兴,也是因为习惯。有些歌谣很长,一段接着一段。直到收音机出现之后,我们才意识到这些歌谣可能有点儿太长了。收音机里放的那些歌才几分钟。"

"我和我老公有个朋友,"她继续说道,"他会唱很多歌,脑子里记了很多歌词,从没出过错。他有过目不忘的本领,我们本该在他活着的时候把他脑子里的东西都记下来,请个抄写员什么的记下来,但我们一直没抽出时间。这个朋友大部分时间都是孤身一人。"

她用热切的眼神望着我。

"不知怎么回事,你让我想起那个朋友,"她说,"你长得跟他有点像。你会唱歌吗?"

"不会,"我说,但是我不想再说"不"了,于是又改口说,"会,我会唱歌。"

我开口唱起《在你身边》。她立刻跟着我一起唱,还对我伸出了手。在古老的旋律中,我们十指紧扣,开心极了,她又变回了小女孩儿。当我们唱到关于麦克唐纳的那一段时,她笑了起来。

> 麦克唐纳家族总是这样
> 勇敢面对所有困境
> 一心要把对手击垮
> 忠诚、勇敢渡过逆境

几个老人走进来加入我们的合唱中,并且本能地拉起了彼此的手。一些年轻的员工也加入进来,年轻有力的声音完美地融入旋律之中。趴在地板上的几只大黄狗抬头望着大家,仿佛这个世界又再次回归到正轨上。

> 我们将离开地主的土地
> 去往一片极乐净土
> 那儿牛羊成群
> 还有一汪美丽的池塘

唱完歌后,她用钦佩的眼神望着我。"你就连唱歌的样子都跟我们那个朋友一模一样,"她说,"只是你没他唱得那么好。没人像他唱得那么好。你没见过他真是太遗憾了。我觉得你肯定会喜欢他。"

我再也忍不住了。"他是我外公，"我说，"奶奶，是我啊，红头发男孩。"

她满脸困惑地看着我，仿佛盯着一个荒诞的怪物。

"哦，红头发男孩，"她说，"红头发男孩还在千里之外。但是不管在哪遇见他，我都能把他认出来，我总是把他挂在心上。"

当我们被爱着的时候，我们就会变得更好。

42

黄昏过去了，夜幕即将降临，我开车向南方驶去。河对岸不远的地方就是美国，一个诞生于革命之中的国家，它的高楼大厦刺破了宁静的夜空。

等到星期一，我会在办公室里为那些来向我寻求帮助的人带去抚慰、改善或是改变。我们会对牙齿后移、闭合和龅牙带来的种种问题进行讨论。"贪多嚼不烂。"奶奶常这么说。

刚开始从事牙医工作的时候，我常常把身穿白大褂、手拿牙钻的自己看作年轻时手拿岩凿机的自己的延续。我身体微倾，对着一处处岩壁钻孔，冷水飞溅到我的脸上。要钻得够深，但不能过火，凡事皆有度。

四周的田野里，收获了丰饶大地的农人此刻都安静下来，在半明半暗之中满怀希望、梦想和失望。在东部的海岸，那些跨越整个大陆来这里收割的异乡人也静默着。明天一早，他们就要再次穿越各条边境线，跟随着马铃薯和蓝莓的收获季，从新不伦瑞克去到缅因州，再回到这里。他们的年纪比各个国家之间的边境线和地界还要大，从来不把距离放在眼里。

在肯尼亚的乞力马扎罗山脚下，高大而傲慢的马赛族人跟随着他们的牧群迁徙，为了更有力气，会喝下牲畜的血。他们安然地享受着四季轮转，从不理会公园边界和禁猎区之类的东西。他们争辩说，马赛族是第一个定居在那里的种族。与祖鲁人不同的是，马赛人尚未被困囿在一个并非自己家园的"故乡"。或许马赛人根本不知道有人打算"改造"一下他们。也许，"不久便会改变"。

卡隆说，金斯顿监狱中关押的罪犯大多是本地人。很多时候，他们并不能完全听懂那些辩护或宣判的话。他说他们会把编织的捕梦网①悬挂在监狱的窗口。金斯顿监狱里没有太多梦想。这是我从他口中得知的唯一一点关于他狱中生活的情况。

在法律条文中，终身监禁实际上只有二十五年刑期，十年之后就可以假释出狱。这也是我最近能够去探访他的原因。我尽量真心诚意地去做这件事。

在格伦科附近的水域，神秘的"鲱鱼王"也许仍然生活在那里。如果它真的存在，或许也像其他的王一样令人捉摸不透。它被一些人当成朋友，但它的追随者们却如履薄冰。很多时候，并没有麦克唐纳这样的人在等待它和它慷慨的馈赠。或许，如果失去了人们的信仰，它只不过是一条普通的鱼，要时刻小心这片水域潜在的危险。

在我人生道路的前方，妻子和孩子在家里等着我。在地狱一般的东欧，一位军官在我妻子小时候造访了她的家。那位军官有

---

① 捕梦网（Dreamcatcher），印第安传统物件，用柳条编织而成，常挂在婴儿的摇篮边作为护身符。

一张长长的名单，她爸爸和两个哥哥的名字赫然在列。军官说，他们第二天一早必须出现在火车站，这是命令。门关上后，她爸爸说自己和两个儿子必须连夜逃走。第二天一早，他们就能远离这个是非之地，以后的事情以后再说。她妈妈却认为应该接受下达的命令。她说触犯法律可不好，不管你信不信它。他们一直争论到半夜，最后，她爸爸极不情愿地接受了她妈妈的建议。第二天早上，她跟丈夫和儿子一一告别，他们去了火车站。从此以后，她就再也没有见过他们。

我的妻子十分支持我的旅程。"我们永远也不会知道前方有什么在等着，"她说，"岁月从不等人。"

我把车开进我那间"不动产"外面的院子，关掉空调和自动巡航功能。妻子已经打扮妥当，准备跟我共进晚餐。

"一路上还顺利吗？"她问。

"还好。"我回答。

"发生了什么事吗？你看起来很累，脸色也很苍白。"

"不，什么事儿也没有。"

奶奶过去常说："谁不累呢。"

洗过澡，换了身衣服，我拿起电话簿查找餐厅地址。在其中一页上，我看到一行小字"洛朗第之国"，还有一个电话号码。我儿子用笔在旁边写了一条留言"告诉爸爸"，并作了一个记号。

"这是什么？"我问儿子，"什么时候的事儿？"

"哦，"他有些尴尬，"有段时间了。我本来想告诉你的，可是后来忘记了。那个人操一口法国口音，好像是叫什么'金格拉'。

他让我记下那行字,说你懂的。"

我拨通了那个号码,一个好听的女声接的电话,我向她询问那个人。

"哦,"她说,"这儿是寄宿公寓,他们在这儿住的时间不长。他们说钱不好赚,要跨过边境线去美国看看。我记得其中几个人的名字,金格拉斯、麦肯齐、贝朗格。这些名字您听过吗?"

"听过,"我说,"都是我认识的人,谢谢您。"

43

六个月之后的一天,电话响了起来。那时是晚上,窗外漫天的暴雪飞舞着。"三月到来的时候像一只小羊羔,结束的时候像头狮子。"奶奶曾这么说过。

"你好。"我接起电话。

"到时候了。"话筒另一端的人说。

"您说什么?"

"到时候了,"他说,"该走了。"他冲着话筒咳嗽了几声。

"你是说现在?"我问,"外面下着大雪呢,天又黑。现在可是三月。"

"我非常了解三月,"他说,"也了解你。"

"你说真的吗?"

"当然,"他说,"我可不会胡说八道。我打过电话给你吗?"

"没,没打过。"

"噢,那好吧。"

接线员插了进来让他投币。是的,他用的是投币式公用电话。

"你挂线吧,"我说,"打受话人付费电话。"

"没那个必要,"他笑了,"要照顾好同一条血脉的人。"他话还没说完电话就断了。

我没法再打给他。

"当心点,"我的妻子说,"广播里说路况不好。"

"我会加倍小心的,"我说,"或许我该喝点儿酒。"

"想喝多少就喝多少,"她说,"但是要小心。"

我拿了瓶白兰地,与她拥抱道别。

401公路的路况并不像广播说的那么糟。天气预报经常夸大其词,为的是阻拦没有急事的人上路。有时候车子摇晃得厉害,但还能保持匀速行驶。扫雪车闪着大灯不停从我身边开过,撒盐车不断将小颗的盐粒撒在白色的路基上。今晚路上没什么车。

到了多伦多,他坐在自己的床上,银白的头发梳得很整齐,像波浪一样堆在头顶。他刚理过发,脚边放着一个旅行皮包。

"谢谢你能来,"他说,"你准备好了吗?我可以帮你开车。"

我们没有关门就走了,好让那些穷苦的人来拿自己想要的东西。

"这瓶白兰地你要吗?"我问。

"不了,"他说,"放窗台上吧,这酒保质期不长。"

我们径直走进了茫茫夜色中。

他爬进车里,安静地坐在我身边。有时我以为他在打瞌睡或是睡着了,但当我望向他时,他的两只眼睛都睁着。不多时,他开始一阵接一阵地咳嗽起来。

我们开着车向东北方向驶去,将黑夜和高速公路甩在身后。偶尔会有暴雪袭来,但很快就消散了。灰蒙蒙的天空开始放晴。

进入魁北克腹地之后,我们停下车吃早餐。这顿特别的早餐有鸡蛋、烤面包、培根或香肠,还有豆子。

女侍应生端上了我们点的菜,但没给我们上豆子,却上了两份香肠。我们旁边的法裔加拿大人正大嚼着豆子。

卡隆笑了。"他们以为我们早餐点豆子吃是拿他们逗乐子呢,"他说,"我猜这就像我们要喝粥一样。"

我们要求上豆子,女侍应生看着我们。"你们要吃豆子?"她问,"好吧,我刚刚看你们,你知道……"

她端来了两份用甜点碗装的豆子。

"免费的。"她说。

"谢谢。"我们说。

20号公路平坦又快捷。我们一路开到了满是浮冰的圣劳伦斯海湾边。

我们在狼河镇转向南行驶,向着新不伦瑞克前进。道路分成了两条,我们没办法开太快,但还是在前进。我们用泡沫塑料杯喝咖啡,喝完后,卡隆把它们丢出车窗,跟皑皑白雪融为了一体。

到达大瀑布镇后,我有些怀疑地皱起了眉头。"我们可以穿过普拉斯特罗克镇,"他说,"从那儿走近些,而且也不塞车。穿过树林的时候让我来开。"

"你有驾照吗?"我问。

"没有,"他说,"很久以前就失效了,我也没管过它。我不需要那玩意儿。"

他开得很稳当。路上的确不塞车。一路不断有警示牌提醒我们小心驼鹿。"这条路挺好走的，"他说，"不知道是什么时候铺的路。以前这儿铺满了碎石，我们从蒂明斯过来的时候就是走这条路，带着压缩机和小猫那次。"

一路上，我们经过监狱所在地雷努斯，穿过许多大大小小的社区，到处都是废弃的学校和教堂，接着到达罗杰斯维尔。

"这个地方总是很吸引我，"他说，"墓地很大，社区却很小。墓地里住的人比村庄里住的人还多。我们当初在矿井工作的时候这儿可没这么多墓地。人们从来不在这儿待一辈子。"

"但也有不少人葬在了这里。"我说。

"没错，"他说，"有些人死在这里，死法各不相同。来吧，你来开一会儿。"

我们经过了蒙克顿，过了萨克维尔之后，越过省界就到了新斯科舍。路边没有风笛手迎接我们，一如夏天时的情景，只有大片飞舞的雪花。

经过安蒂戈尼什的时候，天色开始转暗，狂风猛烈地撞击我们的汽车，路牌提醒我们小心暴风雪。狂风更加猛烈了。当我们到达布谢港山脚的时候，他说："现在换我开。在山路和暴风雪中开车，我比你更有经验。"

我们爬了一段长坡，大约有两公里，路上没有其他的车。我们的车不断打滑颠簸，但始终没有离开过车道。车上的红灯亮起来，表明引擎过热了。我们一路开到坡顶，然后开始下坡。一座高山隐约出现在我们的前方和右手边，那是坎索堤道的起点。

"你知道那首歌吗?"他说,"《穿越堤道》,艾伯特·麦克唐纳唱的。"

"嗯,我知道。"

"那歌儿不错。"他说。

一辆警车闪着警灯出现在我们前方,警官冲我们挥手,示意我们靠边停车。

"你们要去哪儿?"他问,"这个季节看到一辆安大略省的车可是很少见的事儿。"

"去布雷顿角,"我们回答说,"我们要穿过去。"

"你们过不去了,"他说,"海浪冲上了前方的路面,堤道关闭了。"

听讲话的口音他不像是当地人。

"你们叫什么名字?"他问。

"我们姓麦克唐纳。"我们齐声说。

"麦当劳?"他说,"你们是卖汉堡包的吗? ①"

"不是,"卡隆说,"我们不卖汉堡包。"

雪越下越大,风越刮越紧,警察不得不用手抓着自己的帽子,飞快跑向警车。

卡隆发动了汽车。

"你干什么?"我问。

"咱们要穿过去,"他说,"来这儿不就是为了这个吗?"

---

① 麦克唐纳与麦当劳是同一个单词。

到达堤道入口的时候，我们看到海浪正在冲击堤道。空气中弥漫着一层薄雾，肮脏的褐色气泡不断在我们眼前飘过。"这一段是最糟糕的。"卡隆说。他把车开到一个合适的位置，好估算一下现场的状况。海浪从左边冲上来，淹没了堤道，又退下去。当它们冲上来时，道路就看不见了，完全淹没在泛着泡沫的水里。

卡隆开始数海浪。

"第三个大浪过后，"他说，"就会平静一阵，那时候我们再走。要是发动机进了水，汽车就报废了。第三次浪是我们的机会。"在一阵狂风的呼啸声中，他说："咱们走！"

车子不停地向前跳跃。红色引擎灯亮了起来，引擎在咆哮，水从车门底部渗了进来。雨刮器上结了厚厚的一层冰，动不起来了。他摇下了车窗，把头探出窗外的风中，想看清消失的路上发生了什么状况。我们被一个浪头打中，又被另一个浪头打中，车身猛烈晃动起来，堤道上到处都是纸浆木和死鱼。他不停地绕开那些垃圾和障碍，车轮擦到了堤道的另一侧。

"现在换你来开，"他说，"我们就要到家了。"

我们互换了位置。远离了海浪的冲击，气氛顿时平静多了，还能看见几间屋子里投射出的灯光。我开始沿海岸行驶，他坐到我旁边的副驾驶座上。我们现在走的这条路已经偏移了暴风雪的中心。挡风玻璃上的冰渐渐融化，红色的引擎指示灯也不闪了。

爷爷曾经说过，在他年轻的时候，双脚一踏上布雷顿角，小弟弟立马就会勃起。他说，在那个时代，男人的裤子前面都缝着扣子。而作为孙辈的我们，如今已人到中年，却没有这样激情的反应。但尽管如此，我们还是来了。

等到明天破晓，我们就可以看到周围朦朦胧胧的一切。附近并非全是漂亮的景色。在开阔的水域附近，秃鹰张着一对强有力的爪子向白色的小海豹猛扑下去。它们浮出血迹斑斑的冰面时会发出特殊的尖叫。"人啊，得顺境逆境一块儿受，"奶奶曾这么说过，"生活从来就不会一帆风顺。"

尽管是在夜晚，还下着鹅毛大雪，但我辨认出了所有熟悉的地点。我们毕业那天，爷爷就是在这里把白兰地的瓶盖扔出窗外；就在那天，红头发的亚历山大·麦克唐纳遇难了，而当时我们还不知道这个消息；也是在同一天，他妈妈给他买了那件衬衫。

我转向卡隆，他坐着不动，双眼睁得老大，望着前方的路。有一次，我们曾在夏天对巨头鲸歌唱，或许是我们的歌声引诱那头巨大的鲸鱼离开了安全水域。它死了，被一块尖利的暗礁划破了肚子。它的身体漂上了陆地，心脏却留给了后方的大海。

借着仪表盘上的微弱灯光，我看到卡隆下嘴唇的那道细疤开始变白。正是这个男人，曾让一匹马拔掉了自己的牙齿；正是这个男人，在年少轻狂之时，想要寻找美丽的彩虹，而其他人都觉得他只是在浪费汽油。

车子爬上高高的山顶，在不远处，越过一大片冰面，可以看到那盏如今已不需要人工操控的灯塔有规律地闪烁着。灯塔离我们还有几公里，却在岛上的最高点发出了信号。那是一种警示，或者，也可能是一种鼓励。

我再次转向卡隆。我摸到了他逐渐冰冷的手。那只手就落在我旁边的座位上。我摸到那枚凯尔特戒指。在我三岁的时候，是这个男人把我扛在肩上，带着我跨过冰面，却再也没把我带回去。

车窗外的田野里，废弃的水井流出了汩汩清泉，为泛白的黑夜献上了甜美的馈赠。

超度逝者。愿他的灵魂安息。

"当我们被爱着的时候，我们就会变得更好。"

Alistair MacLeod
No Great Mischief
Copyright © 1999 by Alistair MacLeod
Published by arrangement with McClelland & Stewart Ltd., a division of Penguin Random House Canada Limited, throught The Grayhawk Agency Ltd.
Simplified Chinese edition copyright © 2020 Archipel Press
All rights reserved.

图字:09-2020-810 号

图书在版编目(CIP)数据

布雷顿角的叹息/(加)阿利斯泰尔·麦克劳德(Alistair MacLeod)著;文嘉译.—上海:上海译文出版社,2020.11(2022.3 重印)
书名原文:No Great Mischief
ISBN 978-7-5327-8538-4

Ⅰ.①布… Ⅱ.①阿…②文… Ⅲ.①长篇小说-加拿大-现代 Ⅳ.①I711.45

中国版本图书馆 CIP 数据核字(2020)第 215146 号

布雷顿角的叹息
[加]阿利斯泰尔·麦克劳德 著 文嘉 译
特约策划/彭伦 责任编辑/徐珏 章诗沁 封面设计/董茹嘉

上海译文出版社有限公司出版、发行
网址:www.yiwen.com.cn
201101 上海市闵行区号景路159弄B座
上海信老印刷厂印刷

开本 889×1194 1/32 印张 8.25 插页 2 字数 141,000
2020 年 12 月第 1 版 2022 年 3 月第 3 次印刷
印数:13,001—18,000 册

ISBN 978-7-5327-8538-4/ I·5257
定价:58.00 元

本书中文简体字专有出版权归本社独家所有,非经本社同意不得转载、摘编或复制
如有质量问题,请与承印厂质量科联系. T:021-39907745